A VEZ DE MORRER

A marca FSC® é a garantia de que a madeira utilizada na fabricação do papel deste livro provém de florestas que foram gerenciadas de maneira ambientalmente correta, socialmente justa e economicamente viável, além de outras fontes de origem controlada.

SIMONE CAMPOS

A vez de morrer

COMPANHIA DAS LETRAS

Copyright © 2014 by Simone Campos

Grafia atualizada segundo o Acordo Ortográfico da Língua Portuguesa de 1990,
que entrou em vigor no Brasil em 2009.

Capa
Cassio Leitão

Foto de capa
Jean-Michel Trauscht

Preparação
Lígia Azevedo

Revisão
Thaís Totino Richter
Márcia Moura

Os personagens e as situações desta obra são reais apenas no universo da ficção;
não se referem a pessoas e fatos concretos, e não emitem opinião sobre eles.

Dados Internacionais de Catalogação na Publicação (CIP)
(Câmara Brasileira do Livro, SP, Brasil)

Campos, Simone
  A vez de morrer / Simone Campos — 1ª ed. — São Paulo : Companhia das Letras, 2014.

  ISBN 978-85-359-2459-6

  1. Romance brasileiro I. Título.

14-03917   CDD-869.93

Índice para catálogo sistemático:
1. Romances : Literatura brasileira 869.93

[2014]
Todos os direitos desta edição reservados à
EDITORA SCHWARCZ S.A.
Rua Bandeira Paulista, 702, cj. 32
04532-002 — São Paulo — SP
Telefone: (11) 3707-3500
Fax: (11) 3707-3501
www.companhiadasletras.com.br
www.blogdacompanhia.com.br

A VEZ DE MORRER

Toronto, 2014

Entrou, caminhou até a mesa, sentou. Arrancou o gorro: seu cabelo estava rente na nuca e pontudo dos lados. A pessoa daquela quarta cinzenta no Tim Hortons da Queen Street se chamava Mark. Mark Lin.

— Desculpe o atraso.

Já tinha visto Mark outras vezes. Seu rosto era oriental, perpetuamente curioso, sardento. Dessa vez a conversa demorava a decolar. Ele ainda não tinha comentado do cabelo. Talvez não tivesse gostado.

— Suponho que você tenha reparado no meu cabelo — perguntou com sarcasmo.

— Você parece uma pessoa totalmente diferente. Quem é você? — riu ele.

— Bem, o que acha dela?

— Gostei, gostei.

E ficou mudo. Izabel também.

— Você parece uma gótica. — Ele resolveu ser sincero.

— Eu já fui gótica.

Mark fez que a inspecionava.

— Cadê as tatuagens satânicas?

— Nunca quis. Nem piercing. Eu usava bracelete, roupa preta. O máximo que eu fazia — ela mostrou uma marca na canela — era me ferir onde o mosquito mordia. Ficava um buraco, depois essa marca.

— Tipo um *self-cutting* tropical.

— Bem isso. — Ela sorriu.

— Por que você fazia isso?

— Ah. O clássico do *self-cutting*. Me sentia impotente. Roía unha também. — Ela estendeu as unhas compridas e pintadas de quadriculado. — Hoje, ninguém diria, hã? Mas, engraçado, *você* tem tatuagem recente. — O braço dele estava embalado em filme plástico. — E piercing. Aos vinte e nove anos. Explique-se, Mark.

— É moda.

— Isso atrai as góticas?

— Às vezes.

— *Poser*.

Ele ficou ligeiramente mexido, mas não reclamou. Izabel deu um risinho e pegou na mão dele, muito mais quente que as suas.

— Sua trepada me acordou — disse Greg, cheio de olheiras. Izabel sorriu de lado.

— Desculpa, Greg.

Greg estava comendo cereal e lendo o celular. Depôs o aparelho e olhou para ela, que preparava café.

— Nem vi ele sair. Bonito?

— Sim, é gato.

Izabel se lembrou de alguns pontos da noite passada. Espremeu os lábios e respirou fundo.

— Foi muito alto, né?

O *roommate* esganava a colher olhando feio para ela. Izabel continuava de lado, vigiando o café pingar. Ele cutucou o tampo da mesa com a mão livre:

— *Pode ir falando*! Deixa de ser ruim!

Izabel deu uma risada e sentou na frente dele com a xícara, olhando-o, cúmplice.

— Eu usei aquilo que a gente comprou aquele dia.

— O quê? O brinquedo? Você comeu o garoto?

Izabel encolheu os ombros devagar:

— Sei lá, cara. Eu senti uma abertura…

— Gente… — disse Greg. — Ainda bem que não te deixam entrar no MaleHunt.

— Vocês que perdem — disse Izabel, revirando os olhinhos.

— Ele me disse que nunca ninguém tinha feito isso com ele.

Greg a olhava intensamente.

— Tem dinheiro nisso aí, hein.

— Pois é, né? Tem gente que não sabe ganhar dinheiro?

— Sério. Pagam muito bem por isso. Ainda mais você sendo gata.

— Brigada.

— Teu nome de guerra pode ser Pegging Sue.

— Pfff. — Ela revirou os olhos de novo. — De jeito nenhum.

— Por favor. É elogio.

— Você não tá entendendo. Não é que agora abriu a porteira e eu vou sair fazendo isso com todo mundo. É mais que esse cara ficou próximo, e eu gostava dele, mas ao mesmo tempo eu tinha um pouco de raiva dele. Ele me irritava, sabe? Ficava ligando, querendo encontrar, saber o que eu tava fazendo. Parecia um cachorro, tava sempre ali, no meu pé. Então... — Izabel respirou — ... entendeu? É isso.

Greg tinha tipo a metade do tamanho de Izabel, mas ela estava sentada. Quando ele a abraçou e aplicou um beijo em sua franja nova, ela se sentiu pequenininha.

— Você é linda — disse ele. — Tenho que ir. A gente se fala depois.

Izabel gostava de tomar café devagar. Ficou pensando. A questão não é o quê, é como. Será que secretamente tinha achado divertido estar com raiva suficiente da pessoa pra dar na cara dela? Ou sempre quis dar na cara de alguém e ver como as coisas ficavam depois?

Suspeitava que não era bem nenhuma das duas coisas. Um pouco de raiva dele, certo. Queria meio que mostrar isso pra ele através do sexo. Era meio que um teste — não para ele, mas para ela. Vê se você gosta de mim mesmo eu pensando isso de você. Mesmo eu fazendo isso com você em resposta à sua devoção. Talvez fosse por aí.

E ela tinha uma pequena vergonha disso, mas tinha sentido prazer. Não tinha gozado, mas tinha sentido prazer.

Olhou no fundo da xícara de café e desejou saber ler o futuro. Mas não havia nem borra para isso.

Percebeu que, se continuasse dormindo em pé, não ia chegar no horário outra vez. Foi soltar o celular do carregador. Notou uma nova mensagem de texto, chegada na madrugada. Abriu.

Minha querida, seu avô acaba de falecer. Me liga. Mamãe.

PARTE I

Terça, 30 de dezembro
Os retângulos iluminados chacoalhavam na subida da BR-040. Muitas curvas. Tinha anoitecido às nove horas e o verão escorchante tinha ficado para trás, na linha vermelha do horizonte. Ainda se via sua silhueta pela janela no pretume do ônibus.

Izabel tinha pego um dos últimos lugares disponíveis, ao lado do banheiro. De vez em quando levantava os olhos do livro e tentava perder o foco dos retângulos de luz para imaginar que estava em um veículo espacial, um avião futurista, qualquer coisa mais empolgante do que o que a esperava.

Vai começar o mês de novembro. Os amigos que encontro fazem-me todos a mesma pergunta: onde vai passar o verão? Ir passar nos lugares de montanha os meses de dezembro, janeiro, fevereiro e março, que na Europa se dizem de inverno, é um axioma, ou, ao menos, um velho costume, que o imperador d. Pedro II introduziu na sociedade do Rio. Ele transferia no verão a sua residência para Petrópolis. A corte o acompanhava e a sociedade se-

guia esta; todas as embaixadas, legações e ministérios transferiam suas atividades para essa cidade-jardim próxima da capital do país e mais fresca, que hoje, graças ao automóvel, é uma espécie de subúrbio do Rio.

Izabel voltou ao começo do livro: a data do copyright era 1941. Aquilo já era verdade em 1941. Brasil, país do futuro.

A estrada se abriu para um céu cobalto. A qualquer momento surgiria a construção branca que substituíra a antiga rodoviária, pelo menos para quem vinha do Rio. Sim, e logo Izabel avistou a fila de táxis também brancos que cobravam por destino e não distância. Táxi rodoviária-Araras era sempre exorbitante. Ela normalmente preferia continuar de ônibus. Mas, dessa vez, estava com malas e cansada.

Só quando entrou na rodoviária se deu conta da espessura da neblina. Lufadas brancas invadiam o interior do terminal. O frio também. O frio era branco.

Izabel vestiu um casaco e comprou um pastel chinês. Comeu devagar, pagou para ir ao banheiro e foi até o ponto de táxi, do outro lado da rodoviária.

— Boa noite. Quanto o senhor faz para ir até Araras?

— Que parte de Araras?

— Dez quilômetros pra dentro. Estrada Bernardo Coutinho.

Com isso ela estava dizendo: não é estrada de terra. É asfalto. Não vai sujar seu táxi nem danificar a suspensão.

— Cem reais — disse ele.

— Que isso, moço. Tá muito caro.

— É esse o preço. Bandeira dois, com taxímetro... dá isso.

— Faz por noventa.

— Sinto muito. É cem mesmo.

Izabel olhou em volta. Era tarde. Todos os três taxistas disponíveis estavam acompanhando a conversa.

— Noventa e cinco — tentou ela.

O taxista olhou bem para ela, para sua bolsa de alças amorfa, e assentiu.

— Noventa e cinco vai.

A luz se apagou.

Izabel sentiu prazer em ter previsto aquilo. Prazer e fastio. Andou no escuro até as velas já no candelabro; acendeu com o isqueiro. A chuva caía forte e constante. O pessoal da Ampla esperaria a trégua antes de consertar.

Já chovia forte quando Izabel foi largada junto ao portão de baixo do sítio. A placa de CUIDADO: CÃO BRAVO mentindo impávida. Atrás do muro, a cerca viva; e, atrás dela, a subida de terra com duas trilhas de cimento para pneus a perder de vista. Ela enfrentou a ladeira segurando o celular à frente e o guarda-chuva no pescoço até alcançar o interruptor camuflado e descobrir que ou roubaram as lâmpadas ou a fiação estava ruim.

Lá em cima, tinha se abrigado na casa. Era uma cabana no mato de último tipo, com uma equipada cozinha, dois banheiros, três quartos, sala de TV, porão e um terreno em volta bem maior do que seria necessário a quem não plantava e morava sozinho.

Izabel tirou o casaco e usou o isqueiro para acender seu penúltimo cigarro.

Agora o campo é só mais um lugar que fica chato quando cai a luz. Com uma diferença: a luz cai mais vezes.

O campo. Aquele também não era um campo normal. Não era um lugar com muitas fazendas, produção respeitável de alimentos. Nada para colher. Era onde o pessoal ia passar as férias, o fim de semana.

No topo do morro, dois números acima, tinha um dono de banco. Um pouco mais para trás, a uns dois quilômetros, a ex-cantora de MPB reclusa que sempre podia ser vista pelada pelas frestas da cerca viva. Mais de um bicheiro com casa ali. Também vários atores, que enjoavam e vendiam pra outros atores, de modo que Izabel nunca sabia dizer que famosos eram seus vizinhos.

Além deles, tinha os caseiros. Com amplas famílias morando nas proximidades. Frequentando as muitas igrejas evangélicas por bairro.

Então o que eu estou fazendo aqui?

O sítio era próprio. Ou melhor, da família. Adquirido pelo avô com suadas economias no fim da ditadura. Logo depois, o preço dera um salto. E outro. E mais outro. Nunca mais parando de subir. Nos anos 90, Araras se tornara um polo gastronômico requintado, um galante destino de fim de semana, um *point* de celebridades em férias rápidas do Projac.

Essa era a história que contavam. Tinha nascido em 91, para ela sempre fora assim.

Depois de adolescente, quase não ia mais. Preferia praia. Quer dizer, na época do Ivan até vinha, trepar atrás das moitas. Mas isso fazia anos, e ela sem carro próprio nem disposição para se arrastar para lá. Aí, foi viajar. Aí, o avô morreu.

Aí, meu vô morreu.

Enfiou a bituca de cigarro no cinzeiro escuro de madeira, muito anos 70.

De enfisema pulmonar.

Levantou e postou-se à frente da parede de vidro, só de janelas. Tinha certeza de que aquilo tinha um nome arquitetônico — "jardim de inverno"? Desenhado para permitir que as pessoas admirassem ambientes naturais sem sentir frio. Só que, naquele breu, não via nada lá fora. Mentira: via filetes d'água, transbordando da calha e furando a terra dos vasos sob o beiral. E, a cada clarão, a rocha ao longe, escorrendo cachoeiras. Mais nada.

Entrou no menor dos quartos e abriu o guarda-roupa. No fundo dele, o chinelo laranja que era seu desde os doze anos. A cama de ferro em que sentou para calçá-los tinha sido da sua mãe até casar.

Achou que ia sentir o cheiro do avô nas coisas. Mas sentia apenas cheiro de mofo.

Saiu carregando os tênis e entrou com eles no quarto principal. Largou-os perto da porta e assentou a bolsa em cima da penteadeira, abrindo-a e tirando dela bolsas menores, que arrumou ao redor. De uma delas extraiu uma escova de dente, e foi ao banheiro filar a pasta.

A pasta estava meio ressecada, mas estava lá. Um hotel afetivo e estranho ao mesmo tempo, aquele.

A cama estava feita. E mofada. Tirou a roupa e entrou nela. Conferiu o celular — relativamente cedo, uma da manhã. Demorou um pouco para pegar no sono com os latidos intermitentes na ponta oeste da casa. Era a primeira vez que ouvia tantos e tão próximos: aquilo não era cão vadio, algum vizinho devia estar criando cachorros.

Quarta, 31 de dezembro

Percorreu as lajotas que separavam a casa da piscina levantando bem os pés a cada passo para transpor a grama alta. As cercas vivas disformes, o mato tomando canteiros. Mais de seis meses sem seu avô. Quase um ano sem manutenção. A casa havia sido confiada à olhada ocasional de uma vizinha, mas parece que ela nem tinha posto os pés no sítio.

Quando a luz começava a incomodar os olhos e não era dia útil, Izabel normalmente virava de lado e dormia de novo. Hoje não. Tinha levantado no susto, clorado a piscina, ligado a bomba. Depois engolira um café — não coado, por falta de filtro. E agora averiguava o entorno.

A piscina transbordava, completada pela chuva. Estava verde. Verde-lago. A pedra da borda era áspera e curvada para cima, e represava a água acima do nível do chão. O deque úmido reluzia tristonho sem as espreguiçadeiras de PVC.

Em volta dele, hibiscos em flor, a magnólia, os pinheiros sortidos e a fila interminável de antúrios. Era visível que o sítio já tinha pertencido a uma mulher. O sítio pertencera a um homem por trinta anos, e, se ele não replantava as flores que morriam, podava e adubava zelosamente as sobreviventes.

O platô onde hoje estava a piscina costumava ser usado pela vizinhança para o futebol, com a bênção da antiga dona. Fora difícil desarraigar esse hábito deles, bem como o de usar o sítio como passagem entre a rua de cima e a de baixo. Mas a antipatia olímpica do seu avô um dia levou a melhor. Isso e a dobermann caramelo que ele arrumou.

A parte seca da grama tinha que ser regada durante o inverno, e obviamente não tinha sido. Também havia formigueiros pelo gramado, e Izabel descobriu ao andar descalça que algumas áreas estavam coalhadas de rosáceas, uma ervinha chata que cravava feito agulha em pé de banhista desavisado. Rosácea só saía com veneno. Mas os buracos na grama preocupavam mais. Depois, quando pudesse, ia trazer uns torrões novos e replantar a parte calva.

Seu avô costumava suspirar: *Quem dera ser assim com cabelo.*

A magnólia do fundo tinha definitivamente ficado mais clara e rala com a idade. O balanço cor de musgo à sua sombra fora um presente para Izabel. Pensou em se balançar um pouco, mas lembrou que o assento não comportava mais seu quadril desde uns doze anos de idade.

Do lado oposto da piscina, havia uma pitangueira sombreando o piso da casa do caseiro em ruínas. Já a árvore continuava bem verde e viçosa.

A velha antena parabólica continuava espetada no declive. Toda enferrujada. Árvores haviam sido cortadas por causa dela. Para que ela conversasse com o satélite. Hoje tinham a antena-pizza e sua meia dúzia de canais abertos. Depois precisava arrumar alguém para levar aquilo dali.

Passou pelo túmulo da cachorra, um círculo de terra delimitado com seixos rolados. Káli, o nome dela. Tinha morrido há uns quatro anos; o avô teimou que não queria outra (nem outro). Ficou sozinho ali naquele sítio enorme.

Izabel foi descendo a estrada interna de queixo levantado e averiguou que, dos postes, só um tinha lâmpada. Que não acendia. Impressionante.

Atingiu a entrada de baixo e subiu tudo de novo para a horta. Estava ansiosa para começar a mexer nela. Tinha virado uma barafunda de mato com umas poucas bananeiras em volta.

Atrás da horta havia uma nespereira que se recusava a dar mais nêsperas. Havia a mangueira. A parreira que nunca dera uvas. Uma fieira de limão-galego que usavam para fazer caipirinha, quando havia visitas. Havia também a pedra onde tinha bebido sua primeira cerveja, fumado seus primeiros cigarros e recusado o segundo beijo, oferecido por Thales Nesser, um gordinho de óculos da sua antiga escola que também tinha casa em Araras e que, embora mal falasse com ela no recreio, vivia aparecendo no sítio, com efusiva aprovação da mãe de Izabel. Algumas vezes ele encontrava Izabel sozinha, noutras acompanhada por alguma amiga que ele sempre tentaria beijar, às vezes com sucesso. Izabel mesmo ele nunca conseguia.

Terminada a inspeção, ela voltou para casa e abriu todas as portas de todos os armários. Tiraria as roupas de dentro deles assim que pudesse e as estenderia até sair aquele cheiro de guardado. Tem tempo, pensou. Primeiro, cuidaria do supérfluo.

Sua mão já começava a mostrar as mesmas veias saltadas das tias quarentonas. Agora sessentonas. Na infância, quarentonas — ficava olhando fascinada as mãos adultas e femininas pousadas, conversando, fumando, às vezes trêmulas, sempre pintadas. Agora olhava a sua própria ser desbastada pela manicure que lhe perguntava qual esmalte ia usar.

Em todo lugar as moças fazem a mão. No salão rural, grassava o mesmo cheiro de química capilar, vapor e esmalte que em qualquer salão urbano. Mão e pé eram mais baratos que na cidade, mas os tratamentos de cabelo compensavam em muito. Não tinha concorrência.

De cinco em cinco minutos, um novo moleque passava buzinando a moto e acenando para o interior do salão. No segundo que isso durava, de algum modo a cabeleireira o reconhecia e acenava de volta. *Tchau, Marvinho!*

— Qual esmalte? — insistia a manicure.

— Carmim? — chutou Izabel. — Se não tiver, põe Volúpia e Toque de Ira. Uma camada de cada.

Durante a estada no exterior, Izabel fizera as próprias unhas. Levara os esmaltes daqui, que julgava melhores (continuava julgando). E o pau de laranjeira, e um alicate. Tudo numa nécessaire socada no fundo da mala: não podia na bagagem de mão, era arma. Comprou lá algodão e removedor.

Volúpia mais Toque de Ira, assim como Carmim, rendia um vermelho-dondoca. Mão branca, veias azuis, unhas vermelhas: combinava. Olhou satisfeita o resultado, pagou e saiu.

Começava a chover de novo, dessa vez fraco. Não ousava abrir o guarda-chuva com a unha secando — ali se fazia o pé antes da mão por causa da poeira da estrada, tinha essa peculiaridade —, então foi andando, abanando as mãos, pisando em ovos. Respondeu a um bom-dia. Não era verdade que as pessoas se cumprimentavam mais no campo do que na cidade. Ou só cumprimentavam quem era dali. Ela não era.

Não vendiam cigarros na padaria. Izabel comprou um chiclete. Bateu o tipo de fome que só a combinação de pouca janta com trabalho braçal pela manhã é capaz de conjurar. O pouco que havia na sua despensa era metade vencido, metade inútil — só a adega era decente, fornida até. Resolveu aproveitar que estava na rua e pegar um ônibus para o centrinho. Lá encontraria tudo.

O ônibus veio rápido e viajava também rápido, jogando nas curvas. Durante o trajeto, um ou dois carros apressados tiveram que frear bruscamente ao deparar com ele no sentido contrário. Os locais se amontoavam nos bancos, uns em silêncio, outros papagaiando no celular. Todas as cabeças se viraram ao passar por uma queda de barreira, a terra laranja esparramada pela pista. Um senhor de chapéu apontou para uma casa alta cujo muro estava escorado e prestes a cair. Era de um velho amigo, disse, com orgulho.

Quando chegou no centro, Izabel sentia o café preto carcomer a parede do estômago. Rosto e mãos gelados do ar da janela. Entrou no primeiro restaurante que viu. O nome era Casa da Coruja.

O restaurante propriamente dito era pequeno, mas havia mesas livres no jardim. Izabel escolheu uma delas. Uma moça rotunda veio lhe estender um cardápio.

— Boa tarde, meu nome é Moema. Vou ser sua garçonete hoje. Gostaria de experimentar nosso couvert?

— Sim, pode trazer. Moema?

— Sim?

— Vocês vendem cigarro aqui?

— Não.

— Então vou ali só um minutinho comprar enquanto você traz o couvert.

Voltou e fumou. Consumiu as torradinhas coloridas como se não houvesse amanhã. Reparou que um rio, o rio de Araras, passava nos fundos do terreno. E que as outras mesas eram ocupadas por famílias com crianças ou casais maduros. Izabel começou a sentir que aquilo ia sair caro antes mesmo de tocar no cardápio.

Os pratos mais simples custavam em torno de oitenta reais. A picanha para dois estava listada a um preço inominável. Um suco de fruta custava mais de dez reais. Como que para compensar, havia frutas exóticas.

Izabel pediu um suco de graviola e uma feijoada completa.

Comeu até ficar parva e dispensou a sobremesa oferecida por Moema. Bebeu um café. Pagou no cartão. Acendeu outro cigarro e caminhou.

Havia dois açougues, um deles anunciando TEMOS BACALHAU CONGELADO, três restaurantes chiques, um bar xexelento, uma loja de material de construção, uma farmácia, várias lojas de roupas e artesanato, uma igrejinha católica rósea com gramado na frente, uma evangélica que abrigava uma escola e um Alcoólicos Anônimos, um pet-shop, uma imobiliária, uma videolocadora e três mercados completamente diferentes. Um deles era forrado de lambri e possuía vinhos do mundo todo na vitrine ampla e limpa. Outro parecia uma venda misturada com padaria. Decidiu-se pelo intermediário, com cara de supermercado. Colocou no cesto material de limpeza, frutas, legumes, asas de frango, macarrão, temperos. Perto do caixa, um display com vários enchaus, envelopinhos de sementes atraiu sua atenção. Escolheu cenoura, cebolinha e tomate, que achou que seria capaz de plantar. O caixa quis saber onde ela morava.

— Por quê?

— A gente entrega até o Malta. — e deu-lhe um ímã de geladeira.

Mas a taxa era dez reais. Saiu carregada de sacolas plásticas sem logo e topou com a videolocadora. O nome era VideoLan, ou seja, devia ter internet também. Entrou.

A loja era um ambiente refrigerado com um balcão de fórmica branca no meio, dividindo. Para o lado de lá, viam-se computadores ociosos sobre uma bancada. Uma placa anunciava aluguel de consoles de video game por hora. A locadora de vídeo propriamente dita era um prodígio de aproveitamento de espaço: DVDs restolho e blu-rays se espremiam de lado em prateleiras contíguas. Apenas os lançamentos mereciam exposição frontal, numa estante junto ao balcão.

Izabel virou-se para a mocinha no balcão.

— Quanto é o filme?

— Oito reais lançamento, quatro o acervo. DVD é três reais. A inscrição é grátis.

Izabel colocou a caixa de volta na prateleira.

— Não, só pra saber.

— Quinta-feira sai pela metade do preço — disse a moça. — Quer dizer, menos amanhã, que é feriado.

— Tudo bem. Deixa pra próxima.

— Feliz Ano-Novo!

— Igualmente.

Disse isso e saiu. Foi andando pela rua na direção do ponto de ônibus. Não estava mais chovendo.

Viu sua imagem na vitrine da loja de vinhos. O porte esbelto, o caminhar altivo, o balancear dos passos com o guarda-chuva, sem chegar a tocá-lo no chão. Ela era seu avô em pessoa. A mesma veia sobressaindo na testa, o mesmo olhar. Às vezes esbarrava com o próprio olhar no espelho do elevador e se assustava como se tivesse sido flagrada pelo velho.

O ônibus de volta estava vazio. Ela escolheu o banco alto em cima da roda. E viu tudo por cima das cercas vivas. Suntuosos carpetes de relva sob chalés suíços com gigantismo. Chaminés. Quadras de tênis. O rio grosso de chuva sumindo e brotando sítios adentro. Aquilo foi dando saudade. Saudade das pescarias. Ela com sete anos. O dia que o avô simplesmente a pegara e a levara junto. "Amanhã vamos pescar." Assim. Sem distinção de sexo. Sem nem notar a diferença. Ensinava a criança à sua frente; ensinaria qualquer que fosse a criança. Acostumaram a ir numa terra devoluta pouco abaixo do sítio — a da ponte de tronco com um cabo de aço esticado como corrimão. Raramente a cruzavam: sentavam numa pedrona seca na borda de cá e passavam horas em silêncio, fisgando bagres, tilápias, mais bagres.

Saltou da condução. Resolveu entrar no sítio pela rua de cima, que não via há algum tempo. Entrando na ladeira, foi ultrapassada por um Rolls-Royce de focinho largo, carcaça sofisticada, filme nos vidros. Parecia altamente impróprio para o campo. Devia ser o carro do banqueiro.

A rua tinha sido de terra há até bem pouco tempo, e, por iniciativa desse vizinho banqueiro, fora calçada com paralelepípedos da estrada principal até o topo da ladeira. Benefício colateral: qualquer morador que ficasse no caminho conseguiria levar seu carro até o alto da ladeira bem mais fácil.

Izabel não tinha carro. Subiu sentindo as panturrilhas latejarem e a pulsação ecoar na cabeça. Chegou ao topo vendo pontinhos brancos desgovernados pelo ar. Livrava o pulso das sacas de compras quando lembrou que não havia trazido a chave de cima. Mas o portão era da altura da coxa. Passou as sacolas por cima, pulou-o e deixou o declive ditar suas passadas.

Borrifou protetor solar pelas pernas e costas nuas e rumou para a horta. Escolheu o canteiro de baixo, um cercadinho de blocos de concreto contendo apenas mato. Tacou a enxada na terra. Ela cedeu fácil, ainda mole do dia anterior. Ajuntou o capim com as mãos, jogou tudo no tanque de peixes abandonado onde depois tocaria fogo. Fez furos na terra de três em três centímetros com o polegar e depositou as sementes dentro.

— Mocinha. Ei mocinha. Psiu.

Registrou o perfume forte antes que pudesse identificar de onde vinha o chamado. Era do outro lado da cerca viva. Afastando-se dela viu a vizinha, num nível mais alto.

— Oi, tudo bem? Você é parente do antigo morador?

— Sou. — Ela arrancou o boné. — Neta dele.

— Ah, você... eu me lembro de você pequenininha. Era você? Que vinha?

— Sim. Izabel.

— Izabel! — A senhora deu um tapa na testa. — Lembra de mim, Izabel?

Não lembrava.

— Dona Aída — reapresentou-se a mulher. — Você ficava na minha cadeira de balanço lendo os livros do meu marido. Lembra?

Sim. Aquilo tinha acontecido entre seus sete e doze anos. Tinha lido pela primeira vez *Moby Dick* naquela biblioteca. Eram velhinhos legais.

— Ah, lembro! Como vai o seu Jorge?

— Já faleceu. Vão oito anos em outubro.

— Que pena. Eu passei tanto tempo sem vir...

... *que até meu avô morreu.*

— Você tá ocupada agora? Não quer dar a volta pela cerca? Passei um café agora.

— Claro.

Prendeu as luvas de jardinagem pela barra no cinto e deu a volta.

Aída serviu o café na cozinha, com uma nova geladeira de aço escovado, mas a mesma galinha de arame estocando ovos.

— A senhora ainda tem o galinheiro?

— Claro.

— Engraçado, eu não acordo com os galos.

— É que eu não tenho galo. Só galinha.

— Mas elas não precisam de um galo?

— Pra quê? Não vou chocar. — Aída lançou um olhar torto para a direita. — E diz uma coisa: mas e com esse canil do vizinho, você consegue dormir?

— Ontem eu tive dificuldade.

— Eu também. Tenho sono leve. Pior que ele nunca tá aí. Pimenta no cu dos outros...

Aída pertencia ao tipo que falava "cu", e não "olho".

O marido de Aída tinha transformado a casa numa pousada, acrescentando chalés, e, quando a vizinhança começou a reclamar dos carros estacionados na rua, também uma garagem. Restou a ela tocar o negócio quando o marido se foi. Havia também um filho morando longe, no Rio.

Àquela hora, os hóspedes estavam todos em cachoeiras, lojas de artesanato ou restaurantes. Mentira, tinha algumas crianças na piscina, espalhando água. Um torneio de melhor pulo com os joelhos abraçados estava em curso.

Izabel quis ver a biblioteca.

— Ô, minha querida. Não existe mais.

— Não?

Não. Os livros estavam velhos e alguns hóspedes reclamavam de rinite. E casa de campo já é cheia de ácaros por natureza. Ela teve que se livrar deles.

Havia livros de arte novos (sobre a mesa da sala/recepção). A única coisa em papel além disso era o jornal do dia.

Subiram a escada. O andar de cima tinha sido melhorado e ampliado. Tábuas negras envernizadas e vasos com galhos secos dentro criavam um clima campestre-chique em que a metade de baixo da casa fracassava um pouco, com suas galinhas de arame. Havia pelo corredor quadros com flores parcialmente seccionadas e seus nomes científicos.

Uma arrumadeira de uniforme afofava travesseiros e trocava toalhas. Ela se chamava Maximiliana, mas gostava que a chamassem de Márcia. Trabalhava ali e dormia fora — "No Vista Alegre", cochichou Aída.

A sala de jantar continha uma mesa escura e quadrada de madeira de lei, uma cristaleira cheia de garrafas de vidro trabalhado, e uma arca comprida e baixa que acompanhava toda uma longa parede (que Aída explicou ser o bufê do café da manhã). Ao lado da arca, havia um portal para uma varanda envidraçada com mesinhas.

— Nosso jardim de inverno — apresentou ela.

Passaram pelas crianças na piscina, pelo campo de futebol e chegaram a um pátio com dois chalés independentes que alugavam para casais em lua de mel. O velho barracão de ferramentas em frente era dotado de um alpendre onde residiam duas redes e uma mesa de pingue-pongue. Atrás do barracão, o galinheiro. Izabel adorava as galinhas; quando era criança, às vezes largava seu livro na rede só pra ficar observando aquele bicho penoso que não podia ser afagado. Eram o xodó também de seu Jorge, que as alimentava com um rito bem cumprido: postado no meio do galinheiro, com garbo, atirava o milho em roda para o alto. Assim elas não se amontoavam para comer.

Voltaram para a casa. Aída mandou Márcia servir um dos licores da estante. Izabel escolheu o de menta.

— Olha, sua mãe deixou as chaves do seu sítio comigo. Quer de volta?

— Não era melhor a senhora ficar com a do portão? Não posso ficar aqui durante a semana. Eu trabalho.

— Ah. O que é que você faz?

— Sou designer.

— Designer — repetiu Aída. — O que é que faz um designer?

— Faço capa de revista, livro, essas coisas.

— Ah. E está trabalhando onde?

— Na Vale.

— Ah! Puxa.

Um murmúrio de aprovação. Mas Izabel ainda teve o que acrescentar:

— Mas sou terceirizada lá. Eles não contratam designer.

Dona Aída parecia bem preocupada com seu futuro. Perguntou se ela pensava em prestar concurso, se tinha casa própria, se tinha carro. Chegou até a famigerada questão do namorado. Não, ela não tinha um.

— E para hoje, você tem planos?

— Por quê?

— A gente vai fazer uma festinha aqui em casa. Meu filho vem.

— Desculpa, dona Aída. Eu já tenho uma festa pra ir.

A festa ia ser ela, um espumante, e o show da virada na TV.

Entardecia com céu limpo. Izabel guardava as roupas que havia deixado ao léu. Alguém próximo testava fogos de artifício, cães latiam em resposta.

Ela entrou no quarto de ferramentas e encontrou o velho estojo de plástico azul e o balde branco pela metade. Leu as instruções.

A seguir estava na beira da piscina, pingando reagente nos tubinhos de medir pH.

Desligou a bomba. Agora a água estava verde-clara. Acrescentou sulfato de alumínio, arrastou o saco pela água. Era um saco de aniagem preso a um cabo de vassoura. Tecnologia de ponta.

Então leu a frase final do folheto: teria que esperar mais duas horas antes de entrar na água.

Virou os olhos para o céu já avermelhado. Não ia dar tempo. Não ia dar tempo de entrar na água. Não ia dar tempo de fazer tudo num dia só. Nem mesmo num feriadão só.

A mãe tinha agendado a virada com umas amigas numa cobertura em Copacabana. Trezentos reais por pessoa. Bebida liberada. Convidou Izabel, que, como sempre, declinou. Réveillon não combinava com família.

Os réveillons de Izabel eram sempre decididos de última hora. Acabava por exemplo assistindo à maratona de desenhos no ar refrigerado com vodca na mão e crianças ao redor. Uma vez tinha passado a meia-noite na fila do Bob's. Mas pior mesmo era quando recebia o convite de algum residente de Copacabana para ver o show de fogos — porque por algum motivo topava, e acabava cercada de turistas internacionais e domésticos que não tinham tido aquela experiência ainda, e portanto precisavam ticá-la em sua listinha —, e lá se ia, atravessando a multidão compacta com taças de plástico pré-encaixadas na base em bolsas junto ao corpo, e Chandon.

Toda vez que ia, se arrependia. Toda vez que era chamada, voltava.

Esse ano não. Esse ano, tinha planejado passar o Ano-Novo sozinha. Sozinha no sítio. Uma colega tinha perguntado se ia levar ácido. Não, não pretendia. Teria que trabalhar, cuidar das plantas, não teria conforto algum: precisaria estar sóbria.

— Que chato, não? — ouviu.

Ninguém falava, mas passar sozinho parecia um tanto deprimente; *querer* passar sozinho, então, muito pior. *Planejar* passar sozinho era outra coisa — um proverbial Tapa na Cara da Sociedade que Congregava. Logo, a única possibilidade admissível seria Izabel estar indo obrigada.

Ela não precisava nem devia esclarecer demais o que estava sentindo, e fez isso mesmo, não respondeu nada. É que a menina que perguntara do ácido mal a conhecia. Não sabia da vida de Izabel. Não sabia de seu curso no exterior, nem que aquele era seu primeiro emprego formal, com colegas e saídas e feriados como tábuas de salvação. Nem que ela não curtia drogas.

Pensou em desejar feliz Ano-Novo pros amigos via rede social. A internet era uma porcaria, tinha começado o dia pegando e logo deixado de pegar. Ela desistiu de apontar o celular para o céu e foi cuidar de uma espécie de comemoração. Colocou uma roupa e começou a comer queijos. Fez pipoca. Ligou a TV. Percorreu os canais de ponta a ponta mais de uma vez. Meia-noite, o telefone tocou. Era sua mãe.

— Feliz Ano-Novo!

— Feliz Ano-Novo.

Saiu de casa. As faíscas dos fogos distantes nem arranhavam o azul do luar, que projetava as araucárias com firmeza no gramado. Izabel estourou o champanhe sobre a grama e os próprios braços; bebeu do gargalo. Bebeu rápido, queria se sentir bêbada. Voltou à despensa. Abriu outra garrafa de outra coisa. Atendeu à barulheira lá fora: num céu próximo começava um foguetório de escala principesca, meio atrasado. Continuou andando e pulou na piscina. Abriu os olhos lá embaixo. O tanque azul era maculado por flashes verdes, amarelos e vermelhos. Claro como o dia. O som era de milhares de torpedos à distância, submarinos inimigos. Emergiu. Agora sim, bêbada. Não se via vivalma. Izabel tirou a blusa molhada, flutuou até a beirada e recostou-se, a garrafa aberta, os peitos de fora. Logo o show acabou, tudo ficou quieto, e a fumaça começou a descer, irritando os olhos dela.

Quinta, 1º de janeiro

Quando fora para a cama, os cães estavam em silêncio. Alguém devia ter lhes dado um tranquilizante. Ao deitar, tudo que Izabel ouvia era o uh baby baby de uma música pop ao longe. A mesma seleção parecia estar tocando quando acordou.

De casa, ela não via a estrada de baixo nem a de cima. A casa ficava no centro do terreno, para fingir que ali havia apenas montanhas e outras casas. À noite, via no máximo os faróis deslizando por trás da cerca viva, lá embaixo.

Mas era de dia. Três costados de montanha eram plenamente visíveis do pátio em frente à casa. Três rochas: a gigantesca, visível pela parede de janelas, raiada de cachoeiras quando chovia; a leste, toda comprida, chamada Maria Cumprida; e uma onde o sol se punha, para o lado do Vale das Videiras. Se saísse pela cozinha, era essa que ocupava mais a vista.

Havia pequenos flocos de fumaça inerte sobre o paredão distante. Não, não inertes; lentamente ascendentes, sugados por uma nuvem-mestra no alto da montanha. Evaporando.

Tudo era tão observável. Não podia esquecer a máquina fotográfica da próxima vez. Falta imperdoável não ter trazido. Mais do que isso, tinha que descobrir um jeito de voltar a pintar. Arranjar carvão, crayons, bons papéis. Depois, telas.

Levantou os olhos de novo para a rocha e viu dessa vez parada sobre ela uma maçaroca baixa, amarela, sem dimensão. Disso concluiu que o tempo ia abrir mais tarde. Entrou e foi preparar o almoço.

Mas estava enganada. Depois do almoço tinha deitado na cama do avô, encolhida, lendo um livro e esperando o remédio contra cólica fazer efeito, quando o vento começou a assobiar pelas frestas, chocalhando as portas fechadas e gelando os dedos do pé.

Ela o ignorou até a primeira porta bater; então levantou rapidamente e saiu fechando tudo. Viu pedaços preocupantes do céu pela janela e correu para o pátio: lá, em meio à sinfonia de latidos e piados, teve que puxar o cabelo da frente do rosto para ver que dois focos de tempestade — duas nuvens pretas, uma em cada morro — pretendiam se encontrar exatamente sobre a sua cabeça. Rajadas de vento desencontradas agitavam ora as árvores a leste, ora a oeste. Ela prendeu a porta da frente com o seixo rolado e ficou observando do alpendre, segurando os braços, deixando os cabelos chibatarem a cara. Do lado do Vale das Videiras, a nuvem tinha coberto a montanha até o sopé; do outro, o horizonte bramia, raio atrás de raio. Desse lado, o céu estava verde. Isso não podia ser bom.

A tempestade durou mais de uma hora. Durante essa hora faltou luz — e apesar de serem quatro da tarde houve um momento em que ficou feito noite, e as goteiras do telhado sem forro revelaram-se tantas que Izabel, que já tinha desistido de apará-las com panelas, desistiu também de contá-las — e de vez em quando vinha um novo barulho medonho, que a fazia apesar do medo correr para a janela pra tentar ver o que era. Raios cada vez mais intensos, trovoadas quase simultâneas. Pela parede de vidro, ela estava exposta ao espetáculo em toda a sua intensidade; não parecia haver espaço entre dois pingos, a chuva talvez fosse cair em lençóis compactos. A espessa lâmina d'água que cobria o pátio da frente era perfurada com tanta força pelas gotas que Izabel conseguia enxergar por um instante o chão cimentado embaixo. A ladeira que escoava a água do pátio era um rio barrento. A calha entupida cuspia água no chão e pelas beiradas. As torrentes e os gotejamentos se aliavam numa zoada que dava a impressão de preencher todo o espaço sonoro — e que foi desbancada por um estrondo nunca ouvido. O que era aquilo? Parecia um trovão, mas era forte demais, como se viesse da terra; tremia a terra, não parava, durava. Uma coisa quebrando, estalando, fraturando. Até, minutos depois, enfim parar, mas não sem um baque final. Que diabos?

Depois disso, os raios foram ficando mais e mais esparsos. As tempestades foram deixando o vale, cada uma pelo seu lado. Izabel pôs a cabeça para fora. O céu estava melhor. Sacou o guarda--chuva, vestiu botas. Foi espiar. Tinha novidade na paisagem. Um talho branco do tamanho de um campo de futebol na rocha comprida. Uma fatia da pedra tinha sido arrancada e deslizara, deixando no seu encalço uma trilha de pó e árvores levadas de arrasto. Então era isso o barulhão que tinha ouvido. Raio caindo na montanha, pedra chata escorrendo pela encosta. Na hora tinha se controlado pensando que era impressão, mas, sim, a terra tinha tremido. Aquilo podia ter matado alguém. Assistiria aos jornais, se a luz voltasse.

Uma luz havaiana se abatia sobre o vale, denotando o pôr do sol. Izabel caminhou pelo sítio: vários galhos grandes caídos, da jaqueira, da quaresmeira (que por pouco não abria um buraco no telhado), e quanta folha. A terra encharcada e revolvida pelo aguaceiro. Uma bananeira velha arrancada de raiz. Izabel foi olhar de perto, escorregou e caiu de bunda no barranco. Resolveu deixar pra outra hora a inspeção. Em casa, descobriu que a luz tinha voltado e ninguém próximo tinha morrido, mas duas pessoas em Corrêas, sim.

Sexta
O dia amanheceu nublado, mas estável. Resolveu correr.

Vestiu um casaco leve de jogging, branco. Pôs uma calça que não combinava e nunca tinha usado no Rio, mas bastante no Canadá. Enfiou o pé no tênis preto com lâminas fosforescentes que ganhara de presente de Natal. Colocou uns trocados e a chave no bolso e partiu num passo apertado na direção da entrada de cima.

Ladeira abaixo, o calçamento acabava. Barro. O tênis ia ficar todo emporcalhado. Paciência. E cuidado para não escorregar. Eram oito da manhã.

Passou pelo vizinho da direita e pelo caseiro do vizinho, com seu terreno independente. Ambos estavam trabalhando, rondando as propriedades para conferir o estrago. Era estranho como apenas a parcela de sítios ao seu redor parecia habitada; nunca flagrava ninguém zanzando pelos outros. Passou por um vira-lata marrom e preto, e esperou aos pulinhos um fusca vencer o cruzamento em ladeira. Entrou no quarteirão seguinte, uma colcha de cercas vivas com placas de CÃO BRAVO. Ali a maioria das placas era verdade. Bravos e descontrolados, alarmes vivos latindo à passagem de Izabel. Tomava sustos. O tênis esguichava baixinho no contato com o chão, os dedos pintados amortecidos lá dentro. Olhou as mãos: o céu branco e o verde ao redor refletiam-se nela, tornavam seus dedos ainda mais pálidos, o vermelho neles ainda mais vivo.

Parou (parou mesmo, sem pulinhos) ao se aproximar do rumor de água. O rio aumentado corria atravessando a estrada por baixo. Quando criança, imaginava uma boçoroca súbita nesses pontos, especialmente quando o carro da família estava passando em cima deles. Observou o rio alguns instantes. Depois retomou. Pegou ritmo. Terreno recoberto de eucaliptos, Parati parada numa bifurcação, família loira nuclear jogando tênis, patos soltos, um siamês desconfiado e o rio de novo. Atravessada nele, uma árvore caída. De raiz. Começou a subir uma ladeira de terra equipada com as tais trilhas duplas para pneus. Foi pisando pelo meio: a terra não encharcava por causa do declive. O cimento era limoso.

Quando foi alcançando o topo, notou a piscina-pântano do quintalzinho devassado ao lado da ladeira. Cheia de criança. Seu olhar profissional acusava o puro visual do fim dos anos 80, incluindo um velho e desbotado ombrelone de coca-cola possivelmente pilhado de algum quiosque à beira-mar.

Todo verão o ombrelone de fibra e a piscina de cinco mil litros saíam para o quintal. A água era a mesma o verão inteiro e sempre acabava verde. Isso se repetia há muitos anos, porque Izabel lembrava: tinha até apelidado a piscina temporária de La Ciénaga em memória de um filme preferido. Tinha a teoria de que os donos dela, e do quintal, eram caseiros do terreno do outro lado da rua, este sim impenetrável ao olhar de curiosos.

Izabel atingiu o alto da ladeira: a estrada principal. Com três pulinhos, fez a volta.

No fundo da ladeira, livrou-se do casaco e começou a andar. Foi andando em passos largos, saboreando a lambida que o rabo de cavalo dava na cervical a cada passada, calculando quais seriam as chances de o cabelo estar cortado e amarrado na altura certa para isso acontecer.

No Canadá, permitira ao cabelo crescer o quanto quisesse. No Rio quase sempre tinha usado algum corte curto assimétrico, mas, por acaso, no dia que embarcou no Galeão, o cabelo roçava o ombro, maior que de costume. Então foi questão de apará-lo com inteligência durante o ano e tanto do curso no exterior, aos poucos substituindo os videotutoriais sobre modelagem com gel por videotutoriais sobre tranças e hidratação, até estar se sentindo uma princesa de mangá. Nos estágios finais, solta, a juba chegava à lombar.

Estágios finais. Um dia se encheu, entrou num salão. O cabeleireiro, medindo seus fios nos dedos, perguntou se ela deixava vender. Vender? Izabel tinha ouvido falar vagamente nisso, que cabelo dava dinheiro, e até mesmo em gangues que raptavam cabelo em plena rua, munidas de afiadíssimas navalhas.

Deixou. Conforme a lenda, o corte foi com navalha e rente para aproveitar todo o cabelo. Izabel tinha ficado com um aplique e uma pequena percentagem do valor de venda. Não pagou o corte — radicalmente raspado na nuca, pontas finas descendo as laterais. Abusou de gorros e echarpes até estar de volta ao trópico.

Quando chegou em casa, o telefone estava tocando. Correu para atender.

— Estou te ligando que nem louca. Você não estava?

— Fui correr. — E ofegou no bocal para provar. — Não levei celular.

— Foi correr? Mas está tudo bem aí? O jornal só fala em Petrópolis. Parecia que... Disse que a região serrana sofreu a maior ventania em dez anos. E a chuva foi mais violenta que a do ano passado. Os rios transbordaram, caiu árvore. Teresópolis decretou calamidade pública.

— Mas aqui está tudo bem.

— Mesmo, Izabel?

— Choveu bem ontem, faltou luz, mas depois ficou tudo bem. O rio subiu, mas não transbordou. Vi umas árvores caídas por aí também. Deslizou uma pedrona. Mas os vizinhos estão todos bem.

— É mesmo?... Bom, fiquei preocupada.

— Alarmismo da imprensa. — Izabel sabia que aquilo a mãe entendia.

— Alarmismo da imprensa — repetiu Marta. — Então você está bem aí? Não precisa de nada?

Que pergunta.

— Não, mãe. Tô ótima.

Foi limpar as pegadas de lama que deixara pela sala.

A acusação mais frequente dos *roommates* canadenses a Izabel era ela não ser limpa. Não gostava de limpar banheiro, esfregar azulejo. Era verdade. Procrastinava ao máximo. Mas, com a casa do jeito que estava, Izabel era possuída pelo impulso oposto, o de sair faxinando em frenesi até todos os cantos estarem habitáveis. Dividia o trabalho em etapas na mente e ia cumprindo, congratulando-se pelas partes que tinha terminado e projetando como se sentiria bem quando todas estivessem concluídas. De vez em quando estava no meio de uma tarefa e seu pensamento era *estou varrendo, varrendo, varrendo, levando a vassoura para o outro canto do cômodo e varrendo, varrendo*. Só estar ali nunca era suficiente.

O piso do porão era de ladrilho hidráulico com um padrão de cubos protuberantes infinitamente empilhados, em branco, cinza e preto. Os ladrilhos eram anciãos, haviam sido assentados no início dos tempos e durariam a eternidade. Por isso eram caros. Por isso e por serem lindos. E também pelo próprio fetiche de serem caros. Izabel os adorava. Quando era criança, passava horas rente ao chão, vidrada na mistura de 2D com 3D, deleitada na ilusão. Que as pessoas fabricassem aquele tipo de coisa. Que as pessoas vendessem e outras comprassem, entendendo a brincadeira. Hoje ela vivia disso.

Achou a escada que tinha vindo buscar e subiu para os quartos com ela embaixo do braço. Era uma velha e confiável escada de ferro, um chumbo. Seu avô falava isso de algo muito pesado: *um chumbo*. Jeito de velho falar. Objetos hexagonais eram "sextavados". Brinquedos "escangalhavam". Gente malvestida era "desmazelada". E a casa estava "em petição de miséria".

Embrulhou a vassoura com um pano molhado e começou a limpar o teto e o topo dos armários. Tinha aranhas vivas, que esperneavam desesperadas com o despejo, mas na maior parte eram só restos de teias antigas. Depois que acabou os quartos, começou a limpar o telhado sem forro da sala, muito mais povoado. Será que era preciso limpar o beiral também? Olhou para fora e deu de cara, para seu susto, com uma enorme borboleta carijó. Ela descansava, asas abertas, contra o lambri branco do beiral. Morta? Não. Dormindo. *Linda*, pensou Izabel. *Você não está mimetizada aí.*

Ao redor da borboleta, uma porção de teias de fio grosso. Algumas continham aranhas grandes e coloridas.

Tá, o beiral ia deixar como estava. Eram só as calhas que careciam urgente de uma limpeza.

Limpou apenas a parte das calhas que dava para o pátio frontal e usou a tarde para cortar a grama. Demorou a se entender com o equipamento, um bastão com náilon na ponta que espirrava grama para tudo quanto era lado. Protegeu as pernas e os braços e amarrou uma canga na cara feito ninja. Parecia que ia tratar de abelhas. Deu a partida. Inalou grama e querosene. Dois minutos depois estava descartando peças de roupa. O náilon da ponta gastava, ela desenrolava mais. Em duas horas, com pausa para café, tinha acabado o serviço em frente à casa, e o bíceps direito doía.

O tempo ali parecia que durava demais. *Só duas horas se passaram?* E tanto trabalho feito. Estava entediada? Não. É que o trabalho dali não tinha cara de trabalho. Não era o seu trabalho.

Sábado

O dia estava lindo. Outra leva de mantas e toalhas foi estendida por cima das azaleias para tentar perder seu mofo. Ainda faltavam coisas para limpar, mas seu corpo parecia mal curado da atividade do dia anterior. Ficou pensando como as empregadas conseguiam, e a resposta era que elas não conseguiam. Provavelmente nenhuma categoria abusava mais de remédios contra dor.

Tomou uma dipirona e fez uma caipirinha. Ficar boiando na sua piscina e não se preocupar com nada. O sítio já tinha sido o lugar em que ela passava o dia boiando no meio de um enxame de adultos se ocupando das coisas chatas por ela e para ela. Seu avô, sua mãe, às vezes um ajudante. Nunca tiveram caseiro, mas vários ajudantes que eram na verdade caseiros da vizinhança frilando. Tal e qual na cidade, o almoço aparecia magicamente na mesa, e aí Izabel era gentilmente convidada a se retirar da piscina para se sentar e comer "feito gente".

Com cinco anos, a mãe a matriculara na aula de natação. Izabel sabia mergulhar desde pequenininha, de idas à praia, mas gostou de aprender a abrir os olhos embaixo d'água. A piscina de dez metros no sítio rendia algumas braçadas, só que ela não gostava de nadar. Gostava de ficar na água. De dar mergulhos de cabeça e barrigadas de propósito. De contar quanto tempo conseguia ficar embaixo d'água ou boiando na superfície. De fingir que era uma das meninas do balé aquático, fingir que era sereia, plantar bananeira; tomar sol até esturricar em cima do colchão inflável; fazer guerra de esguicho, brincar de Titanic. Quando a mãe não estava, brincava de caça ao tesouro na parte funda, com máscara de mergulho. Marta achava perigoso. O avô jogava os objetos para ela.

Não era perigoso, não. O mar era perigoso. Mesmo o conhecendo desde que engatinhava, mesmo sabendo separar as pernas pra enfrentar a arrebentação, mesmo sabendo furar ondas repentinas com mergulhos estratégicos, volta e meia Izabel tomava um caldo e engolia água, areia, se lanhava toda, achava que ia morrer. Não existia *ficar na água* no mar.

Aos nove anos, quando não era mais preciso companhia constante, Izabel começou com uma neura muito específica. Não queria entrar na piscina sozinha. Chamava o avô. Porque percebeu: *era tudo água.* Quando mergulhava na piscina, os olhos estavam fechados. E aí vinha o pensamento: *E se um dia eu abrir os olhos embaixo d'água e não vir o tanque azul-claro forrado de azulejos, e sim aquela turbidez ardida e verde do mar?* O que impedia isso? Piscinas às vezes ficavam verdes se ninguém cuidava delas. Era água, era tudo água. E mesmo de olho fechado. *Eu podia mergulhar aqui, levantar a cabeça e emergir em alto-mar* — "emergir" recém-aprendido de *Sinbad, o marujo*; onde também aprendera que se fosse parar em alto-mar ninguém poderia salvá-la. O que impedia isso? Que uma pessoa sumisse, desaparecesse da existência, fosse tragada pela terra? Nada. A não ser a presença de alguém, que, como nos filmes, flagraria o fenômeno paranormal e contaria para as pessoas, que não acreditariam nela. Mas logo outras coisas inexplicáveis começariam a acontecer e então as pessoas, arrependidas, dariam ouvidos ao desacreditado. Acontecia sempre em cidades pequenas.

O devaneio foi interrompido por uma revoada de maritacas gritando em *surround* pelo espaço aéreo, uma comandando a direção e as outras atrás, batendo mais boca que asa. Disputavam lugar na formação como se fosse briga séria. Rainhas do drama: estava tudo bem.

Araras devia ter esse nome por causa delas. Izabel, pelo menos, nunca tinha visto outra ave tropical tão presente por ali. Ou isso, ou as araras clássicas tinham sido exterminadas.

Havia um pica-pau azul que nem o do desenho empoleirado na janela da casa, descansando e escolhendo a próxima árvore a bicar. Alguns pássaros eram óbvios, Izabel conhecia — os bem-te-vis de Araras só diziam te-vi, preguiçosos, e por algum tempo seu avô mantivera os beija-flores por perto oferecendo água com açúcar num bebedouro plástico. No verão era atividade máxima. Cada minuto do dia revelava uma configuração de sons muito própria, cuja composição exata ela ignorava. Gostaria de saber o nome do bicho que cantava em sua janela às seis da manhã, o que fazia u-u-u-u agudos e curtos. A cuíca disciplinada. Havia também a cuíca da tarde, outro pássaro, que piava um uuu unitário e dolente. Gostava de pássaros que fazem u.

* * *

A noite tinha reservado para arrumar o porão.

Não encontrou nem as varas de pescar nem as espingardas. Sabendo onde ficavam e conhecendo sua mãe, deviam ter sido as primeiras coisas a ir embora.

Dos jogos de tabuleiro, só conseguiu encontrar um *Escadas e Escorregadores*. Encontrou o Nintendo velho que não funcionava mais. Não achou o GameBoy que era praticamente uma máquina de jogar Pokémon.

Havia um plano de negligência dissimulada, Izabel intuía. Coisas eram retiradas da casa de campo; nada mais era acrescentado. Não tinha sobrado uma roupa do seu avô no armário, mas, ao mesmo tempo, ninguém fora contratado para fazer manutenção. Se teve ânimo de lidar com os fatos práticos da morte do pai, Marta podia pelo menos ter deixado o sítio em ordem.

Dr. Belmiro guardava tudo. Ela se lembrava de uma única vez, no começo dos anos 90, em que a mãe conseguiu fazer uma limpa no armário da casa de campo. Marta descobrira remédios vencidos havia mais de dez anos. Todos da vó Nádia. Ela precisava de tantos remédios. Marta lamentou não terem doado aquilo para caridade antes, e jogou tudo no lixo.

Izabel mexia agora na pasta CASAMENTO. Ela continha papéis de prestações de geladeira; a planta do primeiro apartamento; bilhetes e cartas de Nádia para Belmiro, e de Belmiro para Nádia, em caligrafia rebuscada e papel timbrado; o original da certidão de matrimônio se esfarelando. A maioria das fotos do casal ficava em albinhos dados por lojas quando você revelava o filme nelas, mas seu avô deixara algumas soltas ali, em ordem mais ou menos cronológica. A avó era desconcertantemente linda quando jovem. O avô era soturno desde novo, e bem moreno. Desbotou muito com a idade. A avó adquiriu olheiras encovadas, mas continuou com pernas estelares. Existia um vídeo dela numa festa de casamento em 1985 — ela muito elegante, mandando beijos para a câmera, sorrindo com os olhos, e pernas estelares. O batom do vídeo era um Payot, muito vermelho; atrás dela havia uma parede espelhada, e o câmera tentava desesperadamente evitar o lampejo do iluminador incompetente às suas costas, e ao mesmo tempo conter a avidez de Nádia pelo holofote. Todos os beijos que ela soprava eram concluídos com a boca aberta. Não houve edição. Mais tarde, ao fundo de alguma mesa, Nádia era vista mastigando alguma coisa, ausente. Talvez apenas Izabel tivesse reparado que não existia prato nem comida na mesa dela.

Quase no fundo da pasta CASAMENTO, apareceu uma caixa de remédio achatada. Uma caixa de Halcion.

Izabel separou da pasta essa caixa, algumas cartas, todas as fotos, a certidão de casamento, e destinou o restante à reciclagem em um enorme saco de lixo.

Achou que ia conseguir lidar com o porão bem rápido. Não ia. Seu nariz estava irritado e sua curiosidade atacada.

Domingo

Andou pelo pátio recolhendo as últimas roupas estendidas. Parou no pórtico e olhou em volta. O sítio tomava forma. Logo seria habitável. Faltava muita coisa de manutenção vegetal, como a cerca viva pançuda. A casa estava ainda repleta de coisas mofadas e inúteis, boa parte das quais ela teria que jogar fora. Mas o entorno já parecia satisfatório. Ela era plenamente capaz de resolver, ler as instruções, domar a máquina. Nada demais.

No meio da grama desbastada, a magnólia. Verde-clara, as folhas miúdas. Tadinha. Tinha ficado velha. Andou até ela. Encaixou com cuidado a bunda no balanço e deu impulso. Veio um vento frio e um delicioso cheiro de queimado. Algum vizinho devia estar queimando lixo.

Ouvia, além disso, uns acordes de teclado ao longe. Era a igreja da rua de baixo. Pela cor do céu, deviam ser umas sete e pouco, hora de culto. A voz dos cantores veio em seguida.

Izabel fechou os olhos e prestou atenção. Era uma música animada, e a partir de certo momento não parava mais de repetir o refrão — algo como "O Senhor... te verá mudar...". O tecladista, quiçá entediado, tentava imprimir virtuosismo à sua parte. O baixista, sóbrio, cumpria seu papel.

De repente um dos chinelos de Izabel se ejetou e aterrizou vários metros à frente. Ela não queria ralar o pé nu, então resolveu parar de tocar o chão. Jogando o corpo, esticou e encolheu as pernas até se colocar violentamente no alto, apenas o borrão verde-azulado da magnólia em vista, até que o outro pé de chinelo também se desprendeu. Jogou o corpo para trás. A velocidade de cruzeiro tinha sido atingida. Ela sentia o vento resistir no queixo e a emissão indevida de carbono envenenar o pulmão, e tudo aquilo induzia ao êxtase. No ponto mais alto, uma quase queda destrambelhava as correntes do balanço forçando-a a corrigir o percurso com o corpo para não bater nas traves de metal.

Ficou assim um tempo até ser incomodada pela voz de um novo cantor. Esse era ruim. Esgoelava-se no microfone e perdia todo tempo marcado pelo baixo. Como deixavam o cara chegar perto do microfone?

Já estava parada no plano. Desencaixou-se. Calçou os chinelos jogados. Olhou um instante para trás, pensando se valeria a pena tentar a brincadeira de trançar as correntes e se deixar destrançar. Não quis. Estava escuro. Últimos pássaros voando para casa. Resolveu voltar para casa também. O canto dos grilos já era uma espécie de silêncio, que não registrava mais. O "canto" dos grilos. Grilo não canta, chama pra trepar.

Ouviu estalos baixos, secos, contínuos — e próximos. Virou a cabeça. E viu. Uma coisa vermelho-escura repicada atrás da cerca. Uma labareda. Perto demais. Pensou que seria bom o vizinho queimar lixo mais longe da cerca. Imaginou-se pedindo isso para ele. Então continuou andando até entrar em casa.

Comeu um sanduíche à guisa de jantar e enfiou as roupas sujas na bolsa de alças — condenando-se por ter trazido aquilo e não uma mochila —, desceu para o ponto e esperou. Em algum lugar do vale, uma banda de rock ensaiava. Não conseguiu ouvir direito, mas teve a impressão de que a letra era em inglês.

Segunda

O trabalho braçal a fizera dormir noites de dez horas e acordar renovada, apesar dos cachorros. O efeito cumulativo do cansaço parecia ter esperado o retorno do rádio-relógio. Se mexeu na cama querendo o botão da soneca e sentiu uma omoplata dura. Logo a seguir se deu conta de que a lombar estava doendo. Quando sentou na cama, os ombros pareciam não ter vindo junto.

Janeiro estava quente além do suportável. Mesmo nas sandálias de velha que tinha escolhido para ir ao trabalho, sabia que continuava sem postura nenhuma. Tinha carregado na maquiagem numa tentativa de demonstrar algum vigor. Ficou se sentindo horrorosa.

Izabel pensava no seu trabalho como uma estatal. Não era bem uma estatal. Era uma ex-estatal, privatizada. E fazia tempo, uns vinte anos. Disseram que, ao ser privatizada, a empresa perderia todos aqueles vícios de compadrio e empreguismo. Bem, não era verdade, e sua inserção quase automática por indicação materna comprovava isso. Quem duvidava do poder lateral tinha uma lição a aprender ali. Quando tantos colegas de trabalho seus eram filhos de concursados d'antanho que mantiveram o emprego até decidir se aposentar, era difícil não se sentir numa estranha espécie de monarquia.

Sua atual incumbência no trabalho era criar uma prancha de *paddle* para servir como prêmio de um evento praiano patrocinado pela empresa. Na cabeça de Izabel, um projeto legal como esse seria disputado a tapa, mas apenas ela levantou a mão se candidatando para o serviço. Era um trabalho complicado, fora do padrão; seria preciso conseguir orçamentos com vários *shapers*, além de prazos que eles não pareciam muito dispostos a dar.

O projeto estava pronto. Ela tinha brigado para usar apenas as cores da empresa, sem o logo, ostensivo demais para um objeto de divertimento. O manual de identidade visual não falava nada sobre material esportivo, mas dizia que "em casos especiais" as cores, um verde e um amarelo muito específicos, já serviriam como "sinalização".

E, agora à tarde, numa reunião, tinha ficado sabendo que o evento da prancha tinha sido cancelado. Contenção de despesas. Mudança de diretor. *Ah, Izabel, você não ficou sabendo?* Tinham esquecido de avisá-la.

Aquilo a deixava louca. Conseguir trabalho ali era um trabalho. Ver o projeto sair na íntegra era um lance de sorte absurdo. É por isso que ela não ficava sem frila. Frila era vida, frila era segurança emocional, frila jamais será vencido. Claro, muita gente não queria pagar. Claro, muita gente pedia pra ver uma prévia e então roubava o trabalho. Mas ela já estava ficando boa em farejar o engodo nas entrelinhas das mensagens convocatórias e já tinha uns clientes de confiança passando trabalhos regularmente. Trabalhos que não eram cancelados na metade.

Izabel já tinha seis meses na carteira, mas continuava com um medo irracional de trabalhar em projetos pessoais em horário de trabalho. Irracional porque, de uma forma ou de outra, todos os seus colegas faziam isso. Sua chefe vivia estudando coisas do MBA, Lucas ajustava templates forasteiros à vista de todos, e as meninas do fundo da sala alimentavam um blog de música. Isso sem falar na legião de jogadores casuais do departamento. Mas ela não conseguiria manipular uma imagem em paz com alguém podendo chegar por trás do seu ombro e chamá-la à atenção. Jogava os frilas para as noites e fins de semana. Agora estava com um que ia ter que levar para Araras. Já era sexta de novo, e ela nem mala fizera. Na verdade, nem desfizera a anterior. Já estava vendo que o 2015 ia passar voando.

Sexta

Oito e vrau da noite e aquilo ainda podia ser classificado como dia.

Izabel viajava na janela de um ônibus não refrigerado. O refrigerado a levava do Rio até a rodoviária petropolitana, e lá ela embarcava neste, urbano comum.

Viajava perto da trocadora, do lado esquerdo e à frente, um vício antiassalto que mantivera mesmo no Canadá, mesmo sem trocadores. Passou pelo posto dos caminhoneiros. Nunca tinha visto prostitutas por ali, mas sempre procurava. Em seguida vinha a usina de torrefação de café, que desde a adolescência Izabel entendera que só funcionava em certas épocas do ano, mas nunca gravara quais; inspirava fundo e inalava o aroma de café torrado, quando havia.

A fábrica tinha fechado havia anos. As instalações estavam abandonadas e desertas, cheias de mato. Mas a pintura cor de café com leite permanecia intacta. Isso atentava Izabel. Ela sempre se via acreditando que estava, sim, sentindo o cheiro, só muito fraco. Depois reconhecia que não. Era um café fantasma.

Olhou pela janela e localizou uma placa de quilômetro. Havia um jeito de não ir até o longínquo terminal Corrêas. Puxar a cordinha dali a um quilômetro e meio. Saltar no meio do nada, em frente à entrada de Araras. Atravessar as duas pistas e ir sentar no abrigo de ônibus no meio do mato, no escuro. Assim economizava uma hora de vida pelo preço de outra passagem.

Decidiu-se. Saltou, atravessou correndo as duas pistas, sentou no banco e largou a bolsa sobre as pernas. Virou o rosto para o sentido contrário ao que viera. Tinha escurecido de repente; e nada de ônibus. Reconheceria pelo barulho grosso do motor, quando viesse. Por enquanto, só ouvia grilos. Baixou a cabeça e mirou as unhas do pé, vermelhas como a bolsa. Olhou as horas. Nove e trinta e cinco. Daria pra acender um cigarro? Sem meio de calcular, ônibus brasileiro não segue horário.

Acendeu mesmo assim.

Em pouco tempo não registrava mais os grilos. Só veículos varando a velocidade máxima permitida a metros da sua brasa.

Nos intervalos, o vento fresco tocava sua pele, grudenta do transporte coletivo. Ele soprava, hesitava, morria. Vinha de novo. Não sabia o que queria com ela. E ela não se movia mais. Nem para devolver o cigarro à boca. Sentia a cara queimar. À sua frente, uma enorme montanha gorda. Paradona. Paraplégica. Sabia que tinha outra igual atrás, nas costas. O ponto em que estava era chamado de *vale*.

Talvez fosse chorar na estrada. Estava prestes a chorar na estrada.

Sempre a virada sinistra em sua cabeça, aquelas viradas de rock psicodélico — no fim de um refrão, para tudo, sem aviso, todo mundo para de tocar, alguém começa dedilhando notas desencontradas e insistentes, mete a bateria num outro compasso, um esmerilhar de metrô freando. De repente, estava acuada pela própria pequenez. E nem precisava estar sozinha; mas sozinha era pior.

E às vezes tinha a virada dentro da virada; pensava, já está passando... e batia o desespero. A vontade de arrancar a própria pele. Às vezes ela fazia isso.

Dois faróis branquíssimos perfuraram a distância e encontraram as retinas de Izabel. Secou tudo. Ela atirou a bituca no mato e subiu.

Sábado

Ela estava de maiô e molhada em pleno dia de chuva. Tinha até por perto seus óculos escuros.

A piscina estava cheia de folhas. Se esquecera de cobri-la antes de ir embora e o vento jogara tudo quanto é detrito vegetal dentro d'água. Naquele dia não estava propriamente chovendo, apenas chuviscando e nublado. Nenhum relâmpago, mas tinha caído bastante água durante a semana.

Ela girava pela piscina, rebocando massas d'água quente e fria, que pouco a pouco se misturavam ao seu redor, e ia afundando para alcançar folha por folha. Pouco tempo depois começou a fazer isso com o pé — grampeava a folha entre o dedão e o seu-vizinho, e entregava-a na própria mão, que a atirava fora. Na parte funda, era mais prático fazer assim. E, no todo, era mais divertido do que peneirar a água postada lá na borda, seca. Limpadora de piscina.

O seu-vizinho roçou um galho fino. Deu uma virada olímpica para catá-lo com a mão, mas não a estendeu. Ficou em pé, tesa, um passo atrás.

Esperou.

A água ficou lisa.

Então Izabel viu.

Era um escorpião.

Sem tirar os olhos dali, alçou o corpo para fora da piscina. Agarrou o bambu com a cesta na ponta. Lançou-o na água. Em segundos o bicho estava sobre as lajotas — inerte e vivo.

Deixou o copo de limonada emborcado em cima dele e voltou da cozinha com fósforos.

É proibido fazer fogo, diz o Inea. Mas todo mundo faz. Esperam os dias de semana, quando ninguém está olhando, e queimam o lixo que a pequena caçamba municipal é incapaz de comportar. Funciona. Não há fiscal à vista em qualquer dia, terminado em -feira ou não. Nem durante as festas juninas. Conseguiram extirpar o balão, mas as fogueiras persistiam.

Izabel acendeu três fósforos juntos e tacou no escorpião. Que se retorceu, sibilou, fumegou e, superado o exoesqueleto, por fim expirou.

Kayk Ferreira, treze anos, acomodava sua turma dentro da lan house, sempre no canto do fundo, mafioso; Eduardo tolerava, porque o movimento praticamente dependia deles. Ficavam lá o dia todo. Gostavam do ponto. A mãe de Kayk estava ciente de que ele raramente assistia a uma aula, mas preferia vê-lo ancorado ali a não saber onde ele estava — aprendendo o que não devia.

A Seleção Sub-23, o nome de Eduardo para a turma mais velha de Vítor Ferreira, preferia ficar do lado de fora da lan house, com suas motos, contando vantagem. Eduardo não tinha o que fazer a respeito, e, além do mais, só fazia bem para o movimento. Mais tarde, se mudavam para o bar da sinuca. Pelo menos, quase todos trabalhavam. Nos fins de semana e feriados, quando os donos de sítio iam à locadora, a Seleção não estava lá, e sim trabalhando. Então tudo se encaixava.

Os caras queriam falar do que tinham feito com mulheres, skates e motocicletas; queriam falar do que tinham feito no trabalho, na viagem e no jogo. Os campos de interesse, dentro e fora da lan house, eram mais ou menos sempre esses.

Toda uma família de líderes naturais. Kayk e Vítor Ferreira comandavam as próprias turmas sem esforço desde crianças; Serafim, o pai, era líder na comunidade do Vista Alegre. Eduardo estava lá há tempo suficiente para ver como aquilo tinha sido construído. Garroteamento de programas sociais, churrascos patrocinados por políticos corruptos. Não gostava, mas saber daquilo e ficar calado lhe dava alguma medida de controle.

Algo apitou em algum lugar da tela, e Eduardo foi ver.

ME: oi?

FUNMAGDALENA2: e aih? 23 a. vc?

ME: acho que vc é bot

FUNMAGDALENA2: naum sou bot NADA

ME: então quem é você?

FUNMAGDALENA2: naum acredito que vc naum lembra de mim!!!

ME: acho que não lembro mesmo

FUNMAGDALENA2: hmmm. a gente já não conversou antes por aqui?

ME: que nada

primeira vez que te vejo na lista de contatos

FUNMAGDALENA2: ah tá. entao n sei. mas e aí? tudo bom com vc? :)

ME: ainda sem ideia de quem é você

FUNMAGDALENA2: cara… to de saco CHEIO……… sem naaaaaada pra fazer……

ahhh ! jah sei! vc jah viu uma gostosa q nem eu tirando a roupa pra vc na cam? soh pra vc?

ME: quanto é dois mais três?

FUNMAGDALENA2: vc pode me ver… se quiser

ME: tá, uma mais fácil então. quanto é um mais um?

FUNMAGDALENA2: ah eh? olha, minha cam tah num site especial que naum te deixa gravar o vídeo entao vc vai ter q entrar por lá.

50

mas eh tranquilo. soh um minutinho e eh gratis.

ME: eu te odeio com a força de mil mendingos.

FUNMAGDALENA2: http://access.im/8/ash23 entao vai lah. bem no alto da pg vc clica no ENTRAR GRATIS (o botao dourado grandao).

tah?

ME: não

FUNMAGDALENA2: ele vai te pedir um cartao de credito mas isso eh soh pra criança naum entrar. naum vai cobrar nada no teu cartao. tah?

ME: não

nope nope nope

FUNMAGDALENA2: legal amor, entao anda logo. assim q vc entrar, clica na camerazinha pra gente começar a festa.

eu tenho uns brinquedinhos, mas se vc quiser me ver usando eles vai ter q me dar uma gorjetinha.

ME: você é o pior script de bot que eu já vi

FUNMAGDALENA2: naum sou bot coisa nenhuma

ME: é bot sim

FUNMAGDALENA2: naum sou bot NADA

ME: boppity bottity bot

FUNMAGDALENA2: bot? de jeito nenhum cara. Pq, vc eh? :)

ME: bot

FUNMAGDALENA2: naum sou bot coisa nenhuma

ME: bot

FUNMAGDALENA2: bot? de jeito nenhum cara. Pq, vc eh? :)

Inclusão digital. Eduardo, aos treze anos, arranjara um software de ponto-cruz para a mãe ("como ele é inteligente!"). Tentara ensiná-la a usar. Ela preferia que ele operasse. Eduardo escaneava a foto na resolução apropriada, transformava em diagrama, imprimia. Os pontos de Antônia passaram a ser capazes de piratear o personagem infantil mais recente, na pose e no tamanho ditados pelo freguês. Depois Eduardo aprendera a reduzir o número de cores da imagem: quanto menos cores, menos linhas, portanto menor a despesa e o tempo de trabalho. Com essa melhoria, sua mãe começou a atender encomendas de quadros baseados em fotos de gente real. A maioria, crianças e avós, mas também havia quem quisesse artista. Sucesso total. Além da irmã de Eduardo, Antônia teve que arrumar duas ajudantes, e mesmo assim ficou até feliz quando arrumou imitadoras pela região: a mão doía de tanto bordar, emagrecendo novelos e novelos cor de pele. Mas as plagiadoras nunca conseguiam fazer um trabalho tão bom quanto o de Antônia. Se a tecnologia era o segredo do negócio, como as outras artesãs poderiam competir?

Eduardo aprendeu a bordar também. Ajudava, numa emergência. Nunca divulgou isso.

Pouco depois a irmãzinha bordadeira começara a ficar bonita, uma magrinha bonita, e a atrair atenção. À socapa, claro. As pessoas tinham medo de Eduardo. Ela não tinha medo de Eduardo. Foi vestindo roupas cada vez mais curtas e sumindo de casa cada vez mais sem aviso.

Quando o filho nasceu, ela estava com quinze anos. Foi necessário pedir DNA, e mal o patrão de Eduardo se mexera para assumi-lo, na mesma semana, enfartou e morreu.

A patroa oficial vendera sua parte e se mandara dali. E a família do pequeno bastardo assumira a lan house/locadora. Foram morar atrás e sobre a lojinha, com um quarto só para o moleque.

Talita nunca se mostrara uma mãe nem uma balconista muito entusiasmada. Eduardo acabava assumindo os dois papéis.

— Um café, por favor.

Feito o pedido, a moça havia sentado na ponta da bancada mais próxima à porta, livre de adolescentes. Eduardo nunca a havia visto por ali. Na lan house, pelo menos, era a primeira vez.

Eduardo cutucou o balcão, pensando. Nenhuma máquina de expresso, nenhum cardápio. Não havia previsão de servir nada naquele lugar, ela não estava vendo? Não, ela não estava. Tratar bem o cliente, pensou ele, e com isso em mente foi lá dentro, subindo uma escada, pegou uma xícara da própria despensa, a cafeteira, com água e coador, desceu, plugou-a no estabilizador, passou um café e, por fim, deixou-o ao lado dela, sem sachês de açúcar, sem cobranças.

Dali a pouco chegava uma xícara de porcelana, sem açúcar, como ela gostava. E, baixadas as imagens necessárias, ela aproveitou o resto da meia hora para navegar a esmo. Trabalharia de verdade em casa, sozinha. Pagou e saiu.

Izabel sentiu um cheiro.

O que era estranho, pois naquele momento estava totalmente concentrada no que via. Só enxergava o que a tela da câmera lhe mostrava. A tela da câmera lhe mostrava um retângulo de mato e pedras e, quando passou a mostrar água e pedras, ela mudou para o modo preto e branco. Nele, ficava tudo prateado e cristalino. Com um toque de botão ela conseguia parar o movimento do rio e, ao mesmo tempo, mostrá-lo borbulhando nas rochas.

Mas agora o cheiro existia. E entrava nela. Aprumou a cabeça, tentando identificar o que era e de onde vinha. Ouviu um som que ficava entre um zunido e um silvo e torceu a cabeça para ver passar um homem de casaco de náilon laranja com faixa azul, um homem que a olhou como se ela fosse um móvel que a mulher botou na sala sem avisar. O cheiro era dele.

Gente pobre de lugar frio. Não lavavam muito a roupa nem tomavam muito banho e ficava aquela morrinha. Ela conhecia o cheiro da infância, dos ajudantes do avô. O cheiro se acumulava especialmente em lugares fechados, bares, casas, cozinhas. No centro não se sentia.

O homem terminou de passar e de olhar, atravessando a ponte em direção a uma construção que ela não tinha visto antes, mas estava lá: de plástico e chapas de metal, de brasilit e compensados, uma casa. Outro homem o aguardava.

Mas não era para ter casas ali. O terreno era de ninguém, ou do município. Não tinha portão. Ela vinha desde pequena ver o rio. E pescar.

Da outra margem, eles fingiam não estar olhando para ela. Se entreolhavam, isso sim. E falavam dela — sem trocar uma palavra. Ela segurou a máquina mais perto do corpo e andou sem dar totalmente as costas até se ver fora dali.

Domingo

O dia seguinte foi de muito sol. Sol o dia todo, com nenhuma nuvem a escondê-lo em nenhum momento. Mas Izabel não quis saber de mergulhos.

Ficou procurando pragas.

Andando rente à cerca viva, era muito engraçado: ouvia primeiro o piado surpreso, depois o farfalhar desesperado abrindo caminho na direção oposta. Mais à frente, a mesma coisa. E de novo. Aqui os bichos estavam tão despreocupados quanto à presença humana que até se esqueciam de cogitá-la. No Rio a reação à presença humana estava dois níveis acima, não só prevista e tolerada como explorada: miquinhos rebolando nos fios do Leblon pra ganhar banana.

Ouvira dizer que aqueles micos, micos-estrela, eram pragas e deviam ser exterminados. Pelo bem do equilíbrio ecológico. Eram uma espécie de fora, superpopulosa, que ameaçava as nativas. Acontecia. Algumas regiões no mundo simplesmente liberavam a caça aos delinquentes, pelo que dissera um amigo biólogo. Mas a sociedade brasileira não aceitava, pressionava contra. Os prefeitos desistiam, largavam a caneta; não precisavam disso.

Envenenou o gramado para eliminar rosáceas e formigas. Trepou em árvores para arrancar ervas-de-passarinho. Carregou a escada pelo sítio e foi descobrindo que as copas mais altas eram as mais atingidas. Mais um pouco, estariam asfixiadas. Puxou o que conseguiu.

As dezenas de revistas e a meia dúzia de almanaques de horticultura jaziam abertos sobre o deque da piscina, desmofando e servindo de fonte de consulta. Há anos, vinham servindo de bucha de acender lareira e mesmo assim ainda restava uma quantidade respeitável. Izabel tinha achado até algumas borboletas guardadas entre as páginas das revistas de decoração. Depois, na espreguiçadeira, ficou folheando as edições de quinze anos de idade. Aço escovado. Porcelanato. *Estantes de CDs!* Que horror.

Havia também uma parte arejando sobre a grama não envenenada: a coleção de *Status* que seu avô achava que ninguém sabia que existia. Izabel sabia desde a adolescência. Tinha fuxicado as caixas mais altas, trepada numa cadeira, como todo adolescente. Pornô anos 70, com mulheres cabeludas, quadrinhos de qualidade e contos medíocres de escritores que ela havia estudado na escola. Devia ser um frila bem pago e uma boa janela de liberdade no meio da ditadura. Passou por uma carta de leitor implorando à redação para não cortarem os pés das modelos. Naquela época, de chacretes a atrizes de novela topavam posar. Posar era aparecer maquiada e mostrar *um peito*. Echarpes estampadas escondiam estrategicamente as vergonhas. Não havia verba pra sets cinematográficos: usavam estúdios de fundo negro, camas de lençol branco, às vezes, ousando muito, praias.

Suas unhas dos pés estavam grandes demais e pintadas, e, quando enjoou de folhear as revistas, Izabel começou a aparar os cantos, que chovem, vermelhos, pelo deque. Ela encaixava o alicate na unha e quando ia apertá-lo fechava os olhos. Chegou o corpo para a borda e enfiou os pés na água por alguns minutos. Leu uns dois capítulos de livro ao sol, ouvindo o celular de vez em quando apitar lá dentro, algemado ao carregador. Depois ia olhar. Agora se deliciava trabalhando a cutilagem fácil da pele mole de piscina. Levantava a borda com a ponta do alicate e depois roía a pele inútil apertando o alicate em série até ela sair inteira. Destacava-a do dedo e atirava fora na grama. No segundo dedão, errou, saiu um bife, um sangue aguado. Esfregou para sumir.

Contemplou as unhas da mão. Tinha feito ela mesma. Azuis. Não ficava tão bom quanto as feitas por uma profissional, mas dava pro gasto. Ninguém ia ver, mesmo.

Se espreguiçou e andou pelo sítio. Passou pela casa do caseiro arruinada, pelo castelo d'água. O quarto de lenha lotado de lenha. A manutenção básica em dia. A amoreira ostentava amoras peludas e pequenas, todas verdes. Andando de biquíni e chinelo, mosquinhas se batiam contra sua pele, provocando coceira. Olhou para baixo e notou pelos novos. Um deles estava encravado. Tentou raspar a pele com a unha. Logo estava curvada sobre a virilha tentando ver melhor. Cutucou, espremeu, remexeu. Não, nada. Ia ter que ir lá dentro buscar uma agulha.

— Com licença, moça. Boa tarde!

Izabel deu um pulo e na sua frente tinha um cara, de pé. Ela se aprumou. Ele manteve a distância de alguns metros.

— Desculpa. Meu nome é Klay, eu tentei ligar, mas ninguém atende. E o portão estava aberto…

É mesmo, ela tinha esquecido de fechar. Izabel fez um esforço consciente para fechar a boca e então responder.

— Não ouvi o telefone.

— Eu trabalhava para o seu Belmiro…

— Ah. Tudo bom? Sou Izabel. Neta dele.

Apertou a mão do rapaz e não se mexeu do lugar. Só ia dar as costas depois de extrair dele o motivo da visita.

— Eu queria saber se a senhora também precisa de ajuda — Klay estendeu um cartão — com qualquer coisa do sítio. Sou caseiro, jardineiro e eletricista. A senhora vem aqui tem muito tempo?

— Desde pequena. Mas agora é que tô vindo mais, pra dar um trato no sítio.

— Eu comecei a trabalhar pro seu Belmiro faz três anos. Eu vinha aqui uma, duas vezes por semana e cuidava. Cortava grama, adubava planta, podava as cercas. Ele tava velhinho, né.

— É.

— Eu pensei se de repente o serviço não interessava à senhora, agora que a senhora tá cuidando, né.

Izabel pensou também que não poderia levá-lo à piscina, onde dezenas de revistas de mulher pelada fitavam o céu.

— Olha, Klay... eu...

— Não sou careiro não, viu? — riu ele, ansioso. Izabel riu também.

— Preciso, sim, de uma ajuda por aqui. Especialmente de eletricista. Você entende mesmo de fiação, essas coisas?

— Claro! — ele apontou o cartão nas mãos dela.

Ele tinha a maior cara de criança.

— Klay, desculpa. Quantos anos você tem?

— Vinte — respondeu ele, sério. — Trabalho desde os treze. Meu pai é o Godinho, eletricista aqui da região. Se a senhora preferir posso chamar ele, mas ele é mais careiro. — Klay exibiu um princípio de sorrisinho cúmplice.

— Não. Precisa não. Faz o seguinte? Vem comigo aqui até a saída de baixo.

No caminho pegaram a escada maior. Segurando a escada na base, Izabel pediu para ele atarraxar uma lâmpada nova no poste.

57

Ela não acendeu. Klay desceu e andou até a divisa, onde encontrou um ponto onde a terra fora remexida e a tubulação, exposta.

— Roubaram seus fios, dona.

— Como roubaram?

— Puxaram tudo por aqui. Quando fica a casa sem ninguém dentro... olha, às vezes até com alguém dentro. Vem um esperto, e fiu. Leva tudo.

— Que merda. E agora?

— A gente compra mais fio, e cimenta o fio no tubo. Não vai ter mais como puxarem.

— Mas fio custa caro, né? Senão não roubavam.

— É.

— Olha. Deixa assim. Depois a gente vê.

Viu a decepção no rosto dele e consertou:

— Volta aqui na semana que vem. No sábado. Preciso podar essas cercas e consertar o telhado. Tá?

Segunda

— E vai ser todo fim de semana isso? Você vai subir, e...

— Não sei, mãe. Sexta eu vou subir de novo.

— Fica essa obrigação de subir sempre.

— Eu gosto.

— Você devia comprar um carro, então. Ficar pegando três ônibus...

— A gente vê.

— Esse Ekkos novo é lindo. O painel é todo de couro branco. Já viu o comercial?

— Não.

— Achei bom.

— O anúncio ou o carro?

— Os dois.

* * *

Uma vez por noite, acordava para ir buscar uma água. Não pela água propriamente dita. Pelo ritual. Bebê-la de pé sob a luz mortiça da área de serviço, ouvindo o zumbido coral dos motores de split.

Tinha acordado depois de sonhar com Ivan. Lembrava do sonho perfeitamente: um desses sonhos tantalizantes em que a pessoa sabia, e você sabia, e por algum motivo vocês nunca se tocavam, e de algum modo isso era muito mais erótico que enfiar algo em algum lugar.

Ivan não tinha ficado só no plano da fantasia para ela. Era tradição as do ginásio namorarem os do campinho. As ginastas, caçando federação, eram distantes como bailarinas; as meninas do vôlei eram mais disponíveis. Mas quase nunca iam ver o futebol: geralmente, iam ser vistas. E, ao se verem vistas, caprichavam na elasticidade das cortadas e dos pulos. Depois, as partes interessadas combinavam futevôlei na praia cinzenta que ninguém usava, e lá, no meio de amendoeiras deslocadas, alguns pares aconteciam.

Ele com as chuteiras penduradas para trás no ombro, ela com as joelheiras na canela, tocando os lábios no ponto de ônibus: uma pintura. Um decalque de menina e menino cabeçudos.

O vôlei tinha alguns homens, até os mais interessantes, e nem todos exclusivamente gays, mas Izabel preferiu, para uso único, pessoal e prolongado, um do futebol. Era o mais atípico do futebol (o goleiro), tinha olhos de uma verdura venenosa e, por contraste, o rosto ainda rechonchudo, inocente. Ivan.

O short cinza andava cada vez mais apertado. Suas coxas estavam bastante fortes e os glúteos, firmes como nunca. Os braços talvez estivessem um pouco flácidos para uma praticante de vôlei, mas Marta jamais repararia nesse detalhe.

* * *

Izabel estava encaixada em um travesseiro se imaginando montada sobre Ivan. O encaixe (no travesseiro) não era perfeito; mas perderia o elã caso tentasse replicar as reais condições do estar por cima — meio peso em cada coxa, vendo-se toda do queixo para baixo. Se fechasse os olhos? Ainda estaria com o tronco ereto, acordada, alerta. Ela queria dormir. Estava se masturbando para dormir.

Izabel se distraiu dos movimentos até quase apagar. Para pouco depois acordar e continuar o que estava fazendo.

Ivan. Ivan um pouco intimidado pela violência com que ela jogava os quadris contra ele. Apesar do empenho dela, ele não se lembrava de sentir ou tocar. Se concentrava em olhar. Em ouvir. Ficava em silêncio e molhava os lábios. Só na hora de gozar é que ele fazia algum barulho, alguma cara. Nunca demorava muito. Mas ele se recuperava rápido.

Aquela era a segunda vez. No intervalo, ficavam de mão dada vendo desenho japonês num canal pago. Reprises.

Izabel pensava agora que, na cabeça dele, ela devia parecer uma *lap dancer*; o fato de estar encaixada nele não diminuía o apelo de *não* tocá-la. Era isso. De repente ele também não percebia isso, na época. De repente não tinha percebido isso até hoje. De repente ele não revivia esses momentos como ela. De repente ela era só mais uma.

Segurou firme na percepção de que, fosse como fosse, ela tinha se divertido, por cima. E gozou. E dormiu, por três horas inteiras.

Sexta à noite

MISS_SELENE: oi
MISS_SELENE: td bem

ME: oi

ME: tudo.

MISS_SELENE: E aí, como tá de tempo hoje?

ME: bem

MISS_SELENE: OK. vou perguntar hein

MISS_SELENE: sai comigo hoje?

ME: Saio

MISS_SELENE: Barzinho de novo?

ME: Pode ser.

ME: Oito horas?

MISS_SELENE: Meio tarde

ME: Sete horas então. Antes disso não dá tempo de fechar a loja, tomar banho.

MISS_SELENE: Não precisa, vc é limpo.

ME: Porque tomo banho.

MISS_SELENE: Lkdfsjsdflkj

MISS_SELENE: Tá bom, 7 horas

MISS_SELENE: Mas da última vez você sabe

MISS_SELENE: Mãe esperando no portão

MISS_SELENE: constrangedor

ME: Ficamos menos tempo no bar hoje

MISS_SELENE: e mais no motel, né safado

Ele e ela eram as pessoas inteligentes daquela cidade. Ela queria ser professora de inglês, que falava bem. Menos realisticamente, cantava e tocava baixo em uma banda de *unblack metal*. Ele mexia com computadores. Finalmente tinha acontecido. Ela tinha muita vergonha de pensar para esse lado, e por isso disfarçava com petulância e casualidade o que sentia como uma maçaroca de ansiedade no estômago. Ela era pegadora. Não se amarrava a ninguém. No entanto, ele sabia. Sabia perfeitamente. A vergonha dele era saber perfeitamente e continuar pegando — a menininha de dezoito anos, a *barely legal*, a que andava de skate com os irmãos no acostamento, a que tinha a vida toda pela frente. Ele não se sentia capaz de fazer um caminho mais longo com ela. Nem de dizer: não se apaixone (ela ia negar). Nem de parar de comê-la.

Ia ser a terceira vez.

Sábado

Cozinhava. Assava no sol de serra, lado branco para cima. Percebia cada sopro na pele e cada inseto pousando. A maioria não queria chupá-la, só patinhar no seu suor. Não podia ficar totalmente parada, mas se recusava a trocar de posição. Provocava tremores na pele para espantar os insetos, sobressaltando os mais leves. Sentia uma joaninha caminhar por sua mão devagar, pesada. As joaninhas sempre pousavam nos lugares menos lógicos, como a cara e o ombro, e também a mão. Decolavam sem lógica também: mexia-se a mão, e olha só como ela continuava onde estava. Mas com a mão totalmente parada, ela podia permanecer ali tanto um como vinte minutos, andando de vez em quando, para no fim decolar quando lhe desse na microveneta.

Estava torrando a pele um pouco, para variar. Tinha gente que lhe dizia que ela ficava bem branca; outros, morena. Na maioria das vezes, permanecia branca por mera ausência de sol em lugares fechados.

Deu um mergulho antes de esquentar o almoço. Tinha trazido uma marmita do Rio. Comeu vorazmente até ver o fundo bege de seu prato retangular.

Respirou fundo, satisfeita. Sua cozinha era bem completa. Tinha um micro-ondas. Todo tipo de panela. Só não tinha água quente na pia, mas nada era perfeito.

Notou uma prateleira quase invisível de tão alta. Tinha latas ali, não tinha? Com temperos e feijão apodrecidos. Tinha passado batido na primeira arrumação. A segunda começaria agora, e desencavaria todos os nichos, frestas, ralos, gavetas empenadas, armários sem chave, cantos empoeirados, ruínas, sótãos, porões, telhados, alçapões, passagens secretas, esconderijos e vãos. Nada ficaria para trás.

Encontrou dezenas de repositórios de lâmpadas, parafusos e pedaços de fio. A cada reforma ou reparo, os restos eram guardados no recipiente que estivesse mais à mão e esquecidos. Começou a agrupá-los num só lugar, separando por tipo. Dentro de uma caixa, achou a cafeteira que não precisava de filtro. Não estava maluca, bem que se lembrava de tomar café feito no fogão. O melhor café.

Teve impulso de jogar fora tudo que parecesse inútil, mas deixou a maioria das coisas como estava. Deixar a casa vazia? Para quê? Não precisava de espaço. Além do mais, muitos objetos que tocava explodiam numa nostalgia que beirava o incômodo. Encontrar as fichas de pôquer com que praticava caça ao tesouro na piscina, por exemplo, causou a reconstrução imediata do seu estado de excitação infantil. Logo apunhalado por uma tristeza raivosa de buscar um elemento que faltava — aquele que jogava as fichas — e saber que ele jamais seria encontrado.

E, ao pensar em tesouros perdidos, veio a lembrança da cápsula do tempo.

Pequena, Izabel levava as coleguinhas de escola para o sítio. Em troca, depois podia ir para a casa delas, geralmente de praia; nunca era tão mágico quanto no sítio, pelo menos até chegar a adolescência e o interesse por boates.

Cecília Marins era a companheira mais frequente. Desde bem pequenas, voltavam para casa pelo mesmo caminho e, portanto, juntas; para as mães, isso significava amizade. Cecília foi muitas vezes a Araras. Numa dessas, tinham enterrado aos pés de uma pedra um bauzinho cheio de tesouros. Era a cápsula do tempo; que no futuro alguém ia exumar e constatar como elas eram interessantes.

Izabel estudou o solo fofo ao redor da pedra, escolheu um ponto e começou a cavar.

Aquela pedra tinha história. Ali tinha fumado escondido com Úrsula, evadido as tentativas amorosas de Nesser, apoiado os braços para trepar com Ivan. E nela a prima Helô havia deixado uma oferenda a um certo Caboclo Sete Flechas. De vez em quando Helô ainda dava as caras no Humaitá, para dizer a Izabel que cigarro era suicídio indireto e que ela tinha que se preparar para pagar por isso.

Nunca mais viu Úrsula nem Ivan; Nesser foi reencontrar no bandejão da faculdade. Tinham se formado em colégios diferentes, mas prestado vestibulares afins. Ele não era mais gordinho e estava trabalhando numa editora. Continuava de óculos. Combinaram um chope na sexta-feira, e o chope evoluiu para um sexo que ele fez questão de dizer que queria desde que eram duas crianças, e que ela bem sabia disso, e que ele tinha certeza que ela era lésbica com aqueles ciúmes nefandos das amigas dela que às vezes ele pegava.

— Aquele dia da Larissa, você lembra? Eu pensei, hoje vai. A Larissa era safada, entendeu tudo, entrou no esquema. A gente te chamou pro quarto aquela hora não pra "vigiar a porta", imagina!, vigiar a porta *por dentro*: era porque a gente queria te pegar. Isso mesmo. Os dois. Mas você fez aquela cara, e não quis entrar com a gente. Aí tive certeza que você era só lésbica mesmo.

Estavam num motel, olhando para os próprios corpos no teto espelhado. Ambos moravam com a mãe.

— Não, Nesser — disse Izabel. — Eu só não gostava de você mesmo.

Ele riu.

— Aliás, nem da Larissa — ponderou ela.

— Você é foda, hein?

Ele quis dizer "antipática". Apesar disso, continuou seu amigo; beberam muitas outras vezes juntos, dividindo a mesa com mais gente ou não. Ele tinha até conseguido um frila fixo pra ela. Nunca treparam de novo.

Espanou a terra do bauzinho e se sentou na pedra com ele no colo. A madeira estava carcomida nos cantos, mas o gatinho branco na tampa continuava simpático, saudando, com uma das patas levantadas. Abriu o trinco.

A primeira coisa dentro da caixa era outra caixa. Redonda, pequenina, fechada com durex. Dentro, dois dentes de leite. Eram ocos e tinham um cheiro engraçado, de boca de criança, só que podre. Izabel não soube dizer se eram dela, de Cecília, ou de ambas.

Embaixo disso havia uma confusão de papéis desidratados, rasgados de seu lugar original — jornais e guias de TV.

Foi abrindo os papeizinhos enroscados um a um e inspecionando. Estavam agrupados por tipo: fotos de atores e atrizes, papéis de chocolate e bala, um par de ingressos de desenho da Pixar e algumas sinopses de filmes que iam passar na TV. Filmes que elas desejavam ver, mas eram proibidos para a idade. Alguns, haviam visto assim mesmo.

— Vamos brincar de ladrão?

— Polícia e ladrão? Ah, não…

— Não, de ladrão. Eu vi um filme assim: o ladrão tinha uma faca…

Cecília referia-se ao filme do último sábado na TV a cabo. Uma sessão adulta que toda criança via escondida, em casa, na TV do quarto, sem precisar combinar com as outras.

— Vamos? Que eu era um ladrão, e eu tinha uma faca.

Cecília se aproximava, segurando a faca invisível.

— Aí eu te mostrava a faca e te amarrava.

Ela segurou os pulsos da amiga com as mãozinhas meladas e juntou-os no alto. Izabel deveria ficar assim. Deitada, encurralada, na cabeceira da cama. Ela sentiu vergonha de estar participando daquilo. Sabia que aquele tipo de coisa era errado. Não deveriam imitar bandidos, nem admirá-los, nem pensar em sexo, não enquanto crianças. Cecília continuava.

— Aí eu rasguei tua blusa.

A mímica bem ampla, com as mãos (ela não tinha rasgado com a faca), teria revelado os peitos de Izabel. A seguir, sem falar nada, ela claramente levantou sua minissaia invisível. Izabel continuava de short. Cecília continuava empunhando a faca invisível na mão esquerda. E com um rápido golpe:

— E aí, eu rasguei tua calcinha.

Izabel empurrou-a para longe, sem violência, sussurrando:

— Meus pais estão aqui do lado. A gente aqui trancada, eles vão se ligar e vir. Eles não podem saber que a gente tá brincando disso.

Saiu do quarto espavorida. Cecília foi atrás, protestando.

— Você não sabe brincar!

Izabel deslizou da pedra para o chão. Desceu a estradinha, foi ver como Klay estava.

Ele já tinha acabado de limpar a metade chata da calha — dois sacos pretos de cinquenta litros aguardando remoção —, passara um tempo remendando o telhado e agora escavava ao redor da base da antena parabólica.

— Garoto eficiente — disse Izabel.

Ele ainda tentava convencê-la a gastar dinheiro com os postes da entrada de baixo:

— Depois de cimentar, a gente planta alguma coisa por cima. Uma hortênsia, um agapanto. Ninguém mexe mais.

— Ahã.

As plantas eles respeitavam por ali, então. Já a energia elétrica podia ser arrancada de raiz, sem problema. Outro código era o portão aberto ou fechado: se aberto, entre à vontade; se fechado, bata palmas ou telefone primeiro.

Klay ficou olhando ela pegar o maço de cigarros para com um tapinha extrair uma unidade. Pediu um. Izabel cedeu, estendendo-lhe o isqueiro aceso.

Preparou um café na cafeteira italiana, mas Klay não gostava de café. Também, estava na escola ainda — atrasado e de má vontade, mas ia terminar, garantiu. Ela só começara a precisar de café depois de passar no vestibular, com aquele maldito turno matinal que estuporava seu ciclo de sono.

Ouviu um motor se aproximando. Era o caminhão do pai de Klay. Klay o ajudou a carregar a parabólica na caçamba. Izabel perguntou que fim ia ter a antena.

— Ferro-velho — respondeu o motorista.

Ela encolheu os ombros, chamou Klay à parte. Colocou um par de notas na mão dele.

— Não sei quanto meu avô te pagava. Isso tá bom?

— Tá — assentiu ele.

— Sabe pintar portão?

— Sei. Claro.

— Então vou comprar tinta e ligo pra você vir. Vou comprar lá no Rio que é mais barato.

— Tudo bem.

— Uma lata tá bom?

— Tá sim. Mas ó: tem que ser tinta esmalte de exterior.

A voz dele era tão de criança que Izabel quase riu com a instrução. Como que para compensar, ele partiu fazendo bastante barulho com a moto.

Novembro de 2002

A filha havia pedido uma boneca estranha, uma espécie de Barbie gótica que, agora que saíra do pacote, ele via que não usava calcinha.

Depois de pedir para que ele a desembrulhasse, e ser atendida, a menina recebeu a boneca de suas mãos muito compenetrada, examinando todos os detalhes. Escrutinou o escalpo da boneca, separando bem a mecha roxa que se destacava entre seus cachos negros, apontando assim novamente a falta de calcinha para ele. Depois a virou e analisou atenta a costura da saia ababadada: estava intacta, nenhum fio puxado. Ele havia se perdido num pensamento a respeito de meias-arrastão para bonecas: seria possível confeccionar uma míni meia-arrastão? Sim, provavelmente com a mesma tecnologia das redinhas de cabelo...

— Será que eu faço um rabo de cavalo? — perguntou Izabel.

— Agora a boneca é sua — falou ele, colocando o tom reflexivo dela na própria voz. — Você pode fazer o que quiser com ela.

Izabel fez um gesto. "Se você diz." No meio do shopping, numa mesa soterrada entre mil outras mesas ocupadas, pai e filha se enfrentavam depois de dois anos sem se ver. Não haveria assunto possível. Mas não estava tão ruim. Eles tinham um laço. Nem sequer tentavam pôr o assunto em dia, por exemplo. Com a presença física um do outro, o silêncio era terno. No mais, tudo havia se atualizado via internet, sob a supervisão de Marta.

As outras meninas não tinham aquela boneca. Saíra primeiro na Europa e nos Estados Unidos. Seu pai conseguira para ela. Também, nem queria fazer inveja nas outras; queria aquela boneca. Queria-a *sua*. Queria tê-la, pegá-la. Absorvê-la. Um dia, ela seria ela.

— Mas, olha, trouxe outra coisa também.

Ele enfiou a mãozona na bolsa-carteiro e retirou uma caixa de madeira clara, cujos lados ajustou até ficarem perpendiculares às bordas da mesa. Não havia absolutamente nada escrito na tampa.

— Eu sei que você adora desenhar, então perguntei à Karin o que eu poderia dar a uma pessoa da sua idade com, né, inclinações artísticas.

A menina apoiava os dedos na pontinha da mesa, reverente.

— Pode abrir, filha. É seu.

Izabel levantou com os polegares as duas trancas douradas, que se abriram com um delicioso *tlá!*.

Embaixo da tampa, uma fileira interminável de bastões coloridos envolvidos em papel encerado.

— Isso é material artístico de primeira qualidade. A Karin disse que essa marca era usada pelos impressionistas franceses.

Izabel não viu por que adiar mais a reação. Se lançou por cima da mesa.

— Brigada, pai!

— Você merece, filha.

Meu pai já foi herói
Tinha coragem
Violão
Prancha de surfe
Defendia irmã
Dava gravata
Fugiu de um revólver
Mas passou.
Hoje está gordo, casado com uma norueguesa.

Sábado
Era assim que Izabel fazia poesia quando era adolescente. Descarnava os fatos até ficarem irreconhecíveis. As histórias

eram reais, mas tinham que ficar misteriosas para parecerem poemas. Assim era, na sua cabeça.

Ela gostava muito de fazer poemas. Mas era boa mesmo em desenhar.

O primeiro objeto a ser desenhado com os crayons fora o pinheiro-agulha do lado da piscina. De repente, parecera correto usar cores não naturais — como azul-gelo e laranja — para representá-lo. Depois ela foi buscar um prego e pregou o desenho no pinheiro. Chegou o fim de tarde, veio a chuva, e o desenho ficou lá, emplastrado, no tronco. De manhã, depois do sereno, começara a secar. As cores não tinham escorrido. Por volta do meio-dia ela o acariciou, sentindo a textura de papiro. Ia visitá-lo todo dia. O vento arrancou o papel do lugar no terceiro. Restando apenas o prego.

Agora, porém, não conseguia nem achar esse prego. É claro: devia ter subido bastante desde seus onze anos. Bem alto no tronco. Se não tivesse enferrujado e caído.

E até agora ela imaginava que fim teria levado aquela caixa. Chegou a pensar que a mãe tinha jogado fora. Ela certamente ficou púrpura de ciúmes ao perceber que o presente caro escolhido pela madrasta escandinava e mais jovem acertara em cheio o gosto da filha. Remanchou meses para comprar papel e outros suprimentos que Izabel descobriu necessários.

Mas agora ela acabava de resgatar a caixa do fundo de um armário, socada atrás de uns panos de mesa velhos — e vencida. Vencida há anos.

Pois ia usar mesmo assim.

Domingo

O ônibus demorou, mas veio. Vazio, o que não era comum. Uma senhora dormia debruçada sobre a bolsa de náilon. Duas moças perfumadas e arrumadas conversavam das festas a que haviam ido durante a semana. Um rapaz de mochila passou por elas testando seus olhares e foi sentar no fundo. Um jovem casal de forasteiros usava roupas novas demais, braço dele sobre o ombro dela. Sete passageiros, com Izabel.

Passaram por várias portas de igrejas. Todas em sessão. Todas cheias, cantando. Domingo, sete da noite: só pagãos naquele ônibus.

Uma das moças tentava convencer a outra a ir com ela mais tarde para um lugar chamado Bar do China. A mais gorda disse que ia pensar e se levantou, revelando enormes saltos de oncinha e uns peitos de dar inveja. Equilibrou-se com maestria enquanto o ônibus rangia para parar, e desceu conscienciosamente cada degrau. O motorista esperou.

Izabel pensou que já havia visto uma delas antes. Fazendo algo no cabelo, no salão. Pensou também que voltar para o Rio nesse horário era bem mais interessante.

O rapaz de mochila saltou com Izabel, perto da ponte. Pegaram um pouco de chuva até alcançar a lona que protegia o ponto de ônibus. Antes de se sentar, ele estendeu a mão para o alto e empurrou uma barriga da lona, despejando água para fora. O rapaz sorria de si para si, ouvindo algo no fone. Ele tinha todo o jeito de estar indo para o Rio também, ou melhor, de quem morava lá.

Alguém tinha pichado as letras B.D.S.M. no muro da companhia telefônica. *Meu Deus, onde as crianças estão aprendendo isso? Na internet, lógico. Na sua loja, Eduardo.*

Ele havia emprestado o carro para a mãe e a irmã e estava no ônibus sentido Vale das Videiras.

A mãe de Eduardo ia na Casa da Salvação, uma igreja sem

programa de TV, mas com muitas filiais pelo país. A CdS casava muita gente e era muito emocional — sem grande ênfase em cultos de libertação —, ao contrário, por exemplo, da Vencer em Cristo, que a irmã de Eduardo preferia com defensivo fervor. A Vencer era dissidência da igreja em que a família se tornara evangélica, nos idos dos anos 90. Desde aquela época, a denominação levava a sério a história de espalhar as boas-novas: tinham rádios, programas de TV e filiais por todo o planeta. Procuravam arrecadar de acordo. O templo mais próximo ficava em Itaipava, e era o maior da região. Então domingo elas levavam o carro; Antônia era deixada na Casa da Salvação, e Talita prosseguia até Itaipava.

Já Sirlene frequentava a Church of J.C., modalidade assumidamente jovem que, apesar do nome, havia nascido no Brasil. Não só permitia como incentivava skate, futebol e outros esportes. Da última vez que Eduardo fora num culto o assunto tinha sido natureza — como Deus se expressava através dela. "A terra é o escabelo dos pés do Senhor. Escabelo quer dizer pufe", disse o pastor.

Eduardo não frequentava nada desde os quinze anos. Isso era visto com desconfiança, mas era perdoável, porque ele era "trabalhador" e não tinha "vícios".

Volta e meia, Sirlene tocava seu baixo no culto da Igreja Fogo Divino do Malta. Ela não suportava, mas ia mesmo assim, por dever moral. Acompanhava o teclado e uma bateria eletrônica. Música evangélica "normal" era aquilo mesmo: introduções trabalhadas, arranjos sentimentais, levadas heroicas, refrões repetitivos — vibratos. O rock cristão pelo menos fugia um pouco daquilo.

Na Church of J.C. e no resto do tempo, Sirlene tocava com a Holy Sacrifice, banda com ela no baixo, Jonas na bateria, Aráquem na guitarra e Graciane no vocal. Não tinha teclado. Não tinha bateria eletrônica. Era uma banda de *unblack metal*.

Ele havia chegado atrasado, em parte para coibir o nervosismo pré-show da quase-namorada. Quando entrou, um solo furioso fustigava o salão. Bem, certamente não tão furioso quanto os guitarristas desejariam, já que a potência do som era bem mixa. Distorcia, mas ninguém parecia ligar.

Quando terminou, sob as salvas de palmas e urros dos jovens membros da igreja, uma figura de terno projetou sua sombra no palco parando bem na entrada do templo. O rapaz no terno sorriu, os dentes todos no rosto moreno, e ergueu a mão grossa em cumprimento. A vocalista espremeu os olhinhos num sorriso em resposta. E emendou outra música.

Eduardo conhecia a história daquele terno. Tinha sido adquirido num shopping carioca. Três semanas até o ajuste estar pronto. A história era que o terno pré-fabricado não assentava bem no tronco espadaúdo de Júnior; e que depois de ajustado o terno ele não conseguia abrir os braços, e estava sempre abrindo os braços! Para louvar e inflamar o povo. Mas tudo bem. Logo Júnior teria o segundo terno, e dessa vez ia procurar alguém pra fazer sob medida. Júnior, irmão de Sirlene, tinha acabado de ser ordenado pastor em Três Rios e ia casar com Graciane em menos de dois meses. Ela deixaria a banda, que, segundo Sirlene, ia aproveitar para dar uma reformulada.

— Ficar mais metal — dissera.

Como era: as meninas faziam coro agudo em certos momentos, Sirlene forçando um pouco a voz porque não era soprano como Graciane, e os caras se alternando no vocal principal. Com a saída iminente de Graciane, queriam que Aráquem assumisse o vocal. Sirlene agora ia "cantar mesmo" em algumas músicas, e alternar com Aráquem em outras. Estavam rearranjando tudo e ensaiando novas composições. O nome ia mudar, provavelmente para Immolation. Tentariam se apresentar no palco jovem de um festival de música gospel no fim do ano.

Sirlene lhe contava tudo, às enxurradas. Estava apaixonada pelo seu ouvido. Ele não havia lhe dado esperança; havia lhe dado ouvidos. E um pouco de sexo. Pra algumas mulheres bastava isso. Para Sirlene, talvez fosse pior que um anel de noivado. Ele culpava a idade, mas não muito; ficar calado, trepar e estar lá já tinha enredado até mulher mais velha. Complicado.

Ela não o beijou dentro da igreja, mas saiu de mãos firmemente dadas com ele, querendo passear assim na frente dos diversos estabelecimentos da rua. Ele pegou carona com Aráquem para evitar isso. Não soube dizer se ela entendeu o recado ou não. Mas quando se desvencilhou da bateria e saltou do Uno cinza, já parecia uma resolução: tinha que tomar distância daquela menina.

Sexta à noite

Izabel preferia antigamente, quando cada companhia de ônibus tinha suas cores, tanto pelo lado prático quanto pelo estético. Ficava mais fácil saber qual ônibus vinha vindo, mesmo de noite, mesmo bêbada. Agora, todos eles eram brancos e tinham na lateral o brasão cinza-claro da cidade: dois golfinhos-Atlas sustentando um globo vazado, trespassado por três flechas de são Sebastião, com uma coroa no topo e, bem no centro, uma espécie de coração furado com apenas uma aorta. Que diabos era aquilo.

Deixou passar aquele. Não queria saltar tão longe de casa.

Estava na Lapa, saindo de um pocket show desses que terminam cedo. Poderia pegar um táxi, mas… a verdade é que nada tinha acontecido naquela noite, e ela estava dando mais uma chance para a noite se redimir. Por causa disso tinha deixado de ir ao sítio na sexta, como sempre. Por causa disso tinha aceitado a carona da mãe, que queria "ver como o sítio está ficando" e aproveitar para "levar sua bicicleta, que está aqui encostada" — mas só viajaria de dia, no sábado.

Só havia gente feia no ponto de ônibus. Izabel tomou o seguinte e sentou perto do trocador. Sacou do bolso o celular e usou um aplicativo para ver quem estava por perto querendo sair.

DOC V: Fumante. Não se importa com religião. Ri de horóscopos. Gosta de natureza e animais. De oferecer seus préstimos à comunidade. De música (toca guitarra nas horas vagas). De viajar pelo mundo. Conhecer novas culturas. Você deve escrever para ela se: estiver com vontade.

As fotos mostravam uma moça de cabelos cor de palha e olhos verde-água fazendo coisas prosaicas. No bar e no mar. Chamou a atenção de Izabel ela ter colocado uma foto de costas, de biquíni, olhando para o mar. Parecia Copacabana.

ELZA_BI: Oi. Gostei do seu perfil. Será que tenho chance?

Antes que ela chegasse ao Flamengo, veio a resposta:

DOC V.: Oi, Elza. Claro que tem. Especialmente por ser fã de *May* e *Gato negro*.
ELZA_BI: Hahaha. Já vi que você é uma moça destemida. Será que está livre hoje? Toparia encontrar uma fã de *May* e *Gato negro*?
DOC V.: Sim e sim. :-)

Izabel saltou em Botafogo e aguardou mais ou menos meia hora num bar até uma gringa apontar. Era a sua. Cabelos mais longos que na foto. Linda. Izabel levantou e a trouxe para a mesa pela mão.
— Então, Elza. É seu nome de verdade?
— Não. Me chamo Izabel.

— Ei, pode fumar aqui?

— Teoricamente não — sorriu Izabel, baforando.

A estrangeira acendeu também um cigarro.

— E você, Doc? — retomou Izabel. — O que quer dizer o seu V?

— Vera.

— Você é russa?

— Nasci lá. Fui pros Estados Unidos bebê.

— Bem que eu vi. Seu inglês é perfeito.

— O seu também não é nada mau.

Sorriram quase identicamente. O cigarro de Izabel terminou e ela o extinguiu no cinzeiro de lata com dois apertões precisos.

— Então. Vera. O que te traz ao Brasil?

— Trabalho voluntário. Sou médica. Infectologista.

Leram-se por alto as personalidades e decidiram, uma da outra, que não eram loucas. Foram para o hotel dela em Santa Teresa. Vera desabou num sono satisfeito assim que acabou. Izabel conseguiu um táxi do ponto local e chegou em casa exatamente às quatro e meia da manhã.

Sábado

Mesmo com o sol, flocos de neblina decoravam a estrada do Bingen. O pai toda vez que subia a serra falava no "mundo de Krypton, o planeta natal do Super-Homem" — e na cabeça de Izabel vinha um filme de baixo orçamento em que Krypton era feito de gelo seco. Mas ela não lembrava muito mais que isso. Mal tinha cinco anos quando ele se separara da sua mãe. Marta passara a se referir à neblina como Brumas de Avalon.

Durante as subidas, o hábito imemorial materno era deixar o rádio na Antena 1, pequena estação da Urca que irradiava pop e rock suave dos anos 60 aos 90. Izabel, seis anos na cara, exigia a troca para a rádio que só tocava *dance music*. Marta se recusava.

— Quando você tiver seu carro, você escolhe a música.

Em 2003, saíram do aluguel para um apartamento próprio no Humaitá. Marta entrou numa fase de reinvenção pessoal que poderia ter sido insuportável se Izabel já tivesse entrado na adolescência. Começou a assistir a filmes nacionais, que, antes, deplorava em público. Elogiava o Marcos Palmeira, esquecendo sua antiga devoção ao Brad Pitt. Passou também a sintonizar rádios de samba. Izabel, que começava a preferir tudo o que pudesse ser classificado como gótico, implorava pela volta da Antena 1 e seu Depeche Mode esporádico. Geralmente não era atendida, e condicionada que estava a ouvir *easy listening* caduco na subida da serra, amarrava a cara e passava o resto da viagem sem falar nada. Felizmente, Izabel já cristalizara a Antena 1 em uma lista para ouvir em seu MP3 enquanto sua mãe sintonizava no Especial Chico Buarque — "nosso vizinho de Araras", conforme vivia repetindo, orgulhosa.

Por fim, pararam de ir juntas. Depois de uma briga antológica em 2005, Izabel aprendeu a pôr uma mochila nas costas e a dizer que ia ver o seu avô, pegando o ônibus à revelia da mãe. Passava dias sem falar com Marta, até não aguentar e voltar para a cidade e a escola e as boates. Parecia demais com fugir de casa, e ela logo tomou tento: passou a pegar o ônibus sem brigar antes e a voltar antes que a escola pudesse dar pela sua falta. Agora, dez anos depois, voltavam a subir a serra juntas, o rádio estacionado num especial de samba, Izabel estupefata de sono.

— Você vai finalmente usar sua mountain bike nas montanhas — disse Marta, rindo. — Essas marchas todas não tem como usar no Rio.

— Claro que tem. Tem ladeira.

— Eu sei! Mas aqui você pode fazer trilha, visitar cachoeira.

Marta fez a curva para entrar na Casa do Alemão, uma lanchonete na entrada de Petrópolis. Ia pedir seu croquete de carne e Izabel, provavelmente, seu pão com salsicha. Na hora da conta, como sempre, Marta decidiria acrescentar alguns biscoitos amanteigados para viagem. Isso não tinha por que mudar, e de fato não mudou.

Quando passaram pela usina de café, Izabel abriu a janela e pediu:

— Respira fundo.

Marta obedeceu.

— O que é? O ar puro?

Izabel sorriu, desapontada.

— Não...

— O que é então?

— Não, só tava testando uma coisa.

— O quê?

Passada a ponte branca, a estrada estreitou e os quebra-molas apareceram. Marta diminuiu a velocidade. Subiram a ladeira dos paralelepípedos por volta de duas da tarde. Sobre o banco traseiro abaixado, a bicicleta de Izabel e torrões de grama que passaram no Folha & Flor para comprar, além de mantimentos, tinta e duas bolsas com roupas. Descarregavam o porta-malas quando Marta notou:

— Ué? Cadê a antena parabólica?

— Mandei tirar.

— Você *mandou tirar*?

— Sim.

— E diz uma coisa, o cara que levou te pagou quanto?

— Nada.

— Ai, meu Deus. Antena parabólica vale dinheiro, minha filha!

Izabel ficou quieta. Marta ainda murmurou algo com a palavra patrimônio antes de mudar de assunto.

— Não, tá muito bonito o sítio. Florido. A piscina limpinha. Tá de parabéns.

— Vou esquentar o almoço, tá?

— Por favor, que já estou com dor de cabeça de fome.

Depois do almoço Izabel fez uma jarra de caipirinha e trouxe para a piscina. Ficaram tomando sol, bebericando e lendo até o tempo fechar. Carregaram correndo os móveis de piscina de volta para o depósito, e, enquanto olhavam a chuva começar a cair, Marta propôs uma passada no centro.

— Para quê?

— Comprar umas coisinhas, alugar uns filmes.

Izabel topou. A mãe quis que ela dirigisse, mas ela recusou.

— Já disse, não tenho confiança.

— Esse ano o carnaval é cedo, hein? — disse Marta, olhando o calendário de papel sobre o balcão da locadora. — Izabel, você vai passar o carnaval aqui? Você tem que começar a trazer seus amigos pra cá, hein?

— Ninguém da minha idade quer vir. Preferem praia. Ou boate.

— Você tem que convidar as pessoas. Senão elas esquecem que você tem sítio. Aposto que nem sabem.

— Eu precisava era de alguém com carro. Dos meus amigos, ninguém tem. E vir de ônibus pra cá é um sofrimento.

— Você tinha que arrumar uns amigos com carro. Ou um carro.

— Na verdade, eu acho que não tem o que fazer com muita gente por aqui.

— Mas nem a dois?

— Tava demorando.

— Eu não entendo como uma menina linda como você não tem namorado. Só pode ser porque não quer.

— É. Deve ser, né?

— Deixa de ser debochada, só tô conversando.

— Não vou discutir isso no meio da loja de vídeo, mãe. E aí? Decidiu?

Izabel estendeu uma comédia e um filme histórico para apreciação de Marta, que olhou para as duas capas algum tempo e exclamou:

— Ah, não. Deixa eu olhar mais um pouquinho.

Mais tarde, no meio do filme, Marta se virou para Izabel pra condenar o desplante da protagonista em dar confiança àquele homem obviamente sórdido, mas calou-se: a filha dormia, apoiada no punho. Esperou os créditos, desligou a TV, e só então sacudiu Izabel para ir dormir no quarto, o que ela fez sem trocar de roupa, sem lavar os dentes, sem dizer palavra.

Domingo

— Compra um carro logo, Izabel.

— É muita despesa.

— O que é que há? Morando comigo você quase não gasta. Você tem plena condição de assumir uma prestaçãozinha. Não tem?

— Não pretendo morar com você pra sempre, mãe.

— Ah... então tá.

E enfiou a cara no jornal. Dali a pouco, falou:

— Se você quer tanto sua casa própria, a gente pode fazer uma coisa.

— O quê?

— Vender o sítio.

Izabel apoiou as mãos no encosto da poltrona:

— Não. Vender não.

— Sério. Vamos pensar nisso? IPTU é caro. É telefone, é gás, água... agora essas despesas de manutenção...

80

— Não, não gosto da ideia.

— Me escuta. Numa boa. Você tá certa. Concordo com você que na sua idade, e na minha, a gente não usufrui tanto assim de um sítio como esse. Se tivesse criança na família, era outra coisa.

— Ah. Então é castigo por não te dar netos.

— Não, estou tentando ser prática. Tem que pensar com cuidado no que a gente precisa mais agora. Um sítio de mil e quinhentos metros quadrados às moscas ou um apartamento pra você?

— O sítio não está "às moscas". Eu venho.

— Olha esses preços. — Marta levantou e lhe estendeu o jornal serrano. — Sítio em Itaipava, Nogueira e Corrêas tá saindo de quinhentos mil a um milhão. Sítio em Araras só vi um. Pequeno. E custando um milhão! — Marta procurou o olhar de Izabel. — Acho que a gente tem que ver isso sim. Fazer uma avaliação.

— Não, mãe. Eu gosto daqui.

Marta abaixou a mão com o jornal que Izabel não quis segurar e tirou os óculos de leitura do rosto para olhá-la nos olhos.

— Você precisa ceder em alguma coisa, Izabel. Você não quer que ninguém venha aqui; não quer vender; não quer morar comigo... Tá difícil, viu? Bem difícil. A gente não é magnata. Não temos mais a pensão do teu avô, nem ele aqui cuidando. Você é adulta; teu pai não dá mais um centavo...

Izabel respirou fundo e pensou um pouco. Por fim, falou:

— Ceder em alguma coisa, né? Tá. Eu vou tentar trazer gente pra cá no fim de semana. Fazer uma boa política, como você gosta.

— Não vejo o que tem de errado nisso.

— E vou ter mais cuidado com o patrimônio. Nem mais um graveto sai daqui de graça.

— Perfeito.

— Agora, vamos arrumar as coisas? Quero voltar pro Rio assim que almoçar.

— Por que essa pressa?

— Quero ver apartamento.

Quando andava pela rua, o que lhe dizia que estava no Rio, com certeza o Rio, eram as plaquinhas azuis com algarismos brancos nas residências mais antigas. Aquelas placas pareciam eternas: estavam sempre intactas, mesmo que a casa por elas numerada não estivesse em condições muito ideais. Às vezes, havia duas plaquetas azuis no mesmo endereço: a de cima informava um número, e a de baixo informava: ANTIGO 75-B. Havia também uma ou outra casa ainda com exóticos buracos para "pão" e "leite" no muro, além do cada vez menos usado "correio".

✓ *Edifícios antigos têm cômodos mais habitáveis e espaçosos do que suas contrapartes mais novas. Cuidado, porém, com infiltrações, devido à tubulação antiga.*

Izabel levava um caderninho e uma lapiseira. Adquirira uma prática própria de bater perna procurando moradia a partir da temporada canadense. Mudara de casa quatro vezes durante a pós. Antes disso, porém, acompanhara a mãe durante a prospecção de apartamentos que levara à aquisição da unidade no Edifício Hórus, Humaitá, zona sul do Rio de Janeiro. E aprendera algumas coisas particulares do Brasil.

✓ *Saiba conquistar um porteiro e um corretor ficará sem comissão.*

— Boa tarde!

— Boa tarde.

— Meu nome é Izabel. Como o senhor se chama?

— José Carlos.

Ele seria senhor mesmo sendo mais novo do que ela.

— José Carlos, será que o senhor saberia de algum apartamento pra alugar? É para mim mesma.

— Tem dois. O 201 e o 503.

Ela anotou.

— O senhor saberia o valor?

— O 201 está pedindo dois mil e cem, e no 503 ele quer dois mil e quatrocentos.

Apartamentos de um quarto, numa rua nem tão nobre assim, lanchariam mais da metade do seu salário. Por que não existiam mais pensionatos de moças?

— Aam… E será que tem algum à venda?

— Não sei de nenhum, não.

✓ *Insista.*

— Não teria nenhum nenhum mesmo?

Silêncio suspeito.

— É pra mim mesma, vai. E esse prédio é tão bonito.

— Bom, até soube de um, mas é com corretor…

Sempre isso.

— Qual que é o apartamento?

— 507.

— Quanto é que ele quer?

— Ele está pedindo setecentos e cinquenta mil.

— Mas eu prefiro tratar direto com o proprietário… será que o senhor não me dava o contato?

José Carlos meneou a cabeça evasivamente, um meio sorriso encolhido, a palma das mãos virando para cima, como se dissesse: assim não dá, minha senhora.

— Tudo bem, não faz mal.

Era setecentos e cinquenta, mesmo. Com seu emprego de pouco tempo, ela dificilmente poderia obter um bom crédito. E não sabia nem se queria tentar. Quinze anos de dívida…

— Espera aí, senhorita.

— ?

— O dono é o seu Francisco Teixeira. Nove-nove-oito-oito...
Ela anotou.

Ela passou direto por um prédio bem cuidadíssimo e certamente valorizado além das meras possibilidades humanas. Tocou no próximo.

— Seu Genoval, teria algum apartamento pra alugar nesse prédio? Pra mim mesma.

— Olha, pra alugar, nenhum... tem um à venda. O 206.
Andar baixo.

— É de frente ou de fundos?

— Fundos.

Não fazia questão de vista.

— Quanto é que estão pedindo?

— Novecentos mil reais.

Por um dois-quartos. Ela anotou.

— É direto com o proprietário?

— É. Ele mora no prédio. A senhora quer...?

— Ah! Será que ele está por aí?

— Sim, vou interfonar...

— Por favor.

Veio um senhor de meia-idade que se parecia exatamente com a imagem mental que ela fazia de um senhor de meia-idade. Estava de blazer. Apertaram as mãos e subiram de elevador.

O 206 estava um caco. A pintura descascada, louças faltando. Parece que o último inquilino fora um "garoto metido a artista plástico", que "chegava drogado às altas horas da madrugada", e dependera de ordem judicial pra sair. Havia respingos de tinta na parede e rebordos de experiências pollockianas nos tacos.

— E eu moro aqui, sabe? Dois apartamentos acima. Também sou síndico. Então resolvi vender. Sem corretor. Sabe por quê?
— Izabel fez que não. — Porque eu queria escolher meu vizinho.

Izabel sustentou o olhar significativo que ele lhe apontou. Depois olhou em volta.

— Sabe, Sérgio, eu fui com a cara desse apartamento. Só que tem um problema. Ele está quebrado, bem quebrado. Eu vou ter que reformar, refazer a parte elétrica, como o senhor disse. — Fora as surpresas que ele não tinha mencionado. — Queria negociar um desconto com o senhor.

— Desconto.

— Já adianto que sou uma excelente vizinha. Modéstia à parte.

— É que...

— Eu não pinto!

— Hahaha.

Mentira, ela pintava sim.

— É que é direto comigo — continuou ele. — Não suporto corretor.

— Nem eu.

— Então o desconto que eu fizer pra você não vai sair de comissão. O desconto que eu te der... eu é que vou receber a menos, entende?

Ele estava precisando do dinheiro. Ou gostava muito dele. Nesse caso... Izabel resolveu arriscar:

— Então é novecentos mil o preço.

— Isso.

— Mas e se eu tivesse possibilidade de obter o dinheiro e pagar o senhor à vista? Oitocentos e cinquenta?

Sérgio virou a cabeça para olhá-la:

— Você *teria* essa possibilidade?

— É só uma possibilidade, estou pensando.

— *Se* você tiver essa possibilidade, eu fecharia o negócio com a senhorita *hoje*.

Izabel engasgou e não falou mais nada.

Quando saiu dali, andou mecanicamente por algumas quadras. Vender o sítio lhe traria dinheiro bem melhor que aquele. Com o resto, sua mãe poderia comprar até *outro* apartamento, financiado. Isso era o que ela pensava. Na verdade não sabia avaliar de olho. Na verdade não queria avaliar nada.

Levantou a cabeça e se viu numa parte escura do bairro. Deu de cara com um pequeno prédio muito recuado. Aproximou-se do interfone engastado na parede e contemplou-o. Havia oito quadrados apenas. Dois por andar. Nenhuma portaria. Nenhum porteiro?

Apertou o 201.

— Boa noite. Meu nome é Izabel. Eu gostaria de falar com o porteiro ou o síndico?

— Este prédio não tem porteiro.

— Puxa. É que eu gostaria de saber se de repente há algum apartamento à venda ou para alugar. A senhora teria essa informação?

— Aqui só mora família.

— Desculpe?

— Aqui só mora família.

E desligou o interfone.

Izabel ficou atônita olhando para aquele prédio e seu botão misterioso, portal para outra dimensão. Viu-se estendendo o dedo de novo e apertando o mesmo botão.

— Desculpe, senhora. Sou eu de novo. Acho que a senhora não me entendeu direito. Estou procurando apartamento para mim, não sou corretora, e queria saber se tem algum disponível.

— Então. Aqui só mora família, então não temos *apartamentos disponíveis*.

— Uma família pode querer se mudar. Não tem nenhuma família no prédio pensando em se mudar?

— Não, não tem.

— Muito obrigada.

Ouviu a ligação se interromper do outro lado. Do lado dela nem haveria como desligar na cara. Tocar interfones era dar a cara a tapa.

Pressionou o quadro de interfones com a mão inteira por dois segundos e se afastou andando, com as mãos no bolso.

Dinheiro, dinheiro, dinheiro. Ela não era muito de se preocupar com dinheiro, mas era o tipo da preocupação que vinha e abocanhava seu calcanhar. Como toda pessoa classe-média, Izabel tinha passado por situações de inacreditável pauperismo e igualmente inacreditável prosperidade. Eram nada mais que isso, situações — dependia de com quem sua família estivesse se associando naquele momento. A maior dureza da sua vida tinha sido por conta da curta mesada adolescente associada à gastança desenfreada. Certa vez, fora arrolada para comparecimento à orientadora educacional por ter passado três meses sem comer na cantina e desmaiado duas vezes — suspeita de anorexia. Não, explicou Izabel; era só pobreza por excesso de cinema e quadrinhos, porque mp3 baixava de graça mesmo. Tinha pressão baixa, desmaiava no calor. Falara nesses termos, lembrava bem: a orientadora com lencinho no pescoço apertando os lábios pintados de roxo para não responder mal. Izabel não mencionara que uma das suas colegas mais próximas, ela, sim, tinha distúrbios alimentares, comparecendo ao banheiro feminino do terceiro andar pontualmente dez minutos após cada recreio, seis dias por semana, para vomitar tudo o que tinha comido. À Izabel a orientadora falara em realinhar suas prioridades, em trazer lanche de casa; não falara em pedir mais dinheiro à mãe; isso era um assunto por demais delicado para tratar com uma aluna bolsista, ou seja, *pobre*.

A Vale depositava em conta 30% do colégio dos filhos de todos os funcionários. Depois do divórcio, o pai de Izabel passara a pagar metade das suas despesas educacionais. Graças a isso, ela sempre estudara acima de suas possibilidades, mantendo boas notas e uma ficha de comportamento questionável. No ensino médio, fez prova e ganhou bolsa integral de uma escola-cursinho que publicava anúncios com os nomes dos alunos bem classificados no vestibular, às vezes sobrepostos à foto do jovem vencedor uniformizado de polegar para cima. Para desespero de Marta, Izabel não quis ir para lá; ficou com os 30% de bolsa do colégio católico que tinha várias quadras esportivas. Assistia às aulas de religião com um pingente de bode no pescoço. Jogava futebol coberta de filtro solar. Tinha um temperamento temido tanto por papa-hóstias quanto por surfistas descoloridos. Encontrou muitos deles pela noite usando drogas ou beijando alguém do mesmo sexo às escondidas — e depois de até ajudá-los em seus esforços noturnos tudo o que ganhava era um olhar significativo ao cruzar com eles no corredor, e isso se ninguém estivesse olhando; mais comum era ser evitada por saber demais.

Às vezes, a falta de contato humano a enlouquecia a ponto de ela se postar no meio de um grupo no recreio e usar de chantagem expressa ou implícita pra não ser expulsa. O líder da rodinha compreendia que tinha que facilitar sua presença, e, quando não compreendia, Izabel simplesmente soltava uma menção embaraçosa: *Não te vi terça passada no Saloon, Serginho? Você estava com...* Ao que a pessoa garantia: *Não pode ter sido eu; só fui lá uma vez faz muito tempo.*

Mas tudo mudou na faculdade, à qual ela chegou com um conhecimento considerável sobre tópicos como música alternativa, RPG e cinema asiático. Fez novos amigos num instante e começou a frequentar festas com eles. As roupas pretas foram ficando do pra trás sem ela se dar conta, substituídas por um estilo apelidado pelos colegas de "puta velha": blazers de brechó, blusas justas e decotadas, lisas ou com pequeninas estampas, e jeans justos nas coxas. Também já não era o seu estilo. Dele, sobrevivera apenas um resquício: a franja preta e frequentemente grande demais que escondia sua testa.

Sexta

Décio tinha ligado onze da noite dizendo que estava no hospital. Não conseguia mijar, tinha desmaiado. Pedra nos rins. Para alguém que só comia miojo e só bebia refrigerante, estava de bom tamanho. Décio ouviu paciente a bronca de Eduardo e depois explicou que precisava de um favor dele.

A dogue alemã do banqueiro do Malta tinha dado cria — quatro filhotes do mais puro pedigree, que já tinham comprador — e chamaram alguns homens de confiança para tomar conta. O pagamento era régio, o turno era o da madrugada, e o serviço era simples. Ficar acordado à noite e colocar os filhotes pra mamar na hora certa, afastando-os da mãe assim que acabassem.

— E eu com isso?

— Você tem que ir lá cobrir minha falta.

— Não tem outro pra Cristo, não?

— Tentei ligar pro Klay, mas hoje é sexta, ele nem atendeu, deve estar com alguma cocota. Quebra esse galho, Dudu. Por mim. Você gosta de bicho, vai.

O argumento decisivo fora: *se você não for, a cadela vai comer os filhos.* O engraçado é que a cadela não parecia nada inclinada a isso. Oferecia as mamas de lado com certa indiferença e até preguiça, "lá vêm eles de novo". Havia leite suficiente para os quatro. Eduardo, de luvas, conseguia manejar dois corpinhos de cada vez, levando e trazendo.

Nesse meio tempo ficou na internet, entre discussões de fórum e moças sem blusa que demoravam a carregar. A conexão falhava. Quase cochilou com o celular na mão. Quatro e trinta e quatro. Breu ainda total. Engoliu mais café. Detestava não dormir de noite. Quando tinha viradão na lan house, botava o Décio pra tomar conta. A última vez que virara uma noite fora na era da internet discada.

Lembrava-se bem da primeira. Tinha dez anos. Estava com seu pai, sua mãe e duzentas mil pessoas. Foi na Vigília das Grandezas de Deus, no Maracanã. O bispo anunciara com orgulho que os bombeiros haviam proibido mais gente de entrar por motivos de segurança.

Durante o hino, seu pai mantinha os olhos fechados com força — sobrancelhas compungidas —, mãos em par para o alto. Eduardo averiguava, ímpio: o pai de vez em quando abria os olhos e espiava em volta e, vendo-se observado, voltava a aprontar a expressão de fervor total e olhos apertados. Eduardo ficava de olhos abertos o tempo todo. Alguns homens ao redor dele choravam um choro sentido. Num culto normal, Eduardo sentaria na frente com a família e fixaria o mesmo ponto da forração bege do altar do começo ao fim da função. Com criatividade, dava pra se perder naquele ponto bege como se fosse uma floresta cerrada, pensar apenas no tempo que passava. Mas, naquela situação, a floresta era superpopulosa, inquieta, e havia cruzes no centro do gramado, e tudo o que Eduardo queria era ter sido trazido ali para assistir a um jogo de futebol. Imaginou que estava em um. E que o público era recorde. E que era um clássico, e que estava emocionante. O placar dois a zero contra, o segundo gol no início do segundo tempo, mas Romário recebia uma bola perdida e arriscava um chute de meio de campo que ia parar no meio da rede e a torcida *irrompia em clamor* e *falava em línguas* e era o início da virada contra o Fluminense, que seria de quatro a dois com um gol de cabeça, um de pênalti e, para a humilhação ser completa, outro aos quarenta e oito do segundo tempo. Por isso, por isso sua irmãzinha tinha ficado em casa — fazia todo o sentido, menina nem gostava de futebol, e a torcida podia ser violenta, especialmente em finais; levar a mãe já tinha sido um risco.

Tinham saído do estádio ao amanhecer. O primeiro calorzinho expulsando o frio da madrugada. O povo descendo as rampas devagar, cansado. O pai serviu o último café da garrafa térmica já no ônibus da Congregação de Petrópolis, e Eduardo que achou que ia dormir a viagem inteira resistiu alerta até o abstruso pedágio recém-instalado. Contou catorze motéis pelo caminho, alguns com neons ainda acesos.

O pai morreu não muito tempo depois. Ele era caseiro. O natural em sua idade teria sido migrar para administração, mas seu pai tinha ojeriza ao tal "trabalho em equipe" — nas palavras do próprio, recusava-se a "responder pelo trabalho porco dos outros". Ficou num sítio fazendo todo o serviço segundo seus altos padrões de qualidade. O coração falhou quando ele estava em cima de uma escada de doze degraus. O corpo foi encontrado por Caim, o cão, que na época não saía de perto do pai. Ele latiu até chamar a atenção de Antônia, que quase mandou a pequena Talita ir ver o que o papai queria, mas teve um pressentimento e foi ela mesma.

Às vezes, Eduardo responsabilizava os discursos de prosperidade da Vencer em Cristo pela morte do pai. Quer dizer, de ser *chefe* ele não tinha condição, então se Deus estava 100% do seu lado porque não simplesmente abraçar o risco, tomar o mundo nas costas e dar uma banana para o resto? Mas era muita responsabilidade cultivar ódio de Deus.

Sua mãe também tinha mudado. Antônia sempre percebera coisas, coisas que não falava, por timidez, por ter sido chamada de burra desde pequena, por achar, enfim, que era alguém que não merecia ter voz. Então a ida à igreja era uma dose semanal de autoestima. Inclusive sua denominação atual acreditava em premonições, presságios e sonhos, então ela desfrutava de um certo status profético. Mesmo assim, a mãe ainda era uma coisa sacrificada de não falar, de sorrir na maior das dores. Antônia era a vitória encruada.

Sua irmã era outra coisa, já nascida e criada naquela mentalidade. Muitas vezes, quando chegava para trabalhar, Eduardo a via alisar a fórmica do balcão com as duas mãos e exalar um suspiro de: dona. Dona daquilo ali. Baixando o rosto até o nível dos olhos do filho e dizendo: *Isto aqui é seu.* Coletando doações pós--enchente de sítio em sítio, usando o carro de Eduardo com gasolina paga pela igreja. Entregando tudo nos ginásios e escolas de Petrópolis inteira a desabrigados de mau humor.

Ele devia achar aquilo ótimo, não é? Uma irmã que não era como sua mãe — reticente —, e sim confiante e ativa e caridosa. Por que não achava? Será que era machista? Trocou o sexo dela em sua cabeça. Ok, Talita certamente seria pastor. Talvez empresário. Ganharia muito dinheiro. Arrebataria seguidores. E o irritaria igual.

Esposa de pastor, Talita jamais poderia ser. Pelo filho sem pai até ia, mas a parte da submissão ao marido ele não via como poderia ser arranjada. Ela estava namorando um tal Russo, um quarentão conservado dono da oficina de motos. Ele saía com ela e deixava Bernardo em casa, depois de suborná-lo com figurinhas. Russo não dava muita conversa a Eduardo. Nem ele, de volta.

No fim da infância, Eduardo começou a recorrer às mais variadas desculpas para não ir à igreja, até os treze, quando simplesmente declarou, em alto e bom som, que não ia mais. Também sempre mantivera distância de qualquer trabalho que pudesse parecer de caseiro, não importava quão bem pago ou rápido ou simples fosse. De forma que estava altamente cotado para virar um pária. Por sorte, começou a haver na região alta demanda para serviços que só ele era capaz de prestar, e com gosto. Assistência técnica informal pros colegas ele começou a fazer aos dez. Aos catorze criara o primeiro logo, para a fábrica de quentinhas da mãe de um amigo. Depois passou a cobrar — pouco, mas algo —, e foi ficando conhecido como Menino do Computador, aquele que faz tudo de computador, garoto é genial, é batata, vai lá ver. Começou a formar discípulos, como o Décio, que ajudava na lan house e nos serviços gráficos, mas era um avoado, sempre com a cabeça nos simuladores lá dele, comendo porcaria e fracassando com as mulheres.

O administrador oficial compareceu pontualmente às seis, correntinha de ouro no pescoço, para entregar sem palavras o dinheiro a Eduardo assim que conferiu o estado dos cachorros. Ele pegou as notas, dobrou, colocou no bolso. Foi ouvindo rádio até em casa.

Sábado

Foi no canteiro de temperos e arrancou umas folhas. Ficou em dúvida de ter depredado o arbusto certo, mas cheirou o ramo e confirmou.

Uma posta de bacalhau a aguardava. Descascava batatas quando ouviu o barulho de moto. Era Klay. Ele sorriu abertamente ao vê-la preparar comida.

— A senhora não lava o ovo, não? — perguntou ele.

— Por que eu lavaria? — respondeu Izabel.

— Porque a casca encosta na água.

Izabel pensou um instante.

— Sim. Sim, se for cozido. No ovo estrelado, a gema e a clara não encostam na parte de fora da casca. Bobagem lavar.

— Claro. Mas esse cê vai fazer cozido, não?

— Sim, tem razão. Vou lavar.

Por ovo não ser fruta nem verdura, Izabel nunca tinha pensado na casca como algo que devesse ser lavado. Mas fazia sentido, afinal. Um troço que vem do cu da galinha. Droga. Todo mundo achava que ela não sabia nada. E, pior, estavam certos.

Ela precisava fazer mais coisas. De todo tipo. Só assim saberia mais.

— Klay, quero plantar umas orquídeas.

— Ah. Que bom que a senhora falou, porque a época é agora. Onde é que cê tá pensando?

— Aqui em frente, naquele paredão.

— Lá é bom. É sombra. Se quiser, amanhã a gente vai no Folha & Flor e escolhe umas.

— Lá é muito caro. Conhece um lugar mais em conta, não?

— Só em Itaipava.

— Você se importava de me levar lá? Eu pago a corrida.

— Tranquilo.

Almoçaram juntos. Montaram na moto e partiram para Itaipava.

De cem em cem metros, Klay reduzia e cumprimentava alguém com buzinadinhas. Pararam na subida do Vista Alegre e dali a pouco ele voltou com um capacete para Izabel. Ultrapassaram o centro, cruzaram a ponte branca e colaram na BR por alguns quilômetros. Itaipava, logo acima, ficava toda ao redor de estreitas vias de mão dupla governadas por um punhado de sinais de trânsito. A estrada de acesso estava engarrafada nos dois sentidos. Tinha caminhões. Não conseguiam passar.

— A embreagem disso é na mão — observou Izabel.

— Isso aí.

— E o freio é no pé.

— No pé e na mão. Mas tem que usar mais o do pé.

— Hum.

— Quer tentar levar? Depois.

— Depois.

— Você tem jogo de corpo — disse ele. — Pra moto, já é meio caminho andado.

A floricultura mais barata de Klay ficava antes da Itaipava oficial. Era um puxadinho do acostamento, escavado na encosta. Parecia ter começado ilegal e depois ter sido ampliada várias vezes pela mera remoção de mais terra da vertente. Um rapaz alto se aproximou lentamente de Izabel e parou na frente dela com uma expressão de grande fastio.

— Oi. Orquídea, o senhor tem?

— Que tipo de orquídea a senhora estava pensando?

— Que não fosse muito frágil.

Ele caminhou com uma das mãos no bolso até chegar a um esquadrão de vasos de orquídeas e olhar para ela inquisitivamente. Não disse nada sobre a capacidade das flores de resistir a intempéries; Izabel presumiu que ele presumia que, se estavam ali e vivas, é porque eram adequadas àquele clima. Uma presunção bem razoável, achou ela. Após examiná-las, Izabel apontou para uma branca e outra amarela. O dedo ainda coçava e ela acabou apontando mais uma, com laivos roxos. E um saco de adubo.

Um gato listrado quarava ao sol. Enquanto o rapaz fazia a soma numa calculadora de bobina, Izabel ficou olhando o bicho se revirar e foi informada de que se tratava de uma gata.

— Gostou? Quer levar? — disse o atendente.

— O gato? Não, não.

— Sério, leva — insistiu ele com um sorriso aliciante. — Ela é uma graça.

— Não, só quero flor.

Pegou as orquídeas e o saco de adubo, acomodou no baú da moto de Klay. Não deu para fechar. Viajou entreaberto.

Quando chegaram no sítio, Izabel foi lembrada por Klay de experimentar a moto. Ele demonstrou a passagem de marcha e fez com que ela montasse. Daí em diante ficou de pé ao lado, curvando-se para apertar uma ou outra coisa no painel. Partida. Ponto morto, embreagem, primeira. Soltar para andar. Frear. Embreagem, ponto morto. Igual carro.

— Até que é fácil. — Ela suava frio sob a roupa. — Klay. Tá ouvindo isso?

— O quê?

— Esse bicho que faz *uuu* no meio da tarde. É coruja?

Klay lhe explicou que a ave que fazia *uuu* de dia era uma espécie de pomba — corujas só saíam à noite. Explicou também que só poderia transplantar as orquídeas depois que as flores caíssem, então fazia isso outro dia. Agora ia pintar o balanço. Pegou a lata de tinta e saiu com ela, pincel e bandeja, e um cigarro de Izabel atrás da orelha.

Uma das meninas tinha sido violentada. A outra não, porque estava menstruada. Tinham feito retrato falado e corpo de delito no IML. O retrato falado do violador tinha sido publicado com a matéria.

Isso tinha acontecido no bairro dela no Rio.

Izabel ficou olhando para aquilo e pensando na vez que teve que fazer retrato falado. Corpo de delito não teve, já que tinha ido parar no hospital. Depois de ter alta, compareceu certa tarde ao antigo Dops, na rua da Relação, e descreveu o rosto *dele* a um desenhista que usou um programa de computador para a maior parte do trabalho. Com um estilete, o rapaz acrescentou marcas de bexiga ao papel com a cara do perpetrador, coisa que aparentemente o software não fazia, e depois o arquivou em uma pasta de papelão com presilha metálica.

Durante a reconstituição, Izabel teve que fechar os olhos várias vezes e reviver o momento até conseguir uma descrição satisfatória das coisas que ele lhe perguntava. ASSALTO COM ARMA BRANCA, lia-se no B.O. O sangue manando. Manando dela. Seu coração regando a terra: aquilo lhe parecera tão doce que quase se deixaria esvair. Poderia decidir que aquilo era melhor que a autopreservação; mas preferiu cuidar de si. Gritou. Fez o cara fugir. E sobreviveu.

Izabel imaginava que com a menina estuprada devia ter sido algo assim. Só que o momento a ser revivido, incomparavelmente pior. Seu corpo de delito não tinha acontecido, então nisso não tinha base de comparação.

Não. Jamais poderia comparar. Não tinha esse direito. Afinal, tinha levado apenas duas facadas num assalto destrambelhado; a menina tinha sido lambida por um maníaco. Metida — lambida, espancada.

Aída perguntou que cara era aquela. Izabel falou da reportagem. Começaram a falar sobre estupro. Aída tinha uma sobrinha que morou nos Estados Unidos e dizia que lá era horrível. Como era no Canadá?

— Não aconteceu nada de ruim comigo — respondeu Izabel.

— Nos Estados Unidos, você não pode aceitar uma carona. Aceitar carona pra eles é como aceitar dormir com o homem, e depois eles não aceitam não como resposta. Avisaram disso assim que ela chegou lá. Teve uma reunião com os alunos de intercâmbio, de fora, para explicar esse tipo de, de diferença cultural, né. Ainda por cima, né, eles acham que toda brasileira é puta — disse Aída.

— Acho que no Canadá é diferente. Tem bastante liberdade por lá, inclusive sexual. Não rotulam as estrangeiras. Não tem aquela repressão dos Estados Unidos.

—Teve namorado por lá, minha filha?

Dona Aída tinha arrumado uma expressão intrigada. Izabel inclinou a cabeça e arregalou os olhos:

— Alguns…

Dona Aída esticou as sobrancelhas e arregalou os olhos:

— Vocês, hein!

Mas um sorriso reprimido contorcia seus lábios, e suas bochechas tinham corado. Izabel, sentindo alívio, aceitou a torta que ela lhe oferecia pela segunda vez. Ajuntava os resquícios da cobertura de coco para a garfada final quando Francesca chegou.

Francesca Lagos era uma dona de pousada de uns cinquenta anos, o cabelo cortado médio em ondas louras. Tinha a altura de Izabel, que não era pouca; recusou a torta e foi logo explicando o que queria dela.

— A gente está promovendo um novo festival gastronômico nas pousadas e restaurantes de Araras. Vai se chamar *Festival de Outono*. Porque as pessoas ficam esperando a temporada de inverno pra vir nos visitar. A gente queria *antecipar* essa vinda. Trazer as pessoas para cá antes, criar esse hábito. Então eu queria uma designer que tivesse olho pra esse visual específico *da estação*, entende? A gente já conversou com um rapaz daqui da região, mas ele... ele não entendeu bem a proposta, sabe? Você, que é neta do seu Belmiro, que morava aqui tem muitos anos, e tem passado tempo por aqui, e estudou no exterior, acho que você vai trazer as referências necessárias para o que eu tô pensando pro nosso festival.

Izabel ouviu tudo com as mãos abrigadas no meio das coxas. Levantou o queixo e perguntou.

— Como a senhora está pensando?

Francesca queria o título do festival composto em letras caligráficas rebuscadas. Pediu tons amarronzados e borgonha no folheto e no site.

— Sem querer influenciar, mas *flores* — nessa época Araras está toda florida! Você tem buganvílias no seu sítio, menina? Já deu uma olhada em uma, toda florida? Acho aquele violeta fenomenal. Parece um sorvete de papaia. Bicos-de-papagaio também são fora de série. Ipês amarelos. Agora não estão em flor, mas em maio, na época do festival, vão estar. Também, você vai pôr aquele aviso de "imagem meramente ilustrativa", pra ninguém reclamar. Porque você sabe, né? Tem hóspede que vem no alto inverno e fica me amolando querendo flor. É muita ignorância da natureza, não é? Que me venha no verão, na primavera. Ora. Vá reclamar com são Pedro ou com a divindade de sua preferência. *Eu não sei dar flor!*

Reunião com o cliente é a pior parte, pensou Izabel, só para lembrar que não era a pior parte. Ainda precisava negociar pagamento.

Primeiro, sacou o laptop e mostrou o portfólio. Pronunciou destacadamente os nomes das empresas importantes para as quais tinha trabalhado e o efeito no olhar de Francesca foi imediato — de quase luxúria. Estabelecido isso, Izabel perguntou:

— Quanto vocês estão pensando em me pagar?

Apareceu um sorriso amarelo no rosto de Francesca.

— A gente estava pensando em te pagar com refeições nos restaurantes do evento.

— Os restaurantes do evento?

— É o Quasar, o Hamamélis, o Casa da Coruja… só alta gastronomia.

— Eu comi no Casa da Coruja outro dia.

— Ah, e gostou?

— Gostei. Mas… são sete dias, o evento? Acho pouco.

— A gente estava falando de oferecer uma refeição. Uma só.

— É muito pouco pra mim, dona Francesca.

— Só Francesca, por favor… Ah, Izabel, a gente tá começando o evento esse ano…

— Por isso mesmo. Você precisa da melhor divulgação e é isso que a senhora vai ter. Mas a senhora concorda que tenho que ser paga de acordo?

— Negociante, hein…? Você tem ascendência judia? Hahaha.

Izabel não achou graça, mas riu. Jogou o preço pro alto. Francesca elevou a mão ao peito e pechinchou. Fecharam em três quartos da proposta inicial. Izabel sorria, sorria. Francesca também. Almoçaram as três o magnífico empadão de dona Aída e, quando as duas senhoras entraram no carro de Francesca rumo ao seu mutirão beneficente, Izabel abaixou seu tchauzinho, mobilizou mais alguns músculos da face e transformou o sorriso em gastura.

Ascendência judia… Era, no máximo, cristã-nova, se contasse a quantidade de nomes de árvore presentes em sua ascendência: Carvalho, Pereira, Oliveira… e uma porção de Silvas, que podiam significar qualquer coisa. Sua bisavó materna parecia uma beduína, olhos verdes, pele cor de cobre, a própria capa da *National Geographic*. Oficialmente, libanesa. Vinda para o Brasil aos dezesseis. Por parte de pai, havia o ramo nordestino, o causo de uma tataravó índia "pega no laço". O resultado para ela era uma morenice conversível: olhando no espelho num dia comum, via um branco amarelado, olhos meio puxados de índia, maçãs de judia elegante. E, quando tomava sol o bastante, quase ouvia as famosas últimas palavras da sua bisavó: "Quem é este HOMEM NEGRO? Tirem este HOMEM NEGRO daqui", sobre seu pai tostado de praia.

Mas era impossível ter certeza. Já pesquisara sobre o assunto e todos alertavam que não havia como ter certeza, mesmo com o sobrenome na lista, que você tinha ascendência judia. Tudo graças a duas Isabéis espanholas. Primeiro uma expulsara os judeus da Espanha; d. João os acolhera em Portugal. Depois que ele morreu, o casamento-aliança entre o novo monarca e uma nova

Isabel, a de Aragão, criara um clima antissemita que resultou em massacres, conversões forçadas e novos sobrenomes.

Tinha ainda o Jansen na ponta do nome, por parte de pai. Sangue alemão ou holandês via nordeste. Era uma bagunça o seu sangue. Não podia tirar conclusões acolchoadas a respeito do "seu povo", como todo mundo. "Sou guerreira", "sou oprimida", "sou rainha": tudo falácia. Onde é que ia se encostar?

Quarta

Oito da manhã. Nem acreditava que tinha andado apenas um quarteirão. Nem acreditava que já tinha andado um quarteirão.

Olhando para a calçada, sempre topava com pedaços de aparelhos eletrônicos descartados por vizinhos e ainda não varridos por garis. No caso, os ímãs desmembrados de uma pequena caixa de som jazendo junto a um velho HD. O imemorial esporte de tacar lixo pela janela: discos LPs já tinham sofrido o mesmo destino pela sua mão na adolescência. Geralmente, lixo tecnológico. Mas de vez em quando algum saudosista ainda cometia o arremesso de tênis amarrados pelo cadarço sobre fios de energia.

Dois quarteirões. Às vezes andar pela rua se parecia com arrastar uma carcaça pela calçada. Isso numa idade em que o corpo deveria ser ágil; imagine depois.

O corpo estava ok. Cuidava dele. O problema estava no reboque da carcaça. O reboque era um horror.

Não ajudava pensar assim; então, não pensava. Continuava se arrastando, um pouco mais rápido. Certo? Havia bons dias de trabalho. Vamos reconhecer. A gostosura do salário caindo na conta todo final de mês, a desnecessidade de mover o cérebro a ideias geniais a toda hora, a calma de que dispunha para fazer alguns serviços. Ah, o luxo de poder passar horas acertando o *ker-*

ning manualmente. Não que passasse. Depois do primeiro mês, não fazia mais todos os trabalhos com calma e precisão; adotava a abordagem mais prática. Não inventava.

E a parte de passar enormes blocos de tempo sem atribuição, mas tendo que ficar lá porque tinham comprado sua presença física? Quando a consciência disso pinicava demais, ela não conseguia não olhar pela janela e tentar literalmente *ver* o tempo passar. Registrar pelo nervo óptico uma mudança de posição nas nuvens, na cor da tarde. Daí a chefia mandava uma avalanche de afazeres pra ontem e era impossível almejar perfeccionismo ou cultivar obsessões.

E havia uma hora de liberdade por dia. A hora do almoço.

Em Toronto, Izabel experimentara muitas depiladoras da incipiente mão de obra especializada local até descobrir uma boa brasileira. Tinha que ir à casa dela, num bairro afastado. Mas só ela fazia direito. Mais que direito: ela chegava a ser meio psicopata, dizendo "Detesto pelo" com voz cavernosa e olhos semiarregalados, injuriada que Izabel ainda insistisse em manter aquela trunfinha. Fora isso, nada ao redor sobrava, e o efeito durava quinze dias, fácil.

No Brasil, todas eram brasileiras, mas nem todas eram muito boas. Izabel estava na mão de uma apenas boa. Estavam ambas com pressa, já que era hora de almoço. O resultado foi torto e cheio de resíduos. Izabel depois os tirou, não sem alguma dor, no banheiro da firma.

A TV do motel tinha ficado estacionada num jogo de vôlei feminino. O ruído do apito e as pancadas dos saques se misturavam a Vera gemendo sob os cuidados de Izabel, que conseguia ver os lances pelo espelho atrás da cama. Vera só percebeu depois que acabou.

— Não me diga que você ficou assistindo.

— Eu queria alguma coisa bonita passando. O pornô tava ruim. E a gente tinha que aproveitar a TV a cabo, né?

—Ah, sua fetichista suja — ralhou Vera, rindo. Izabel riu e se rendeu, erguendo as mãos.

— Entenda, seu guarda... é que...

— Será que é verdade aquela história das mulheres ficarem mais pervertidas com a idade? — prosseguiu Vera, implacável, sentando sobre a barriga de Izabel e apertando sua bochecha como se a interrogasse.

— Daqui de baixo seus peitos ficam tão redondinhos. Duas bolinhas redondas.

— Não adianta me bajular — disse Vera.

As duas riram. E acharam melhor ir andando, que estava quase na hora do filme.

Quarta-feira a sessão era mais barata no cinema da praia. Na saída, encontraram uma velha amiga de Izabel, Anita, com sua rosa tatuada na panturrilha e um bando sortido de gente. Anita com um pé no grau de doutora, Izabel devidamente empregada. A filha de Anita já tinha sete anos.

— Então — fez Anita com um tapinha no braço de Izabel — voltei a jogar futebol com as meninas. A Dot e a Fê também tão indo. Vai também! É sábado, você pode.

— Vamos ver...

Saíram com o bando do cinema, mas Vera andou delibera-damente devagar e Izabel ficou para trás com ela.

— Acho que passei da época de esportes de equipe — falou. Falou e, quando olhou para Vera, encontrou algo estranho. — Que foi? — teve que perguntar. Assim que ouviu a própria voz, se arrependeu.

— Eu gosto de futebol. A gente devia ir — disse Vera.

— Mas eu não posso sábado. Aliás, nem você, né?

Vera estava indo para os cafundós do país no dia seguinte, pesquisar uns mosquitos.

— Mas, se você pudesse, você iria?

— Sei lá. Acho que não.

— Você não gosta dessas meninas?

— Gosto, ué. Eu gosto da Anita. Inclusive pretendo sair com ela pra um café.

— Eu não conheço uma amiga sua.

— Acabou de conhecer uma.

— Arrã.

Que merda ela estava insinuando? Que assim que desse as costas Izabel ia pular na cama com o time de futebol inteiro? Ou que ela não queria apresentá-la como namorada pra não prejudicar suas "chances" com Anita? Era por aí, mas se Izabel perguntasse Vera ia dizer que não, que nada disso. Izabel detestava não poder resolver tudo conversando. Controlou-se para não falar mais nada.

A despedida foi seca, sem raiva nem calor. Vera só ia voltar depois do carnaval, e não se prometeram nada.

Sábado

Dona Aída não tinha site. Isso tornaria o negócio muito oficial, disse ela. Poderia até chamar a atenção da fiscalização.

— E, se eu digo que não tenho site, as pessoas vêm pra cá achando mais autêntico, mais casa de campo — disse Aída. — Engraçado que é só cair a internet que ficam me enchendo a paciência.

Aboletada na sala da vizinha, Izabel navegava por sites sobre a região. Antes de trabalhar na encomenda de Francesca, queria entender o registro em que teria de operar — e descobrir como poderia salvar seu orgulho profissional. Abriu um site de descontos onde letras cursivas em promoções-relâmpago intimavam:

VENHA NOS CONHECER! Entrou num dos sites. Ovelhas pastando em frente a uma casa-grande. Ao fundo, neblina. Não aceitavam crianças. Passou para o seguinte; tinha aberto abas e mais abas, como se fosse realmente escolher um quarto. Ofereceram-lhe lençóis de duzentos fios e TVs de duzentos canais. Tranquilidade, relaxamento, descanso. E conforto e requinte e bem-estar. A Pousada do Tiziu indicava como boa opção de lazer "uma caminhada até a aldeia" — e ela percebeu que só podiam estar falando do centrinho de Araras. *Aldeia*. Aquela quermesse anabolizada, uma *aldeia*. Ah, vá.

Fechou tudo.

Foi trabalhar deitada na rede de Aída, ouvindo o cacarejo das galinhas. Muito autêntico, pensou. Tacou um fundo borgonha-escuro. Fonte manuscrita de convite de casamento no título, corpo do texto em Swift. Decorou a proposta com uma borboleta-carijó catada baratinho num banco de imagens. Mandou.

Bateu e voltou. Aprovado, e com um texto anexo longo e confuso que ela fez o possível para encaixar no lugar do *Lorem ipsum*. Na parte de HISTÓRIA, dizia que Araras tinha esse nome por causa de uma tribo indígena. A tribo dera nome a uma fazenda do mesmo empresário que construíra o hotel-cassino Quitandinha em Petrópolis: Joaquim Rolla, dono também do Cassino da Urca. Com o fim do jogo no Brasil, a fazenda fora desmembrada e seus lotes foram vendidos via banco Denasa, com a ajuda de Juscelino Kubitschek. Izabel não sabia de nada disso. Lembrou-se da professora ensinando que JK tinha morrido de desastre de automóvel na Dutra e apontando isso como irônico, já que ele tinha sido o cara das rodovias. Depois tinha vindo à tona o assassinato e tudo fez mais sentido: a coincidência tinha sido criada pelo homem.

Quando escureceu, já em casa, sentou com um livro no sofá de estampa asteca. Não tinha aparelho de som, então lia ao som do k-k-k-k-k das lagartixas. Nessa época do ano, elas travavam altas conversas pelas paredes a noite toda, cada uma do seu canto, até que, num horário lá delas, se aproximavam, juntando as cabecinhas, e iam para o vão do telhado fazer o que quer que duas lagartixas fizessem juntas no escuro.

Izabel não conseguia avançar na leitura. Ficava pensando que sua borboleta-carijó nunca mais havia aparecido. Ficava pensando naqueles feudos divididos e redivididos, sublocados e invadidos. Ficava pensando que não ia aguentar passar o carnaval ali, sozinha, aquele ano.

Terça de carnaval, VideoLan

— Eu detesto Immolation. *Não admito* esse nome.

— Ai, Jonas! Você disse que gostava!

— Não. Eu não disse que gostava. Eu disse que era *melhor que nada*.

— Ai, caceta.

— Vamos dar mais uma pensada antes de colocar Immolation? Por favor?

— Não tem nada de errado com Immolation!

— Parece Amolation!

Aráquem e Dennyson caíram na risada. Sirlene espremeu a boca num bico, quase rindo junto.

— A gente já vai dar munição pros *haters* assim, logo de saída? — insistiu Jonas. — Não vai, né?

Estavam na lan house, em frente ao formulário de inscrição para o Festival Nova Alvorada, preenchendo o campo NOME DA BANDA.

— Tá, então o que você sugere? Holy Sacrifice caiu, né?

— Tem mil bandas com esse nome.

— O Dennyson falou em Amós.

— Nhé.

— Alguma coisa Trinity.

— Alguma coisa Blood.

— Eu sou a favor de chamar Ira Santa.

— Ira Santa.

— Ou Santa Ira.

— Ira Santa é legal.

— Em inglês. A gente canta em inglês. — Sirlene digitou e obteve a tradução. — Holy Wrath.

— É o quê? Rouli rró...

— Rouli róatch...

— Rouli rruáth! — pronunciou Sirlene calcando a língua nos dentes.

— Rouli uách — tentou Aráquem.

— Relógio Santo? — traduziu Jonas, rindo.

— Aff — fez Sirlene.

— Ninguém sabe falar.

— A Hermione aqui sabe. Você que é burro.

— Chama de Watchmaker — disse Eduardo.

As cabeças se viraram todas para o balcão.

— Watchmaker é relojoeiro em inglês — continuou ele. — É um argumento famoso pró-existência de Deus.

A banda se entreolhou. Surgiram rugas de concordância, cabeças começaram a assentir. Fizeram uma pesquisa para ver se Eduardo não estava de sacanagem com eles. Acabaram se declarando os Watchmakers pro formulário. A seguir, tentaram achacar do dono da lan house um logotipo grátis. Ele os enxotou da loja. Sirlene ficou para trás. Debruçou-se no balcão. Eduardo continuou mexendo no computador.

— E aí? Olha pra mim.

— Que foi?

— Tás sumido. Não me responde mais.

— Aqui não, Sirlene. Tô no meio do trabalho.

— Você tá lendo textinho na internet.

— Não se faz de boba. Depois a gente conversa. — Apontou a saída para ela.

Sirlene bufou de raiva e fez que ia, mas voltou.

— A gente vai tirar isso a limpo — prometeu. — Cara a cara.

Ela saiu pisando duro e sumiu no meio de uma trupe de clóvis.

Descendo a rua, Izabel viu um grupo de moças, cada qual com um adereço grampeado no cabelo, seguindo para a festa. Sobre as cabeças havia cartolinhas de lantejoulas, uma flor laranja, anteninhas de pompons. De resto, a roupa que usavam era normal. A capa de Izabel esvoaçava para trás, sua maquiagem à prova de derretimento cuidadosamente aplicada. Ela e elas se olharam, cada lado achando ridículo o nível de envolvimento do outro com a brincadeira.

Izabel tinha passado quase dois anos num lugar gelado e distante; sentia estranhas saudades da compressão, da sufocação, mas especialmente de pensar e usar a fantasia. Repetia ciclicamente quatro, desde criança: havaiana, cigana, baiana e pirata. Os clássicos. Gostava de ser facilmente reconhecida.

Aos treze, por influência dos RPGs, tinha acrescentado uma nova opção: vampira, caninos longos feitos sob medida para ela por um namorado dentista de sua mãe. Era com essa que ia pular o Carnaval 2015.

Ao chegar na esquina, Izabel parou e checou mesa por mesa do bar. Nesser e Filipe estavam na última, bebendo cerveja. Compraram uma para ela e levantaram. Estavam os dois sem camisa e vestiam tutus fosforescentes. No ponto de ônibus, encontraram Alana e Jaime, ele de Minnie e ela de Audrey

Hepburn grávida, com tubinho preto, pérolas e óculos escuros. A barriga dela não era postiça. O pai era Jaime.

Elogiaram-se as fantasias e, após uma desconjuntada viagem, desceram no Passeio. Jaime preferiu ficar longe do nó da multidão por causa de Alana, então Izabel, Nesser e Felipe acabaram estacionando na orla do bloco também. A banda acabava de executar *Patience* em ritmo de marcha e já emendava uma *Come as You Are* puxada pra reggae. O bloco não era do tipo que andava, então eles ficaram ouvindo a banda e dançando comedidamente até ficar quente demais para respirar e estarem secos por outra cerveja.

Izabel sorriu para o suco de laranja na mão de Alana e perguntou para quando era. Era para o início de abril e era uma menina. Filha do inverno, disse Izabel. Que rápida, disse Jaime. Nesser puxou a capa de Izabel e apontou: uma criança parada olhava fascinada para sua produção. Izabel cobriu metade da cara com a capa e deu uma risada maléfica expondo os caninos; a criança saiu correndo.

— Izabel vai dar uma ótima mãe — disse Jaime.

Izabel sorriu, pensando que deveria continuar o assunto de alguma forma. Não seria legal mencionar que a filha de Jaime com Alana tinha sido acidente. Também não seria legal mencionar que no Canadá o aborto era legal, mas ela não tinha precisado.

— Preciso sossegar com alguém primeiro — disse Izabel.

— Precisa nada! — cutucou Nesser.

Izabel riu, escondendo a cara no peito dele.

Uma moça vestida de presidiária e outra de Sininho abraçaram Alana. A presidiária começou a contar uma história intricada e Izabel tentou prestar atenção.

— Aí eu disse que sim, que eu conhecia o Tônio. Aí a sonsa me pergunta se eu já tinha ficado com ele. Imagina! Tenho cara de quem fica com um cara desses? Acho que ela disse isso de sacanagem, só pode, porque a gente estava na frente do Biel. Na hora fiquei meio constrangida, mas nem falei nada, porque imagina. Porque você sabe. O Tônio é... Ele passou pra Caixa! Eu estudei pra caramba e fiz várias vezes o concurso e não passei. *Ele* passou pra Caixa! Não tenho nada contra ele, ele é muito bonzinho. Mas é *burro*, sabe? Que nem o Renan. Sabe o Renan? Bonzinho, mas burro. E ele pegava a Paola. Que é outra que também... mas enfim. Não sei é como é que o Tônio, justo o Tônio, foi passar pra Caixa, e eu não.

Surgiu o assunto de um quarto para alugar no apartamento da presidiária e da Sininho — a última inquilina tinha ido morar com o namorado, e Nesser falou que Izabel talvez estivesse a fim. Já que estava na berlinda, ela perguntou quanto era, fingiu interesse. Dividir apartamento, para Izabel, só se o *roommate* fosse gay. Ou talvez se ela se casasse — sorriu de si para si. Tivera péssimas experiências morando com mulheres no Canadá, sendo a pior de todas a obsessiva que, ao mesmo tempo que censurava seu comportamento sexual, passou a imitá-la: tingiu o cabelo de preto, adotou seu estilo de se vestir... Izabel nada estranhou até o dia em que percebeu que alguém mais andava acessando suas identidades virtuais. Juntou os pontos: era sempre quando ela estava na universidade e a outra, em casa. Trocou todas as senhas e se mudou, dessa vez para morar com um amigo chileno, Greg, aprendiz de chef que preferia os rapazes. Pela primeira vez, sentiu-se capaz de conviver com alguém sob o mesmo teto — e reconheceu em si um mau humor residual de todas as tentativas anteriores.

A Sininho estava estudando para concurso e perguntou dicas de Izabel, já que ela trabalhava na Vale. Izabel fez força para não se irritar, pensando que sairia mais rápido da berlinda se fizesse o jogo deles. Explicou que a Vale tinha sido privatizada e não tinha mais concurso, só "processos seletivos"; mas os pistolões ainda funcionavam, ela fora chamada por indicação da mãe.

— E o mais irritante é que continua uma empresa pública em espírito. Tô lá desde o meio do ano passado e... *não tem o que fazer*, sabe? Eu fico meio *nervosa*.

— Para de roer unha — Jaime puxou a mão dela da boca.

— Pois é, eu tenho que me controlar. Agora tô pegando uns frilas. Mas não dá muito pra fazer em horário de trabalho. Presta atenção: quando conseguir passar num concurso, e você estiver lá, no primeiro dia de trabalho, e acabar de fazer o que te mandaram, não me vá no chefe pedir mais trabalho! Não me cometa essa gafe! As pessoas te olham feio se você sai *pedindo trabalho*. É como dedurar que teus colegas estão enrolando. E estão. Fica quieto, deixa esquecerem você; logo vai ser hora de se aposentar. O esquema é esse.

As amigas de Alana formaram uma espécie de comitê para ajudá-la a enfrentar a fila do banheiro químico. Izabel foi junto. Quando voltou, Filipe falava da casa de praia que costumava frequentar no Sul.

— Não, era alugada. Nem lembro quanto, mas pra oito pessoas dava uma ninharia. E hoje essa casa nem existe mais. Foi engolida pelo mar. Naquela época ondinha quebrava no quintal, era só sair descalço e mergulhar. A gente vivia semanas de siri. Lá tem siris enormes, e é muito barato. E fácil de fazer.

— Pois é, alugada ou não, casa de praia vale muito mais a pena do que de montanha.

— Discordo.

— Izabel tem casa do lado da minha, em Araras. Ainda tem, Izzy?

— Tenho. Vou lá todo fim de semana agora — disse Izabel, tomando água de coco de canudinho.

E explicou que era a casa do avô que morreu ("Aquele avô? Morreu?", perguntou Nesser; "Morreu", disse ela), e o sítio andava às moscas, alguém precisava cuidar, e esse alguém acabou sendo ela.

— O trabalho mais boçal já acabou, o sítio tá nos trinques. Agora tô indo pra relaxar mesmo.

— E, diz uma coisa — indagou Filipe —, tem churrasqueira?

— Tem sim. E piscina. Mas daqui a pouco tá esfriando, né? O lance é mais lareira, fondue.

— Tanto faz; convidando, a gente anima. Não anima, Jaime?

— Mas tem que ser antes da bebê nascer, porque depois... — disse ele, olhando para Alana, que franziu o nariz e tocou a barriga:

— Não tenho encarado estrada bem.

— Estão melhorando a rodovia — disse Izabel. — Vai ficar mais reta. Vão botar um túnel entre o Quitandinha e o Bingen, tá quase pronto.

— Gente, mas que *claustrofóbico* — disse Alana. — Quantos quilômetros isso?

— Sei lá. Alguns. — Izabel atirou o coco vazio numa caçamba próxima. — Dizem que vai ser o maior do Brasil.

— Meu Deus.

Entrou *Seven Nation Army* com base funk de *Headhunter*. Todos cantaram o início. Dali a pouco, Alana se pendurou em Jaime e disse no ouvido dele que estava a fim de ir.

— Mas já?

— Ai, cê sabe. Meus pés estão parecendo pastel de feira. Se você não quiser ir, tudo bem, eu vou com elas.

— Não, eu te levo.

Assim que o quarteto saiu de vista, Nesser, Filipe e Izabel mudaram de lugar. Ficaram perto de um ambulante que geria um grande isopor gelado. Cervejas depois, Izabel já alisava a saia de Filipe, enternecida; e aliviada quando ele enfim recostou o rosto em seu ombro e se sujeitou ao cafuné vagaroso atrás da orelha, enquanto ela despachava Nesser abanando a outra mão. Ele prontamente sumiu na multidão.

Foram conseguir um táxi numa rua periférica. Se tocaram no chuveiro frio, caninos e saiote sobre a pia. Desabaram sobre a cama dela, refrigerados e inermes. Izabel levantou, preparou café. Levou a garrafa térmica para o quarto. Filipe agradeceu, de cueca. Como ele era alto. Izabel botou uma *playlist* sugestiva e se aconchegou com ele, que parecia mais interessado no café. Por fim, ele falou:

— Eu tenho namorada, Izabel.

— Eu não me importo — disse ela.

Foi comida com uma camisinha do governo, invólucro roxo pululando sobre a colcha. Foram vinte minutos de pressão ininterrupta, uma surpresa para Izabel; Filipe não tinha corpo de atleta. Depois, ficaram vendo TV lixo até acabar com o café. Lá fora, o sol começou a se pôr.

Ela deixou o quarto de camiseta e calcinha, levando a caneca e a garrafa. Tomou um susto com a mãe na sala, tomando chá de erva-doce e vendo novela das sete.

— Ooi — disse ela. — Tá com visita?

— Tô — respondeu em tom ascendente. *Não pergunte mais.*

Sábado

Tinha macarrão, mas não tinha molho. Tinha arroz, mas nada com que refogá-lo. E apenas um cigarro perfilado dentro do maço. Indisposta a ir ao centro, mesmo por mais cigarros, resolveu tentar achar algo de comer na padaria da rua de baixo. Pão e atum acebolado parecia ótimo.

Izabel desconfiava que talvez o bar xexelento ao lado da igreja pudesse ter cigarros, mas não tinha coragem de entrar.

Toda vez que passava na frente, ainda mais agora que os caras já a haviam visto algumas vezes, era saudada pelos olhares famintos dos que estivessem à porta. Não sabia o que esperar de uma cidade do interior. Seriam mais tímidos, menos grosseiros? Ou só mais desesperados? Quem sabe psicopatas? Acostumados a abrir e esquartejar animal. Bom, ela mesma já tinha aberto muita barriga de peixe. Mas passou sem entrar.

Enquanto fumava o último cigarro, encostada no ponto de ônibus, viu, à distância, Klay. Ele estava ao lado da moto, de jaqueta jeans, olhando na direção da padaria, de onde saiu outro rapaz que lhe entregou várias latinhas de cerveja num saco plástico.

— Se beber não dirija — falou Izabel.

Klay tomou um pequeno susto ao vê-la mas logo se recompôs.

— Oi, dona Izabel.

— Agora eu entendi porque você fila meus cigarros.

Klay sorriu resignado.

— Faço dezoito em outubro.

Izabel assentiu devagar. Não teve pressa de dizer:

— Tá tudo bem. — E olhou para a padaria. — Meu cigarro acabou. Se tivesse aí, eu comprava pra você.

— Já vendeu aí. Não vende mais.

— É?

— Seu Manoel resolveu tirar. Não é bom negócio, e os crentes não gostam.

Izabel assentiu com a cabeça e tirou a última baforada. Pisou na bituca.

— Tá indo pra onde, dona Izabel?

— Corta o dona, tá? Vou pro centro.

— Sobe aí, dou carona — disse ele, montando na moto.

Não tinha capacete para ela. Klay doou o seu. Izabel agarrou bem nele e pediu:

— Vê se não corre.

Em menos de dez minutos estavam no centro, Izabel sentindo-se incógnita sob o capacete. Ela apontou para a VideoLan com um longo braço e descreveram uma meia-lua para se encaixarem de lado, fechando as outras motos.

Os rapazes de jaqueta observaram ela apear, remover o capacete e examinar as motos enfileiradas antes de entrar. Havia as de cinquenta, cem e cento e cinquenta cilindradas, de várias marcas e estilos. A de Klay era de cinquenta, fraquinha na subida. Ele assentou o capacete de volta, deu tchau e partiu.

Só quando estava dentro da locadora é que Izabel se tocou: Klay havia partido para o *outro lado*, o mesmo de que vieram. Ele tinha se desviado por ela. Certo. Tá bem.

A moça do balcão bradava para uma porta ao fundo da loja:

— Edu! Ô, Edu!

A pessoa por quem ela gritava veio marchando sem vontade. Izabel já o vira antes.

— Você tinha que estar aqui faz meia hora — disse a balconista, alterada. — Já tô atrasadérrima.

Eduardo olhava feio não para a moça; para longe.

— Guarda aí as devoluções — comandou ela. — Vou indo.

E foi. Izabel atravessou o olhar de enfado e desdém do rapaz, procurando a prateleira de lançamentos. Demorou um pouco até admitir que estava com vontade de ir nos velhos favoritos e não de inovar. Pegou duas caixas e procurou o atendente; ele estava fora do balcão, arrumando devoluções nas prateleiras. Era tão brusco em seus movimentos que ela se aproximou com cuidado pra não levar um safanão.

— É com você que eu falo pra alugar? — tentou.

— Sim. Seu nome? — indagou ele, retornando na mesma velocidade para o balcão.

— Izabel Carvalhal Jansen.

— Prazer. Eduardo.

Naquelas partes, havia muitos nomes como Geísa e Joelmo e Klay, mas o homem se chamava Eduardo. Izabel sentiu uma compulsão de ir atrás da mãe do rapaz e congratular o bom gosto. Inclinado sobre o balcão, ele localizou a ficha dela.

— *Carvalhal*. Você é parente do seu Belmiro?

— Neta.

— Meus pêsames.

Izabel não se mexeu nem falou nada. Eduardo estendeu a mão e ela lhe entregou as caixas. *Os fantasmas contra-atacam* em DVD e *Gato negro* em blu-ray.

— Tá morando aqui? — perguntou ele.

— Não. Só vindo mais que de costume.

— Veio escrever um livro?

Izabel não entendeu muito bem aquilo.

— Não.

— É que geralmente quando as pessoas vêm passar um tempo aqui é por isso. Querem escrever um livro.

Ele falava com uma nota irônica que ela ainda não havia visto naquela terra. Não conseguiu determinar se sentira falta daquilo ou não.

— Ah… Não, eu tenho vindo dar uma ajeitada no sítio.

— Ou então pra fugir da violência — disse ele, dando a volta por trás do balcão para pegar o recibo impresso. — Cheio de gente aí que perdeu parente… até filho, e jogou a toalha.

— É — disse Izabel.

— Devolução até quinta. Pode pagar agora ou na volta.

Izabel pagou adiantado. Foi direto para o ponto de ônibus, pensando em qual filme veria primeiro; então foi buscar um cigarro no bolso e se lembrou das compras a fazer.

Domingo

Não importa o quanto você se distancie da cena local, não importa a sua fama de solitário — o bar sempre vai te acolher. Aliás, aí é que orna mesmo: é possível fingir que se é invisível exceto para o garçom.

E aquele bar era especial por isso, porque nem tinha garçom, você tinha que ir lá e pegar sua própria cerveja ou se arriscar a ficar pra sempre na primeira. O sistema também tinha a vantagem de não admitir bêbados crônicos — fatalmente chegava um momento em que levantar se tornava uma dificuldade grande demais, e era por isso que os alcoólatras preferiam a venda do seu Américo, que além de levar na mesa a garrafa ainda esquecia algumas na hora de fechar a conta. Agora, no bar vizinho à igreja do Malta, você só conseguia cerveja na mão se tivesse um amigo muito leal ou fosse mulher. É, sempre tinha pelo menos uma moça sem medo de entrar e conversar com os caras. Eram meninas nem altas nem baixas, ruças ou pretas, de dezessete a vinte e sete anos, que entravam com a desculpa de comprar cigarro e aceitavam ficar para uma cerveja, e cruzado esse limiar podiam fazer muito mais.

Naquele dia, a menina destemida era quase negra. Ela nunca consentiria que a dissessem parda — "Não sou envelope" —, nem mulata — "Não tô na Sapucaí" —, e negra muito menos, porque sua pele era "mais pra marrom".

— Eu sou café.

E mobilizava aquelas escápulas incríveis para sair da horizontal e levar aquelas costas perfeitas pro banheiro do motel, enrolando um coque no dedo indicador pra não molhar o cabelo. Agora Sirlene estava de jeans e casaco justo da feirinha, e seu cabelo solto se jogava dos ombros para alcançar quase a cintura. Tinha travado conversa com um grupo de sinuqueiros e aceitava todas as cervejas que lhe ofereciam, olhando somente de vez em quando para o lado de Eduardo. Ele mantinha os olhos nela, e nas bebidas que eles lhe serviam, mesmo que fossem meninos locais teoricamente sem acesso a boas-noites cinderela. Mas tudo era possível.

— Cê tá bem, Dudu?

— Tô ótimo — respondeu.

Sentara sozinho, mas, um pouco pela escassez de cadeiras, um pouco pela companhia, Otoniel e Adão haviam sentado com ele. Adão tinha sido da turma de Eduardo na escola anglicana durante boa parte do ensino fundamental. Otoniel trabalhava num sítio do Denasa. Dois sobre quem ele não tinha opinião certa, mas que pelo menos sabiam beber.

— E o Zé, que separou da Damiana? Quero ver como é que vai ser.

— Ué. Agora ela vai poder liberar…

— Não, tô dizendo o trabalho dele. Como ele vai fazer? A oficina era na casa dela. Agora ele arrumou casa lá pro alto do Vista Alegre. Quero ver como ele vai levar sofá pra lá.

— Ah. Problema dele.

— E já tem um tempo que ele perdeu a mão, sabe? As madame tão devolvendo os sofá. Tudo torto.

— Eu quero saber é de comer aquela negona. Quer dizer que agora separou?

— Cachaça, né.

— Hahaha. Ele não tava dando conta.

— Ela não tinha arrumado uns caso?

— Tu já não comeu ela, Dudu?

— Não.

— Tem que perguntar é pro Klay. Virou moleque de recado dela…

— Brincava com os moleque dela…

— É. Aí tem.

— Se ela já pulava a cerca antes agora ela deve tá organizando fila. Aí, né? — Adão juntou as mãos. — Pegar minha senha.

— Hahaha.

— Sério. Vou começar a dar umas passada lá. Vai vendo. Mulher gosta de atenção, rapaz. Vou levar pão de mel da minha vó.

— E tu, Eduardo? Que que aconteceu com a novinha?

Eduardo terminou de servir a cerveja que estava na mesa.

— Sei lá, cara.

— Ela tava muito apaixonada, né.

— Tava muito em cima.

— Então tu que terminou?

— Não era namoro — disse Eduardo.

Otoniel e Adão se entreolharam e olharam para Sirlene.

— Ela tá enchendo a cara ali, acho que não tá muito bem, não.

Sirlene estava apoiada numa coluna, toda lassa. Um garoto com um taco de sinuca na mão conversava com ela bem de perto. Ele tentava contato visual, e Sirlene piscava muito longamente, entorpecida, mas ainda retendo nos dedos um copo plástico de caipirinha.

Quando viu, Eduardo tinha levantado e estava com a mão no braço de Sirlene. Ela virou para ele e a caipirinha caiu no chão, molhando seus pés.

— Que foi? Você é namorado dela? — perguntou o garoto.

— Sou.

Sirlene não confirmou ou desmentiu, e se deixou levar pela cintura, tropeçando. O garoto, boquiaberto, ultrajado, ficou para trás.

Na frente do posto de saúde fechado, Eduardo segurou os ombros dela:

— Como é que você tá?

Foi beijado. Ele deixou, meio puto. Enfiou ela no fusca e bateu a porta que tinha que ser batida mesmo. Sentou ao volante e se esticou pra abrir a janela do carona; sentiu um carinho na nuca, estremeceu. Olhou para ela.

— Tenta não passar mal.

O fusca se mexeu e o vento gelado fluiu. De olhos fechados, Sirlene tentava recostar a cabeça para trás, mas o banco curto tornava isso impossível. Logo estava com as mãos enganchadas na janela, implorando:

— Para. Para esse carro.

— Calma, Sirlene.

— Para logo!

Ele encontrou uma entrada de sítio e ela golfou desesperadamente junto ao porta-lixo, segurando o próprio cabelo. Entrou de novo, fechando a porta e limpando a boca. Eduardo pôs o carro em movimento outra vez. E só parou na entrada do sítio onde moravam os pais de Sirlene.

— Meus pais não estão — disse ela.

As luzes estavam apagadas.

— Você tem a chave?

— Eu não quero dormir aí.

Toque na nuca de novo. E nariz em sua orelha. E mão passando marcha. E Sirlene em sua cama, clandestina, com as luzes apagadas.

Segunda

— Bolo de laranja — disse Sirlene, inspïrando fundo. — Entra aí, toma café com a gente.

— Não.

— Por quê?

— Porque não.

— Ah, peraí. Cê vai embora assim?

— Bom dia!! — gritou alguém.

Vinha do pórtico. A mãe de Sirlene desceu, blusa florida e bermuda.

— Oi, mãe.

— Bom dia, dona Lenita.

Ela parou na frente de Eduardo e olhou bem para ele.

— Só uma coisa, Dudu. Da próxima vez que for passar a noite fora, será que você lembra de me avisar? Só isso que eu peço, por favor. De coração. Um pouquinho de consideração com a tua sogra. Eu não sabia onde essa garota estava. Até passei mal.

— Ai, mãe! — Sirlene tocou a testa, cobrindo os olhos.

— Tá. Depois a gente se fala. Tchau, dona Lenita.

Ele deu um selinho em Sirlene e voltou para casa. Estava quase na hora de abrir a lan house. E Sirlene tinha que ir para a escola.

A loja ficava vazia de manhã. Especialmente às segundas. Os alunos eram proibidos de frequentar a lan house em horário escolar, mesmo sem uniforme. E Eduardo tinha que ficar de olho para não azedar a relação com as professoras, que já não gostavam daquela história de passar a tarde se matando no video game. No entanto, às nove e meia viria o primeiro morador adulto em busca de orientação pra site quebrado do governo. Eduardo ficou contemplando o passa-boi-passa-boiada de uma rede social até ser balançado pela visão de uma saia plissada azul com meias soquete dobradas. Ela usava dobradas, não puxadas — e ele teve que se cutucar para dizer a coisa certa:

— Você não pode ficar aqui. Tá na hora da escola.

— Eu vim aqui pra gente conversar.

— Sobre o quê, Sirlene?

— Sobre ontem. Você falou pro Jotapê que era meu namorado.

— Eu disse isso pra te tirar dali.

— Por que você queria me tirar dali?

— Porque você não sabe beber.

Sirlene cruzou os braços. O com a pulseira de couro e tachinhas ficou por cima.

— Ah. Eu achei que fosse porque você gostasse de mim.

— ...

— É isso que você tem pra dizer? Nada? — insistiu ela.

— A gente não tá namorando, Sirlene. Essa foi a última vez.

— Por quê?

— Você é linda. Gostosa. Inteligente pra caralho.

— Se eu fosse isso você ia me querer. — Ela começou a chorar.

— Não é isso, Sirlene. É que eu sou um merda. Não quero compromisso e você tá obviamente esperando mais. — *E tá certa, merece*, pensou ele. Mas continuou de outro jeito. — Eu estaria te sacaneando se continuasse a ficar contigo.

— Como assim, porra?

— Eu não sei mais o que te falar, Sirlene. Vai pra escola.

— Cê é doente. Cê gosta de me machucar.

— Não é verdade.

— É sim. E o pior é que eu gosto. — Ela tentou chegar perto e ele não soube fugir, teve que segurar os braços dela pra não ser beijado à força de novo. — Você tá me machucando! Tá me machucando agora!

— Que isso! — gritou a irmã de Eduardo, à porta.

— Eu tô terminando, ela não aceita — disse ele. — É isso que é.

Sirlene saiu correndo, a cara inchada. Segundos depois, o sobrinho de Eduardo apareceu, de uniforme, acompanhado da avó; deu beijo na mãe, no tio, cruzou a loja e rumou para a escola. Sobraram Eduardo e Talita, na ponta dos cascos, se encarando.

— Cê trouxe essa garota pra cá, né, Edu? — começou ela.

— Eu ouvi.

— Não começa, Talita.

— Custava levar ela pra outro lugar?

— Deixa eu trabalhar. Você não tem que fazer suas coisas, não?

— Eu não quero saber de mau exemplo pro Bernardo. O que ele ia pensar se visse o que eu vi?

— Eu ia explicar. E ele ia entender.

— Se *eu* não entendi…!

— Porque você presumiu já toda uma história na tua cabeça que não tem nada a ver. O teu filho tem a cabeça melhor que a tua.

— Hahaha. Até aí tá certo.

— Eu até te explicava se eu achasse que você tá a fim de ouvir.

— Ué. Experimenta.

— Ontem eu tava bebendo lá no Malta e me entra a Sirlene. Ela tava bebendo feito louca, dando conversa pra outros caras, pra me provocar.

— É? E como você sabe que ela não queria só ficar bêbada e dar pra outro?

— Porque ela ficava olhando pra mim.

— Aí você "salvou" ela de dar pra outro trazendo ela pra cá? Hahaha. Ah, Edu. Tem graça, né? Mas falando sério? Eu não quero meu filho nem desconfiando do tipo de vida que você leva.

— O tipo de vida que *eu*… ha. Tá bom, Talita. O Bernardo não vai saber de nada. Fica tranquila. Eu não quero mais nada com essa menina. Dá muito problema. Até pra terminar deu problema.

— Também, vai se meter com metaleira — lançou ela.

Esfaqueou e foi embora. Provavelmente tomar café na padaria, fazer a social matinal.

Eduardo fez menção de esganar algo invisível. "O tipo de vida que você leva"! Que vaca presunçosa, sua irmãzinha. Visualizou-a contando uma versão totalmente distorcida dos fatos à melhor amiga. Que ia fazer o favor de informar Araras inteira. Puta merda.

Quanto a Sirlene, que dançasse nua em cima da mesa, que voltasse na loja vestida de colegial pornô: ele não ia fazer mais nada. A parte baixa dele tentava argumentar: *Mas tão bonita, tão macia; mas e as meias dobradas?* Não, ele nunca mais ia poder fazer nada. Sério agora. A melancolia da decisão final pesou o dia inteiro, deixando-o estranhamente bonzinho e tolerante com os usuários da VideoLan.

As orquídeas tinham ido para o tronco da pitangueira em frente à casa. A roxa não encontrou vaga, foi pendurada na ruína de muro. Izabel fizera aquilo praticamente sozinha. Olhou para Klay, que fumava feliz um de seus cigarros. Começava a faltar serviço de sítio para ele. O pouco que aparecia não era nada que ela não pudesse fazer. Ele a convidou a andar de moto pela alameda de cima. Ela topou.

Klay pilotou até o fundo da ladeira onde uma área plana se oferecia à prática. O quarteirão estava deserto exceto por um carro estacionado na outra ponta. Izabel assumiu o guidão e treinou concentrada o passo a passo da partida e freada.

— Pronta para passar a terceira? — perguntou Klay.

— Sim.

— Então tenta levar até lá — ele apontou a esquina —, faz a curva e volta.

Izabel obedeceu. Passou do carro estacionado e fez a curva já no outro quarteirão. A moto, desajeitada, recusou-se a fechar a curva: Izabel fincou o pneu e o pé na terra a centímetros de uma esponjinha em flor. Klay veio correndo acudir.

— Calma. Tenta de novo.

Klay saudou o pessoal do carro. Só então Izabel reparou que tinha dois caras apoiados no Uno, batendo papo e apreciando a exibição. Ela tratou de fingir que estava tudo muito normal e se prometeu não errar mais — faria a curva com perfeição da próxima vez, para deleite da plateia.

Mas errou de novo.

— A terceira é que é a boa — disse Klay.

Dessa vez, familiarizada com o peso e o jogo da moto, Izabel conseguiu. Deu a volta. Cruzou contente os olhares e fez outra curva ao chegar na outra ponta.

Um funk carioca demitiu o silêncio. Reação imediata de todos os cães da vizinhança. A vocalista desabusada já abria a música alertando que não deviam mexer com ela, ou consequências haveria. Debruçado janela adentro, o dono do carro nem esperou acabar a introdução para pular à faixa seguinte.

Izabel fez várias meias-voltas em cima da moto ao som do funk, sem inventar muito. Freou perto de Klay e esperou instruções.

— Tenta me levar na garupa — ele disse, e montou atrás dela.

— Só se for só na reta.

Klay riu, disse que tudo bem. Izabel respirou fundo e deu partida. Ganhou velocidade, trocou marcha.

Chegou a parte calçada com paralelepípedos. Aceleraram ladeira acima, alcançaram o topo, passaram pelo sítio de Izabel, pelo de dona Aída, pelo do banqueiro, e começaram a descer; inclinaram o corpo para cumprir uma curva em S invertido, e uma leve subida; a seguir, a rua acabava. Num cul-de-sac com bastante espaço para manobra.

— Tá indo bem. Tenta fazer a volta! — incentivou Klay.

— Não, não, não! Argh!

Izabel freou, a tempo, rindo nervoso. Pertinho de uma vala de chuva.

Klay fez a volta por ela, mas parou para deixá-la assumir de novo a direção.

— Muda muito carregar alguém atrás — observou Izabel.

— Pois é. Na curva, na estrada, se o outro não joga o corpo junto contigo, babau.

Passaram de novo pelos dois sujeitos. O motorista trocando de faixa sem parar. Ouviam amostras de música, não música. Izabel teve a sensação de que havia ali um recado para ela, vinda de fora como aqueles funks. Carioca. Motoqueira. Com um adolescente grudado na garupa. Deviam estar fazendo umas presunções bem... idiotas. Divertidas.

Novamente suava frio por baixo da jaqueta. Não queria cair e ralar a perna toda, ainda mais na frente da comissão julgadora. Mas estava gostando de dirigir. Mais: estava gostando da ideia de dirigir. Andava até namorando veículos pela rua, anotando os modelos. Ela não era assim.

O homem mais alto vestia um casaco laranja com faixa azul que acabara de tirar do banco de trás. E Izabel se lembrou dele. Reconheceu. Era o sujeito da invasão. O que tinha passado por ela no rio com um olhar adverso. Reconhecia esse olhar agora, por trás do visor do capacete podia apreciá-lo em toda a sua intenção. O cara era amigo de Klay, falava com ele. E agora sabia onde ela morava.

— Klay, estou cansada.

— *Já?*

— Muita emoção por hoje.

— Tá bom. Outro dia a gente continua.

Foi deixada na porta do sítio e se lembrou de trancar o portão antes de entrar. A tranca era uma corrente pesada com cadeado; mas o portão tinha um metro e meio de altura. Talvez hoje, só por precaução, ela dormisse ao lado de uma faca.

Sábado

Eduardo estava de camisa e calça social segurando uma taça de refrigerante. Era o casamento de Júnior, irmão mais velho de Sirlene e mais novo pastor da região, com Graciane, ex--vocalista da Holy Sacrifice. Estavam em Três Rios, no salão de festas da igreja dele. Havia até uísque, e Araras comparecera em peso.

De vestido cor de bronze e coque alto, Sirlene tinha participado da cerimônia e se enfurnado no canto oposto do salão com as amigas. Evitava contato visual com Eduardo tão ciosamente que ele só via as costas dela, por entre tiras trançadas de cetim. Mas estava conformado. Merecia.

Ficou na fila para pegar bolo para a mãe e na volta a mesa estava vazia. Imaginou que Talita e Antônia tivessem ido ao banheiro e ficou de pé ao lado da mesa, comendo o seu pedaço e observando a pista de dança. Algumas solteiras queriam ser chamadas para dançar. Mas num casamento isso tinha outro peso. Melhor não.

— Tô vendo que você veio aí, com tua família. Tá gostando da cerimônia… Dudu?

Era o pai de Sirlene — e do noivo. Suzano se aproximara com um copo na mão e já estava sem o paletó. Suava.

— Sim, muito bonita — disse Eduardo. — Parabéns.

— Ah, muito bonita…

Suzano virou para o lado e imprensou na mesa o copo que acabara de esvaziar. Parou bem na frente de Eduardo para dizer:

— Eu sei que você não frequenta. Sei que não acredita. Mas a pessoa que não acredita também pode ser decente. Acho.

Eduardo pensou: *Merda.*

— Tô de consciência limpa, seu Suzano.

— Tá mesmo?

— É. Não vamos discutir isso aqui. Depois.

Em resposta, Suzano elevou a voz.

— Porque pra mim isso não tá certo. Não tá certo o que você fez. O quê? Vai sair? Vai me deixar falando sozinho?

Todo mundo olhando. Suzano rindo, mesmo puxando pra briga.

— Vamos conversar lá fora, seu Suzano.

Suzano foi junto. Todo mundo olhando, mas ninguém foi com eles. Saíram e deram a volta no templo na direção do fundo do terreno. Dobrando a última quina, toparam com um casal de adolescentes de mãos dadas e testas juntas, que se descolou instantaneamente e retornou para o salão.

Agora sim. Estavam sós.

Calado, Eduardo observava os movimentos de Suzano. Ele era um pai jovem, de seus quarenta e poucos. Filha jovem, pai jovem. Tinha que se lembrar de fazer essa matemática.

— Sabe, Eduardo? O problema pra mim não é você não ter religião. Isso não tá em questão. Sou um cara ok com isso. — Sua voz era aguda e estranha. — É só que eu fiquei sabendo por aí que você não gosta de namorar. Não gosta de namorar...! Ora, vejam só. O que eu acho muito engraçado é que começar você achou certo. Levar minha filha no motel você achou limpeza. — Eduardo pensou: *Não sou o primeiro e você sabe disso*, mas não disse. — Eu só quero saber, garoto. Eu só quero saber quem você pensa que é. Quem você pensa que é? Quem você pensa que é pra usar minha filha e largar?

— Não foi assim, seu Suzano. Não deu certo.

— Foi assim, sim! Minha filha ficou se sentindo um trapo. Minha filha ficou destruída.

— Seu Suzano. Seu Suzano.

— A minha filha ficou mal. Você partiu o coração dela, tá me entendendo? Eu só quero que você saiba disso. Você entende que você machucou a minha filha? Diz pra mim, safado.

— Eu entendo. Fico triste — disse Eduardo. — Mas acho que o senhor subestima a sua filha.

— O quê?

— Ela é mais forte do que você pensa.

Suzano lançou um soco que cairia quase no vazio, mas Eduardo apanhou sua mão e torceu e virou. Ninguém mais viu aquele homem chorando, um pouco de dor e muito de humilhação, ainda lutando para se mexer depois de contido e só fazendo doer mais. Eduardo o deixou lá, por terra, e foi procurar a mãe dentro do salão. Que ela não tivesse visto nada, e que concordasse em ir embora sem se despedir.

O sensei observava Eduardo com olhos de riso.

— Então você bateu no seu Suzano.

— Não. Eu...

— Rá, rá, rá. Relaxa! Foi autodefesa. Plenamente justificado.

Eduardo piscou, apaziguado.

— Mas meteu a porrada no velho! Rá, rá!

— Ah, sensei!

— Relaxa, já disse. A arte é marcial, esqueceu? Brigado, Tonica — disse ao receber as xícaras.

Fazia mais de um ano que o cafezinho com porrada ocupava o meio da semana. Antes disso, outros anos de treino duas vezes por semana com uma turma, que foi minguando, minguando e acabou com apenas dois alunos dos quais um no fundo respirou aliviado quando o sensei anunciou que ia parar de dar aulas regulares. Eduardo continuou vindo, como visita, mas depois de cada café passavam um tempo no dojô. O sensei se chamava Bruno Mendes e não era, de jeito nenhum, oriental.

Eduardo tinha treinado kung fu na adolescência, mas logo havia parado. Quando descobriu o dojô de Araras, ficou passando na frente até descobrir o que era. Era aikidô. Contou as moedas, decidiu fazer uma aula experimental. Gostou. Agora era faixa preta, primeiro dan. Seu mestre era sexto dan — e engenheiro mecânico. Tinha trabalhado na Petrobras a vida toda e se aposentado em Araras.

Ultimamente ficavam só de brincadeira. Eduardo propunha alguma coisa de um vídeo de competição, e partiam dali. O sensei fazia questão de revisar técnicas intermediárias e, durante o café, às vezes soltava um "O problema é que sua geração é muito dispersa", e Eduardo via o mestre suspender a ressalva sobre ele ser um pouco menos disperso que a média para observar sua reação. Justamente por estar prestando atenção no que o sensei dizia ele deixava cair os cantos da boca decepcionado, e percebia que tinha caído naquela de novo, e pensava que da próxima vez não se deixaria apanhar. Talvez o que estivesse aprendendo não fosse marcial porcaria nenhuma; estava mais para a arte de sacanear pessoas. De qualquer modo, ele continuava indo.

No meio da montanha escura, o estrobo imortal da boate da Casa de España anunciava uma soirée dançante para uma nova geração. Ela não ia lá desde que completara dezoito anos, exceto por um casamento que usou o salão envidraçado de cima, e não o porão.

Mais para cima na montanha pairava o Cristo. Era um fantasma azulado no meio do nada, apoiado em nada.

A mãe tinha ido a um show de jazz e provavelmente não ia dormir em casa.

Izabel fumava na varanda. Música de festa emanava de alguma cobertura ao redor, junto com o atormentador cheiro de fast-food da lanchonete do térreo. Cada farol que entrava na rua projetava uma silhueta de amendoeira na parede-cega do vizinho.

Estava olhando para o celular. Olhando fixamente para os pixels da última mensagem de Vera até que perdessem o sentido e manchassem a noite com um negativo verde-roxo. A mensagem era terrivelmente insinuante e desesperada. Era pior ainda no contexto da quarta anterior, em que Vera tinha arremessado um copo para o alto na boate e, mais tarde, durante a trepada, se pusera a chorar e a bater.

— Para. Para.

Izabel apanhou um pouco mais e por fim revidou. Marca perfeita dos seus dedos na bochecha perplexa. Izabel aproveitou, montou nela como se fosse protegê-la de uma explosão. Não dava mais pra saber se Vera ria ou chorava; era um barulho indefinido.

— Você tá drogada?

— Eu quero você... — Abafado. — Eu só quero você.

— Se for assim você nunca mais vai me tocar.

— Desculpa.

E então Izabel pensou: *Hora de ir embora.*

Tinha ido pra casa sem dizer mais uma palavra. O que podia fazer? Estabelecer regras, impor limites — uma constituição. Ainda podia fazer isso. Tudo o que tinha que fazer era responder àquela mensagem.

Ou mandar uma pro Filipe.

Izabel depôs o cinzeiro no chão com medo de ele cair. Arrancou um pedaço do silicone que vedava a esquadria da varanda e ficou brincando com ele feito um tentáculo. Devia estar mandando mensagem pra alguém. Era muito nova pra não fazer nada.

Acordou em sua cama, com Marta lhe cutucando.

— A senhorita deixou esse cinzeiro cheio na varanda de novo. Choveu, molhou e ficou aquele cheiro horrível. Mas a idiota aqui vai jogar fora.

— Brigada. — E voltou a fechar os olhos, deitada de bruços que estava. Mas Marta deixou a porta aberta, e os estalos intencionais do seu chinelo a acordavam toda vez que estava para pegar no sono. Levantou e bebeu café.

Passou o sábado lendo, navegando na internet e basicamente não fazendo nada. Frio. Chovia. Permaneceu embrulhada num cobertor. Vera não mandou novas mensagens. Quando começou a escurecer pediu um combinado gigante de um restaurante japonês querido e ficou em dúvida sobre qual havia mudado — o peixe deles ou o gosto dela, porque nada desceu direito. Varou as primeiras horas da madrugada investigando o que andava pela TV. Descobriu séries estrangeiras de que nunca tinha ouvido falar e pensou na faina de quem legendava tudo aquilo. Descobriu no celular uma nova mensagem de Vera recebida às oito da noite e se sentiu um pouco mal.

Só recebi essa mensagem agora.

Escreveu mas não mandou. Como continuar? *Não sou eu que vou te salvar. Você precisa se tratar.* Não, era melhor o silêncio.

Dormiu em seguida. Sonhou com o avô. Acordou com a mãe oferecendo praia.

— Arpoador?

— Ipanema.

— Só vou se for Arpoador.

— Ah, Izabel! Minhas amigas já tão todas no posto dez!

Agora é que ela não ia mesmo.

Recusou o convite, tomou um régio café na padaria e calculou que, com a bicicleta no sítio, só lhe restava correr. Estava um sol de rachar. Correu debaixo dele até o Arpoador. Desceu a rampa arrancando a roupa e abandonou-a sobre a bolsa na areia. O mar estava mansinho. Deu um longo mergulho, entrou bem pela água, até perder o pé. Virou-se. A bolsa ainda estava lá, pequenininha, ao lado dos tênis de corrida.

No fim da semana seguinte, ela atribuiria o próprio cansaço não ao inesperado volume de afazeres, mas à sensação de que havia trabalhado por duas semanas sem respirar.

Depois de passar quinze dias coberta de flores brancas, a pitangueira dera início à produção. Perfeitas abóboras em miniatura ornavam o chão do pátio em frente à casa, a maioria bicada por passarinhos.

Enjoados, eles só bicavam no galho. De pitangas caídas, os humanos que se fartassem. Izabel encheu uma bacia com as mais vermelhas e começou a comê-las, pés para o alto, cuspindo caroços pela grama. Descaroçou algumas e fez uma caipivodca de pitanga; pelo trabalho que dera, seria sua primeira e última.

De manhã, tinha ido até a horta e encontrado tudo comido até o talo. Era alguma praga. Pássaros ou roedores. Agora entendia o total descaso do avô com a "lavoura". Provavelmente seria o caso de borrifar algo ou cobrir com tela. Coisa que ela, como ele, achava esforço demais. Tudo para levar alfaces pro serviço e dizer: "Olha, eu que fiz".

Estava ficando frio. Não ia replantar nada.

Na maioria das noites, quem saísse para ver as estrelas já via o próprio bafinho deixar a garganta como fumaça. Aída tinha alertado pra não sair sem olhar onde pisava, que essa era a temporada franca de cobras, sapos e escorpiões. Então, à noite, Izabel e seu bafinho se limitavam ao pórtico de casa; no máximo, às três primeiras lajotas.

Acendeu a lareira pela primeira vez no ano e se alarmou com a quantidade de fumaça que voltava para dentro de casa. Ligou para Klay e inquiriu de seus préstimos como limpador de chaminé. De manhã cedo ele chegou com uma bucha de cabo comprido e saiu coberto de fuligem; cobrou caro.

E então ela desceu a serra correndo. Era Dia das Mães. Sua mãe não havia lhe lembrado disso — devia estar esperando que ela esquecesse pra depois cobrar com juros. Izabel pensou em comprar um presente na rodoviária, onde o que mais havia eram lojas de presentes, mas desistiu. Chegou em casa no meio da tarde e preparou um almoço com o que havia: pimentão, tomate-cereja, milho em conserva e carne num cozido temperado. Marta aprovou.

— Não sabia que você fazia isso — falou.

— Nem eu.

Morando lá fora tinha ficado mais intrépida na cozinha. Seu *roommate* era aprendiz de chef, dava dicas pela metade e saía correndo. Ela que se virasse. E, do jeito que era a comida local, tinha que se virar bastante.

Depois levou a mãe a um shopping e comprou um presente para ela. Um óculos de sol estilo Jackie O. A nota fiscal foi carimbada e trocada por um cupom para concorrer ao sorteio de um Ekkos zero quilômetro. Conforme ficaram sabendo na terça seguinte, o carro saiu para outra família.

Em maio, o céu de Petrópolis era de um azul límpido que durava o dia todo e só podia ser encarado sob óculos de sol. À distância, as esferas alaranjadas que pesavam nos fios de alta tensão pareciam boiar sobre o nada. Hortênsias e azaleias ainda guarneciam um ou outro caminho; as araucárias estralavam com pinhões maduros que repicavam nas costas do infeliz que estivesse catando as levas anteriores.

Izabel olhava para as sacas de pinha coletada e pensava quando ia conseguir cozinhar e comer tudo aquilo. Uma coisa era certa: não servia para fazer caipirinha. Talvez recorresse ao porta-malas da mãe para tentar um escambo na Cobal.

Pegou a bicicleta e avaliou o céu. Eram quatro da tarde, ia voltar no escuro. Mas podia ser rápida. Pré-escolheu um filme com o Will Smith. Will Smith e aliens, Will Smith e robôs. Certamente teriam um desses.

Não podia usar fones pedalando em Araras porque o barulho era essencial. Os motoristas de ônibus sabiam quais curvas eram cegas para a mão contrária e freavam bruscamente no ponto-chave de cada uma, manifestando sua presença. Às vezes se assustava com os carros dos visitantes, que não tinham essa cancha.

Quando ela entrou, a balconista mexia num tablet sobre o balcão e mal levantou os olhos. Era magrinha, cabelos lisos. Arredia como o marido, pensou Izabel.

Resolveu olhar as prateleiras com atenção. Quem sabe descobria um daqueles filmes de mudar a vida? Estava com um humor bom, maleável. Hoje estaria disposta a ver todo tipo de filme. Clássico, musical, terror com entranhas. Ou quem sabe um suspense?

A prateleira dos clássicos se situava bem no fundo da locadora. Tinham *O iluminado* e *Um corpo que cai*. Seu olhar recaiu em *Gigi*, que poderia ver de novo. Para o lado, uma porta entreaberta para um corredor escuro.

— Pra cá tem mais filme? — ninguém a ouviu. Também, tinha falado baixo.

Empurrou a porta e viu que as caixas coloridas tinham vários tamanhos.

Entendeu. Eram livros.

Uma coleção quase completa de clássicos juvenis, uns usados, outros intactos, se destacava entre os demais volumes. Izabel tinha lido grande parte dessa coleção na casa de dona Aída quando era criança.

Moby Dick. *Moby Dick* estava lá, número vinte e seis. Adaptado para jovens. Um medo desgraçado a cada página, era só o que lembrava.

A luz se acendeu. Izabel deu um pulo.

— Pode acender a luz também — Eduardo estava no topo da escada, mão no interruptor.

— Isso aqui é pros clientes?

— Pode ser.

Ele tinha os braços cruzados. Izabel baixou os olhos para o livro que segurava.

— É sua casa, não é? Desculpe.

— Eu deixo os livros aí pras crianças pegarem. Se quiserem.

Eles se olharam um momento. Eduardo fez um gesto.

— Fica à vontade.

Izabel assentiu com a cabeça. Depois olhou para o livro que segurava.

— Acho que eu li este livro quando era criança.

— *Moby Dick*?

— Não. *Este* livro. Este exemplar. Esses livros são de segunda mão?

Eduardo fez cara de quem puxa pela memória e jogou o braço sobre a estante.

— Deve ser. Já peguei muito livro por aí direto da caçamba de lixo.

Izabel inclinou a cabeça e percorreu as lombadas com o olhar. Tudo novo.

— Sério? Que pecado.

Um livro ainda estava virgem, no plástico. Ela o puxou da estante.

Aposto ao plástico, um adesivo prateado informava: Cr$ 9,00 — SAI ÀS TERÇAS-FEIRAS — QUINZENALMENTE. Era o número seis da coleção, *Alice*. Provavelmente o filho de dona Aída não tinha se interessado por aquele livro de menina. Nem Izabel. Também o deixara no plástico. Virou-o de costas. Aquelas edições não tinham quarta capa nem orelha. Como ela ia saber se ia gostar?

Ia perguntar se podia abrir a embalagem, mas algo a fez parar. Havia uma estrela de cinco pontas arranhada no verso do plástico. Desenhada com a unha. Uma velha mania de Izabel. Aquela coleção só podia ser a de dona Aída. Jogada fora.

— Quer levar algum? — perguntou Eduardo.

— Outro dia.

Saiu levando dois filmes, um com o Will Smith e um de guerra.

Luz azul de fim de tarde, e tudo nublado. Passou pedalando pelo restaurante iluminado cercado de carros. Era a quinzena do festival gastronômico. O Quasar não parecia mais cheio ou mais vazio do que em qualquer fim de semana. Desconfiava que não haveria um segundo Festival de Outono.

Tinha visto seu folheto, impresso, numa pilha junto ao caixa da padaria do centrinho. Pegou um para o portfólio. Estava em seu bolso. Concentrava-se em passar a marcha e fazer força, porque a volta era mais subida. Não *só* subida; *mais* subida. Agora por exemplo deslizava morro abaixo. Que puta frio na orelha.

Parou na alça de entrada de um condomínio. À vista do homem na guarita, embrulhou as bochechas com o cabelo e fechou o casaco até em cima. Tinha se achado glamourosa ao se ver corada do trajeto de ida no reflexo da vidraça da locadora. Agora devia estar parecendo uma assombração de filme japonês.

Voltou à estrada. Seus joelhos não estavam gostando nada de serem forçados no frio. Pelo menos faltava pouco para deixar de ter que ser sempre sua própria força motriz.

Preto e reluzente, o Chrysler ocupou a estrada. Toda. Ela saltou no escuro e abraçou o mato, e rolaria a ribanceira não fosse pela raiz grossa do cedrinho. Até entender que tinha parado de deslizar terra abaixo, que tinha sido aparada, passaram-se alguns segundos. Levantou, devagar. Tocou o cabelo, tirou uma folha. Tremia. Os dentes da bicicleta feriram sua panturrilha, mas nada fundo. A palma das mãos ralada. Por um momento fantasiou um morador bondoso parando o carro e oferecendo, "Ei, menina, vai uma carona?", e ela, relutante, no fim das contas topando, fazendo um amigo. Não veio ninguém. Espanou-se e continuou o caminho.

Quando chegou em casa, foi direto à caixa de primeiros socorros. Encontrou um mertiolate ancião, dos com pazinha. Achou graça. Se lavou com sabão.

Por volta das quatro da tarde, começou a movimentação. A lista dos aniversariantes de maio era grande e incluía um chefe; a festa, como todo mês, seria na sala de reuniões maiorzinha à direita do corredor, dessa vez com algum esforço extra. Secretárias iam e vinham da cozinha, tentando carregar caixas e sacolas sem dar na vista. Veio a calmaria que indica estarem arrumando e decorando a sala. Pediram o isqueiro de Izabel. Então convocaram todos, setor por setor, para desfrutar do bolo de boa confeitaria e dos canapés encomendados. Havia deliciosos pães de queijo polvilhados com partículas de asbesto (ou o que seria aquilo azul-escuro por cima?), minúsculos sanduíches de linguiça vendidos sob a alcunha de minidogs, e nenhum álcool, mas bastante refrigerante. Izabel recebeu seu isqueiro de volta e assim que bateu seis horas rumaram todos para um bar de rua com espaço suficiente para o andar inteiro.

Izabel sentou-se devagar na volta do banheiro imundo. Era incrível, o tempo não passava no Rio, os bares nunca mudavam: mesas na calçada, ameaças de ordem que nunca eram cumpridas, happy hours de grandes empresas. Sua mãe bebera naquela mesma esquina, com aquela mesma turma, com aquela mesma idade. O bafo extremo daquela tarde de maio conclamava: todos para fora. Baratas tomavam ar nas calçadas, lesas de calor.

Izabel pousou docemente o olhar no rosto de cada colega de trabalho, uns que conseguiam se agitar apesar do calor, outros que conversavam em tom moderado com quem quer que estivesse ao lado. Certas pessoas contavam sempre as mesmas histórias com sucesso, enquanto outras, que teriam novas a contar, de algum modo as guardavam para si.

Izabel estava um pouco longe do rapaz do financeiro, um moreno de olho cinza que tinha toda a manha de bom comedor, até no jeito de comer. Olha como ele ria alto e com gosto. Olha como ele caçoava sutilmente do visual engomadinho exigido pelo cargo: atrás da cabeça, uma ponta do cabelo teso de gel já se soltara. Promissoras mãos de operário cercavam o espetinho, dentes lindos tiravam nacos (e mastigavam curto). Mas para se aproximar seria necessário outra manobra, e Izabel decidiu esperar.

Ainda por cima ele tinha um nome tão... Um nome que... Álvaro.

Os túneis debaixo de todas as montanhas da cidade eram necessários para se chegar a qualquer lugar. Ela achava tétrico, mas não tinha outro jeito. Tinha que passar sob toda aquela massa, sentir a iminência de uma parede total que sorrirá cruel de você ao tombar imprevista. Imaginar discos laranja enrugando na direção da sua cabeça, pesados, vegetais e tubos, mas principalmente terra, terra, terra, sufoco de cobertor definitivo jorrando ao contrário: acabou respirare.

Izabel tinha saído do outro lado da cidade, entrado na casa de vila que o rapaz dividia com o irmão, se trancado no quarto dele. Se comeram de ladinho, feito dois namorados. Aquietaram-se em concha sob o edredom, dentro do quarto refrigerado, dentro do bafo fora de época. Apenas sob duas camadas térmicas diferentes as pessoas se sentiam seguras contra aquele calor do demônio.

Izabel no escuro pensava que a pele encostada ao longo de suas costas e pernas pertencia a um ser chamado Lucas, não Álvaro. Estava bêbada, mas tinha ido embora com outro por escolha própria. Tinha entendido que suas chances de se aproximar de quem queria eram mínimas. Não tinha assunto com Álvaro. O que iam pensar se ela se levantasse e se dirigisse diretamente a ele, pedindo sexo? Estava bêbada, mas fora realista. Querer alguém específico era um negócio muito íntimo.

O torpor pós-trepada se instalava. Izabel dormia bem em casas estranhas. Dormia bem em qualquer lugar.

Apagou.

Na sexta, no trabalho, o chat pululou sobre as tarefas de Izabel. Era Lucas.

— Queria te ver esse fim de semana.

— Não tenho fins de semana.

— Ah, tenha sim — pipocou o chat. — O que você faz?

— Subo a serra.

— E não quer companhia?

— Talvez outro dia.

— Tá certo.

Em Toronto havia uma profusão de brechós, uns beneficentes, outros retrô, outros lixão, mas todos com sortimentos impressionantes de roupas de frio quase novas dos quais Izabel mamou sofregamente. Boa parte das roupas bonitas assim adquirida ficou lá mesmo, revendida aos brechós de onde viera; mas uma ou outra peça Izabel levou consigo para o Rio, pensando especificamente *dá para usar em Araras*. Uma delas era uma jaqueta de couro legítimo que custaria não menos de mil e quinhentos reais num shopping brasileiro, e lá saíra por meros cem dólares.

— Uau. Que chique. Aonde você vai vestida assim? — perguntou Marta.

— Araras.

— Hahaha. Só você mesmo pra ir toda produzida pra rodoviária. Vai querer carona?

— Precisa não. — Izabel sacudiu as chaves novas, sorrindo.

— O quê? Você comprou um carro? — Marta chupou as bochechas, pronta para dar um pulo.

— Moto.

O sorriso de Marta desabou.

— Como assim?

— Comprei uma moto.

— Moto, Izabel? — disse Marta quase sem voz. — Você nunca pegou em moto.

— Aprendi a dirigir lá em Araras.

— Eu não acredito. Não *acredito*! Sem carteira!

— Eu tirei. Já tinha a de carro. Foi inclusão de categoria, rapidinho, baratinho.

— Você tá louca? Quer se matar? Quer *me* matar?

— Relaxa, mãe.

— E não me conta! Só conta agora! Por que você faz isso? Por que você é assim?

— Eu não vou correr. Fica tranquila.

— Ah, não vai *correr*! Agora tá tudo bem!

— Não vou correr, não vou me arriscar. Tô indo de dia, sem trânsito. Não é feriado.

— Você não tem noção do que é uma moto na estrada.

— *Você* não tem noção. É bem mais tranquilo que nessas ruas esburacadas daqui.

— Eu não acredito, Izabel. Moto. Uma filha *motoqueira*. É isso que eu mereço? Já pensou se um bandido te cerca na estrada?

— Em vinte anos, isso nunca aconteceu com a gente.

— E se a moto quebra na estrada? Você, uma mulher sozinha. Vai bater na porta da borracharia? Será que você não lembra o que te aconteceu naquele túnel?

— Puta que o pariu, mãe.

— Isso tudo é pra não comprar um carro? Pra economizar? Eu te compro um carro. Tá bom? É isso que você quer?

— Não. Não é o que eu quero.

— Você comprou onde essa moto, Izabel? A gente volta lá e devolve, escolhe um carro.

— Para, mãe. Chega. Psit.

— Não me manda calar a boca! Quem você pensa que é?

— Eu sou adulta, caralho!

— Que coisa. Falando assim, parece mais adolescente.

— Mãe, presta atenção. Eu moro com você, mas pago as minhas contas e sou maior de idade. A gente divide um apartamento. Só isso.

Marta apertou os lábios, injuriada.

— Você me odeia, Izabel?

— Chantagem emocional? Sério?

— Você me destrata. Me trata como uma estranha.

— Mãe, a gente não é próxima. Não suporto você fingir que a gente é.

— Então vai morar *longe*! Vai lá. Vai dividir apartamento com uma amiga, um namorado. Segue tua vida, Izabel. Você não é adulta? — Marta gritava. — Mas cadê? Por que não tem essa amiga, esse namorado? Você já parou pra pensar nisso, Izabel? Você trata as pessoas como lixo!

Izabel deu as costas e começou a andar.

— Foge mesmo! Não quer ouvir porque é verdade. Pra onde você vai? Vai pro sítio, ficar igual ao teu avô? Fumar até morrer igual ele? Vai de moto pra ver se morre mais rápido? Mas eu não vou deixar. Não vou deixar você se matar! Vou lá comprar esse carro! Toca a idiota aqui a bancar um carro porque não quer ver a filha no necrotério!

A porta bateu sobre a última sílaba. Restou Marta soluçando acima do volume da tv, gotejando sobre o tapete de juta.

Sorrindo desdentado, um velhinho se meteu em seu percurso:

— Ô, linda, num *sola*, não.

Izabel ignorou e continuou andando. Entrou na floricultura. Ali ninguém fez menção ao estado do seu rosto. Atravessou a rua e atingiu o seu destino. Ao lado da entrada havia uma espécie de secretaria arejada por ventiladores ruidosos e antigos. Enxugou o rosto na manga antes de entrar.

A mulher da secretaria a olhou desconfiada. É tão estranho visitar mortos fora do dia de Finados. E chorando. E longe do aniversário da morte. Só em filmes as pessoas fazem isso. Em cemitérios vazios e gramados.

— Belmiro Santos Carvalhal?

— Isso.

— Carneiro número 20157. Sabe onde é?

— Não.

A atendente mandou um coveiro baixinho ir com Izabel. Ele foi guiando-a para o fundo do cemitério por aleias cada vez mais estreitas. Hesitou algumas vezes, fazendo-a voltar — "A numeração é feita de qualquer jeito", desculpou-se. Subiram uma rampa íngreme e começaram a se esgueirar pelas gavetas em terraço morro acima. Quando finalmente chegaram, Izabel não viu no túmulo a placa dourada pela qual sua mãe pagara, nas próprias palavras, "uma baba".

— Está meio suja, né? Você quer que dê uma limpada? — disse o coveiro.

— Eu não tenho dinheiro — disse Izabel.

O coveiro baixinho, que já havia sacado uma espécie de pá, a olhou de cima a baixo um momento. Começou a raspar a lateral da sepultura.

— Eu vou dar uma limpada assim mesmo — disse ele, ainda olhando para ela e para o buquê. — Depois vou deixar você sozinha para você prestar os seus... as suas homenagens aí.

Izabel assentiu com a cabeça. O homem continuava a falar enquanto raspava as quatro laterais, ajuntando um montinho de lodo, mas Izabel não ouviu muita coisa exceto pela despedida, quando ele chegou bem perto com um pedaço de papel que recém-rabiscara.

— Eu vou deixar meu número com você. Se precisar de algum serviço, de alguma coisa, qualquer coisa *mesmo*, me liga.

Ele sorriu e piscou.

Izabel pegou o papel e disse obrigada. Olhou o coveiro se afastar.

Na *reading week*, tinha pego um avião e vindo assistir seu avô morrer numa cama de hospital. Ele, no entanto, não era dado a horas marcadas e preferira morrer depois de ela ir embora. Nunca tinha visitado o túmulo. Nunca tinha visitado um túmulo.

Bem, ali estava.

Não sabia rezar, conversar com um morto parecia hipócrita e babaca, sentia o buquê inútil e pesado em sua mão. Depositou-o no vaso de cimento com um pouco de alívio. Fez que ia deitar em cima do túmulo, mas se refreou — coisa de gótica adolescente. Tinha que se jurar que essa fase havia passado.

Lembrou-se de uma festa a que fora quando adolescente gótica. Festa de prima pequena. Tinha chegado atrasada. As crianças estavam esperando o vilão. Ela chegou em suas roupas pretas e elas perguntaram: *Você é o vilão? Sim, eu sou o vilão.* O palhaço a chamou à parte: *Você toparia participar do show?* E ela combinou tudo com eles e ficou sendo a ajudante do vilão, o que fez algumas meninas torcerem pelo mal.

Estava sentada no túmulo agora. Só conseguia pensar em si mesma. Também, no que ia pensar? No avô morto? No coveiro lascivo? Naqueles mosquitos que entravam pelo seu nariz? Cemitérios eram incômodos. O São João Batista, além disso, era feio, apinhado e tinha uma favela avançando por cima.

Leu as datas da avó sob o nome apagado: 31-01-44 e 27-06-87. Tão novinha. Depois que ela se fora seu avô tinha começado a procurar um sítio. Izabel tinha ouvido histórias de uma quinta perdida pelos bisavós em Portugal. As pessoas sempre estavam tentando ressuscitar algum zumbi.

Quanto mais pensativa ficava, mais as mosquinhas se sentiam à vontade para ciscar. Na perna. No braço. Igual à piscina, mas ali não havia como não pensar em quais delas não teriam pousado antes nos cadáveres expostos na capela. Resistiu mexendo ombros e braços e pernas, tentando pensar algo adequado, até que um bicho pousou em seu lábio. Então se estapeou com vontade.

Pôs-se a caminhar apressada para a saída mais próxima, ansiando por um banho. Saiu sob a capela e atravessou um funeral. Não era ninguém importante, ou haveria câmeras.

Só quando pôs os pés na rua é que foi perceber onde estava. Na boca do túnel. Túnel Velho.

Descobriu que não conseguia mais sair do lugar.

No fim da adolescência, Izabel tinha o hábito de passar a tarde na praia do Arpoador. Certo dia, depois da praia, ficou com saudade da melhor sorveteria italiana da cidade e pedalou, cheia de areia e protetor solar, até a Barata Ribeiro. Tomou um sorbet de cupuaçu salpicado de amêndoas com bola extra de hortelã, e, realizada, consultou no celular o trajeto mais curto, que seria cruzar o Túnel

Velho e sair colada no cemitério São João Batista; mais uma pequena contramão e estaria na reta de casa. Topou o desafio.

Perdeu. A bicicleta, o celular e cinco dias de sua vida em uma cama de hospital. *Mas foi só isso que ele fez? Ele chegou e enfiou a faca e levou sua bicicleta. Sim, foi só isso que ele fez. Você reagiu? Eu gritei. Não, não é pra reagir! Nunca, nunca reaja!*

Tinha voltado a entrar no cemitério, o coração batendo turvo. Caminhava rápido pela aleia larga buscando a saída oposta. O momento em que fora imprensada na parede imunda do Túnel Velho pelo corpo do homem. E, ainda na parede, duas estileteadas profundas. Ele queria inutilizá-la. Sentia o oco sob a cicatriz latejar em memória. O braço arranhado mais odioso que os pontos na barriga, visível o tempo todo na camisola vazada do hospital. A perda de peso com aquela comida horrível. E o tempo todo ser chamada de burra por cada visita, cada vez que repetia o relato. *Por que, minha filha, não entendo! Por que você insiste em sair sozinha? E se meter num lugar desses? Não pode, não pode passar pelo túnel. Túnel é escuro mesmo de dia. É pedir pra ser assaltada. Por que levou o celular? Por que estava de bicicleta? Por que não foi de metrô? Por que foi sozinha?*

Só faltavam dizer que nem depois de agredida ela tinha que ter gritado. Mas pararam. Um dia pararam. Ganhou um celular novo e uma bicicleta nova. A favela em cuja direção o homem correu ganhou uma UPP. Apesar dos conselhos em contrário, Izabel fez questão de ir fazer o retrato falado dele, mas o cara nunca foi pego.

Ela saiu pelo portão principal. *Você volta*, ameaçava a inscrição metálica sobre sua cabeça. Atravessou a rua — o velho não estava e sua moto a esperava. Montou nela e rumou para a serra. Via Aterro.

PARTE 2

Será que ela tem capacete?, pensou Marta. *Não vi nenhum na mão dela.* Ligou, ligou e ligou para o número serrano e para o celular da filha sem ser atendida uma mísera vez. O silêncio era tão persistente que Marta começou a senti-lo como sinal inquestionável de que Izabel estava do outro lado, viva. Notícia ruim chegava rápido. Domingo a filha estaria de volta, com a cabeça fria, e dessa vez Marta não ia antagonizá-la nem cobrá-la. A terapeuta frisava muito como ela devia ser menos combativa e mais parceira; ela só *não conseguia.* Não com uma filha daquelas. Ah — para melhorar, Izabel não queria nada com analistas, psicólogos ou terapeutas, fossem da linha que fossem. Ela não, de jeito nenhum. Aos treze anos, levara a filha numa caríssima especialista em adolescentes, que na décima sessão lhe receitou um antidepressivo, que Izabel se recusou a tomar. Pior, tomou ofensa do mero fato da mulher ter achado que ela precisava de remédios e não voltou mais. Marta aguentou longos monólogos pela casa. *Ela não confia em mim. Eu não posso me curar sozinha? Ou "pela fala"? Isso tudo é preguiça de me ouvir? É esse o interesse pelo ser humano que ela tem?* Depois do assalto, no ano seguinte, Marta notou na menina uma recaída no hábito de se ferir. Também estava fumando escondido. Agendou a filha com outra psicanalista — de adultos mesmo. Dessa vez, não soube¹ o que houve de errado; apenas que Izabel desistiu muito rápido, alegando que a mulher era *supersticiosa*. E uma surpresa que não era nenhuma surpresa: pediu, de embalo, para ser matriculada numa oficina de artes um tanto cara com o dinheiro desperdiçado "naquela esotérica". Marta hesitou um pouco, mas fez o que ela pediu. Não sabe até hoje se fez bem ou mal.

Domingo à noite chegou sem que Izabel desse as caras ou atendesse o telefone. Marta tomou tranquilizantes e fez exercícios de relaxamento para conseguir dormir. Naquela segunda, as luzes fluorescentes do escritório deram mais dor no fundo dos olhos que de costume. Esperou dar onze horas e tomou o elevador para o sexto andar, Comunicação e Design. Aproximou-se devagar do computador de Izabel e teve que chegar bem perto até se convencer de que não, ela não estava. Deu meia-volta, mas alguém a chamou.

— Oi, tudo bom? — Era um rapaz louro, bonito. — Você é a mãe da Izabel, não?

— Sim, sou eu. Marta.

Deu um sorriso curto e disse que tinha vindo avisar que Izabel estava com febre alta, em casa. E sem voz. Não podia falar ao telefone. Talvez fosse dengue.

— Puxa, melhoras para ela.

Usou a mesma desculpa para sair cedo do trabalho. Chegou em casa quatro e meia da tarde e topou com um bilhete cor de laranja pregado na geladeira. Com o coração pulando, arrancou-o para lê-lo de perto. O bilhete, graças a Deus, não era do que ela temia.

Mãe,
Passei aqui pra levar mais coisas pro sítio.
Vou matar a semana e emplacar a moto lá. O seguro fica mais
barato.
(Não quero um carro.)
Estou bem. Quero ficar sozinha um tempo.
Enquanto isso, pode dizer lá no trabalho que estou com dengue.
beijo
Izabel

Marta leu e releu o recado. Decidiu se considerar aliviada. Izabel estava ficando mais sofisticada com a idade, mas a impulsividade continuava a mesma.

Chegou à conclusão de que não tinha o que fazer. Não era problema seu. Só tinha que se preocupar em não se preocupar. E com isso em mente deixou um chá de erva-cidreira em infusão e ligou a TV.

Segunda

Tinha separado conta de luz, RG e a carteira de motorista antiga. Tirou cópias de tudo na papelaria mais evidente da D. Pedro I, juntou e levou no Detran. Esperou dez minutos até chamarem sua senha, preencheu um formulário à mão, repetiu os mesmos dados para uma funcionária em outra janela gerar guias de recolhimento e pegou outra fila pra receber uns carimbos na papelada. Um dos carimbos continha o endereço de uma fábrica de placas alguns quarteirões à frente. Izabel andou esses quarteirões e deixou o funcionário fazendo a placa enquanto ia pagar as três guias no banco. Avançou bastante no livro na meia hora que ficou na fila. Almoçou num a quilo. Saindo dali, passou de novo na papelaria pra xerocar todos os comprovantes de pagamento e dirigiu-se ao Detran outra vez. Dessa vez sem fila, direto na janela número quatro, onde uma mulher grampeou coisas umas nas outras, devolvendo-lhe um papel com a promessa dos documentos e o lacre da placa.

Agora era só pegar a moto, voltar à fábrica de placas e dar o lacre para o rapaz. Ele recebeu tudo e disse para ela voltar mais tarde. Ele precisava almoçar.

Emocionalmente esgotada, Izabel singrou a praça e topou com um quiosque em estilo alemão que dizia INFORMAÇÕES TURÍSTICAS. Dentro dele, uma jovem macilenta de olhos claros não tinha nem um computador para se distrair: lia escondido, um livro no colo. Deu bom-dia a Izabel e ofereceu um folheto.

Izabel tinha vindo mais de uma vez com a escola ver o Museu Imperial e a casa de Santos-Dumont. Nessas excursões, Izabel sempre era lembrada por uma amiguinha mais sonhadora de que tinha "nome de princesa". Já havia até visitado o Quitandinha, com Marta. As atrações petropolitanas que não conhecia eram o Museu de Cera e a Casa Stefan Zweig. Celebridades de cera eram demais para ela. Ficou com a Casa.

A visita era rápida; foi rápida. Izabel leu os textos ao lado das fotos e objetos expostos e logo viu esgotada a atração. Tinha lido o livro de Zweig sobre o Brasil. Dava para ver como ele estava encantado com tudo. O pior é que era impossível contestar a maior parte do que dizia. Quer dizer; contestável mesmo era o ânimo. Já sabia, e a casa confirmava: os Zweig tinham se matado em Petrópolis no meio da guerra, uma coisa tipo pacto, com barbitúricos.

Do folheto constava também um novo museu sobre a ditadura militar, mas era meio longe. E tétrico. O museu se chamava oficialmente Centro de Memória, Verdade e Justiça, mas todo mundo o conhecia como Casa da Morte. Era uma casa que tinha sido emprestada para torturas.

Andou pela beira do canal. Esticou e encolheu o couro seco que envolvia sua mão, sentindo a sede na pele. Parou numa padaria e comprou uma água. Não ficou saciada. Queria voltar para casa. Desejou que a moto já estivesse pronta. Felizmente estava.

Enfrentou uma BR vazia com luz difusa e experimentou a sensação de pilotar à noite na estradinha de Araras. Cruzou com outros motoqueiros, fuscas. Os carrões impacientes dos fins de semana não estavam. Os motoristas de ônibus tinham perfeito domínio de cada volta e quebra-molas daquela estrada. Se outro carro imbecil ocupasse a estrada, ela teria velocidade para escapar. Não precisava de medo. Nada ia acontecer.

Chegando em casa, ficou algum tempo sentada, e tirou toda a roupa. Foi beber água na cozinha e, descalça na ardósia, pensou que era curioso como o corpo lidava diferente com o que poderia ser chamado de frio se estivesse no Rio. Ao terminar, entrou no chuveiro. Ficou um tempo nele, lavando a cabeça. Começava a desejar outro corte de cabelo, mas se lembrou da nuca gelada no último inverno e arquivou a ideia. Lavou a calcinha e pendurou-a no varal de fora, de toalha na cabeça. Hidratou as pernas e com cuidado especial a mão. Bebeu mais água. E acendeu a lareira.

À noite, no meio de um banho, a água quente começou a falhar. No dia seguinte, ficou atenta ao momento em que ouviria a ária da Rainha da Noite. Foi lá pelas onze da manhã. Seguiu o som, desceu correndo, e abanou os braços no meio da estrada até parar o caminhão de gás.

Os rapazes de uniforme verde e laranja estacionaram no pátio e rolaram o bujão novo para o armário. Embolsaram as cédulas dela e resmungaram para dar a nota fiscal, mas ela fez questão. Deixaram um ímã de geladeira para que ela não tivesse que se jogar na frente do veículo da próxima vez.

Dois dias se passaram sem que Izabel em nada contribuísse para a economia do país. Circulou pelo sítio, contemplando a horta devastada, a pedra, a piscina, a cerca viva. Dormiu onde quis e acordou gelada com o sol se pondo. Usou o mesmo moletom sem calcinha o tempo todo, e duas meias por pé.

Às quintas, os filmes da VideoLan saíam pela metade do preço. Essa informação tinha ficado estranhamente retida na sua mente. Chegando lá, descobriu que levando quatro ou mais filmes podia devolver até segunda. Na outra banda da loja, usou a internet para acertar o seguro da moto.

Domingo à noite, quando começou o culto desafinado da rua de baixo, ela foi devolver os filmes. Na volta, tomou um longo banho quente, pensando que no Rio poderia tomar quantos quisesse, e que devia ir fazendo a mala para partir bem cedo no dia seguinte, pois hoje já não dava. Ao fechar o registro se deparou com um bolinho de tecido molhado na mão. Tinha lavado a lingerie sem pensar. Paciência. Dali a uma semana vinha buscar. Espremeu bem e pendurou no varal.

O céu estava limpo. Sem lua. Uma mancha fina e clara se estendia na diagonal do céu. Era a Via Láctea. Mesmo que ela não soubesse isso desde pequena, um aplicativo de celular delatava todas as constelações daquele quadrante. Ela o travou e guardou no bolso de trás, onde descobriu um impedimento — um tubo, de batom. Ficou olhando para ele, acabou passando na boca, conferindo contra a noite no vidro da janela. Apagou a luz. Posicionou-se sobre a primeira lajota, maquiada, decente. Pronta para as estrelas.

Eu posso ser bonita no escuro. Não posso?

Mas não estava bonita com os pulsos torcidos para trás e com a boca aberta soltando um verdadeiro uivo.

Por quê?

Pensou nos motivos óbvios primeiro. Pensou no Canadá. No Rio de Janeiro. Em Petrópolis. Eram feridas recentes. A dor vinha lá de dentro — não podia ser.

Doía tanto que ela gania continuamente, como um bicho. Não estava bonito.

Pensou nele sendo ele de si para si. Seu avô. Acordando e dormindo sozinho com ele mesmo. Mantendo o sítio no ponto médio entre o cuidado e o desleixo: aqui há um homem, e é tudo o que vocês precisam saber.

Estava encolhida em cima de uma lajota de pedra, respirava pela boca nas mãos molhadas, e não conseguia sentir o frio. Não se sentia nem no direito de fungar. Tentou abrir os olhos para procurar uma estrela cadente. No inverno se via muita.

Pensou na cidade. Cidades. Uma menor do que a outra. Os bares, internos ou externos. As pessoas, decepcionantes ou não. Tudo a mesma merda. Só não tinha aquele silêncio.

Não. Eu vou ficar por aqui.

Izabel tinha um avô sozinho por opção. Alguém tinha que ocupar a solidão que a morte tinha deixado vaga.

Ela seria ela.

Um avião entrou no espaço aéreo arariense. Dava para ouvir o hausto do oxigênio puxado pelas turbinas do céu noturno. Não dava para ver.

Levantou coberta de pedaços de grama molhada. Assoou o nariz.

Tinha saído no sereno, ofensa capital. Pensou vagamente em resfriados e gargantas inflamadas. Lembrou daquele verão remoto. O verão de 2009.

Aquele que passou jogando Mario Kart e Tony Hawk no velho Nintendo 64 desencavado do porão e assistindo TV Diário, um canal nordestino que mostrava lutas de anão besuntado, grupos tecnobrega com telefone para shows e concursos de Miss Catiroba, e sabe-se lá por que tinha vaga no satélite para atingir o

Rio de Janeiro, bem no seu interior. Tudo isso enquanto sua mãe namorava um *restaurateur* de sangue armênio, flanando pela região inteira, comendo em todos os bons lugares, visitando todos os bons artesãos, para depois chegar em casa com mais peças exóticas para atulhar a sala. Izabel a recebia no fim da tarde, molhada, com uma camisa por cima do maiô, geralmente a t-shirt cor de pele com a estampa serigráfica de um biquíni vermelho que ela mesma fabricara num curso extraclasse.

Não tinham terminado o namoro. Ela e Ivan haviam simplesmente se distanciado com o começo das provas e das férias. Dois meses depois, ela ouviu uma amiga fofocar que ele tinha sido visto no posto dez com a menina X, que Izabel não sabia quem era, mas logo imaginou uma rata de praia grandalhona dominadora: Ivan detestava praia.

Estava com dezessete anos. Janeiro estava ineditamente quente, quase sem chuva, os dias longuíssimos, à noite até com mosquitos, como nunca houvera nas noites serranas da sua infância. *O clima está mudando*, o que diziam era verdade. Acordava uma da tarde, ficava na piscina, torrando a pele, descia molhada, comia alguma coisa vendo TV aberta, e de noite via algum filme horrível ou jogava video game. Sua mãe trazia chocolates, Izabel comia. Tinha espinhas. Ano que vem seria o vestibular. Estava arduamente engajada na vagabundagem. Seu avô às vezes lhe pedia almoço, ela aquiescia: o velho pouco falava, pouco falava com ela, era uma boa troca atendê-lo nas vezes que o fazia. Fritava um bife a cavalo. Malpassado, o bife e o ovo. Não pescavam mais.

Isso durou quase três semanas. Ela se deu conta de que mal abrira a boca durante esse tempo e, à noite, tentando dar um novecentos graus com seu skate virtual, decidiu que não se importava com isso. *Estou bem aqui*, pensou ela, provocando tremeliques pra espantar os mosquitos.

A frente fria anunciada pelo jornal da noite chegara pontualmente na tarde seguinte. Izabel foi procurar algum material de leitura e se aconchegou embaixo do edredom e do cobertor para só sair em caso de emergência. As páginas foram passando. Era a história de um padre, ou melhor, de um ex-padre, que quando era criança sofria nas mãos do pai rural; Izabel começou a pular páginas. Depois de envenenar o irmão menor, o sujeito começava a variar, convertendo-se no psicopata do seminário, depois se ordenando e abusando das beatas — *Por que não dos coroinhas? Ele não teve coragem*, pensou ela —, nutrindo um ódio contra uma mocinha de esquerda que não quis lhe dar — *Quer coisa mais normal?* —, e alinhando-se à ditadura só para torturar a ela e seu marido, cena que durou páginas a fio, porém a sodomização do marido delegada pelo padre a um "negão avantajado" fez Izabel revirar os olhos de vez: *Por que não ele mesmo?* Essa maldade parcial talvez fosse fraqueza do autor, talvez do personagem; fato era que agora o livro estava jogado nas suas coxas, troncho e de bruços, e ao fundo havia uma ampla janela de demolição dando para o vale, nublado e verde, com camadas de montanhas ao longe, e sobre elas um tumulto de tempestade, e sobrepondo-se a tudo, seus pés descalços, e frios, ao léu.

Izabel sentiu como que um grão de areia dentro da cabeça, alojado atrás dos olhos — um local inexplorado. Tentou olhar para ele; mas este grão estava *dentro*, e não podia girar as pupilas para dentro. Então por que estava tentando? Aflita, sentiu os olhos insistirem na olhada impossível, procurarem a coisa, girarem para trás três vezes — *não não não* — e forçou-os a vidrarem na bela vista adiante, a acompanharem o estado da tempestade, a olharem as suas mãos e pés, aquilo que estava à frente e devia ser observado. Mãos geladas e lívidas, respiração falsamente controlada, mas era preciso acreditar que estava controlada, que estava ficando calma *e não tentando se acalmar*, distribuir a concentração para aquele lugar interessante lá na frente — não lembrando do pesadelo em que a história de se-bater-um-vento-fica era real e ela nunca mais conseguia parar de revirar os olhos depois de começar a fazê-lo —, então focalizou as árvores agitadas ao longe, os círculos hipnóticos que traçavam, os relâmpagos que faiscavam, os céus que estalavam. Fixar-se no real. Ela era boa nisso, *Quem precisa de remédios?*, quase riu — água começaria a cair do céu a qualquer momento, mas protelava, de coquete, até que Izabel a ouviu bramir e rechinar, e viu a cortina d'água cobrir o vale inteiro de uma vez.

Quando voltou a si, o vento borrifava água pro interior do quarto; tinha hibernado. Pés gelados. Mãos moles sobre a contracapa. O frio intenso finalmente a percorria, despertador, e Izabel soube que estivera muito longe. Tempo havia passado. Ela era boa *demais*. Disse o próprio nome e soou esquisito. Levantou correndo.

— Mãe. Mãe — chamou ela.

Ninguém respondeu de imediato; ela bateu na porta mais devagar.

— Já vai!

— Eu não estou legal.

Disse isso à porta fechada, mas ela foi no mesmo instante aberta e uma cara de espanto a aguardava atrás: Marta tinha ouvido o que ela dissera. Depois que entrou, Izabel não soube dizer muito mais que *estou me sentindo estranha*, nem ouvir mais que *calma, passou; está tudo bem* da pessoa abraçada na cama com ela.

Izabel precisou ir até a sua verdadeira contratante, noutro prédio — o RH era no quinto piso. Falou com o rapaz mais próximo da entrada.

— Oi. Eu passei uma semana doente, e queria saber o que preciso fazer.

— Fala ali com a Aline.

Aline era uma moça de cabelos longos e lisos, um pouco mais velha que Izabel. Havia feito luzes californianas no cabelo. Suas unhas eram amarelas e estavam descamando, processo que ela acelerava empurrando com as unhas da outra mão. Izabel se sentou e explicou a situação.

— Dengue, né? Tem atestado?

— Não.

— Então sugiro você voltar no médico e pegar um.

— Mas eu não fui ao médico. Fiquei em casa.

— Você tem médico na família?

— Não.

— Bom. Assim... vai ficar difícil. — Aline com os olhos um pouco arregalados de quem julga, mas disfarça. — Vou ver o que posso fazer, mas, agora, né, com a política nova da empresa...

— Aline — Izabel conferiu o crachá, era Aline mesmo. — Não faz mal. Esquece isso, então. Na verdade, eu vim hoje aqui pedir minhas contas.

— Ah. Você não quer mais trabalhar com a Vale?

Aquela decepção-padrão fez Izabel pensar em inventar alguma fábula sobre um emprego incrível que pagava muito mais. Ou dizer a verdade: Eu ia só usar o endereço do sítio pra o seguro sair barato, daí me apaixonei pelo lugar. *Me apaixonei.* A verdade não faria sentido fora de sua cabeça. Então só respondeu:

— Não.

— O que houve? — fingindo interesse, cansada.

— Cansei da cidade e vou morar no campo.

Aline anotou o que ela disse numa folha em branco à sua frente.

— Ah. Então não tem nada a ver assim com o ambiente de trabalho, política interna da empresa, outra proposta melhor, nada assim.

Não, magina.

— E pra quando é isso? — prosseguiu Aline. — Quer dizer, pra gente se preparar...

— É pra agora. Não vou poder cumprir o aviso prévio.

Ninguém falou nada. As pupilas de Izabel zarparam até o canto esquerdo do olho e voltaram. Aline não conseguia fechar a boca.

— Izabel, deixa eu te explicar uma coisa. Quando você deixa sua vaga assim, a empresa fica numa situação difícil. É por isso que tem uma compensação prevista em lei. Você sabe o valor dessa compensação?

— Vocês ficam com um mês do meu salário. Mas muita empresa dispensa esse aviso prévio.

— A Quórax não faz isso — disse ela. — Sugiro você esperar os trinta dias pra não perder o salário.

— Eu não tenho condição de esperar. Vou ficar sem, mesmo.

— Tem certeza?

— Tenho.

— Então vou pedir que você redija uma carta de demissão do próprio punho dizendo que tem ciência de tudo isso e assine.

Izabel fez o que ela mandou. Andava redigindo muita coisa do próprio punho e quase assinou mandando *Beijos*.

— Só isso?

— Só.

— Vou lá limpar minha mesa então.

— Espera um pouquinho.

Aline fez uma ligação.

— *É, ela vai sair. Sim, teve uma emergência. Tá, ela vai passar aí.*

Izabel pegou a moto e avançou alguns quarteirões que, no trânsito confuso do centro, demoraram mais do que o necessário. Teve que pará-la na rua porque não tinha o cartão de entrar na garagem. Passou pela roleta e subiu ao sexto andar.

Ela estava com a jaqueta de couro que ele gostava. Tentando não fazer muito barulho ou movimento, Izabel tinha guardado a caixa de chás, a caneca verde e seu porta-canetas de madeira na mochila. Quando Lucas se aproximou, ela estava se apossando de algumas canetas da empresa.

— Tá indo embora. Vai pra onde?

— Pro sítio.

Lucas ficou sem ação um momento. Izabel virou, apoiou o cóccix na bancada e olhou para ele.

— O que aconteceu? — perguntou ele.

— Enchi o saco do Rio. Vou lá para morar.

Aquela pausa desagradável.

— Bem, posso te visitar? — perguntou ele.

— Se você quiser.

— Esse sábado você tá lá?

— Estou. Fica em Araras. — Izabel respirou e olhou para o rosto dele. — Se for, me manda mensagem que te ensino o caminho.

— Falou.

Izabel deu dois beijinhos no rosto de Lucas. O toque dele demorava em seu braço; ela deu meia-volta para se desprender e saiu.

Mas ele foi.

Rondava pelo deque, flexionando os músculos para espantar o frio. Era um magro com músculos. Alto também — e molhado. Falava:

— Gelada pra cacete essa água.

— Te falei, não tá na época.

Lucas andou até a espreguiçadeira, puxou-a para o sol e ficou espalmando o calcanhar com o chinelo, embrulhado numa toalha, enquanto observava uma fila de formigas trabalhadeiras. Seu cabelo respingava, comprido.

— O que foi isso?

Lucas apontava para a barriga de Izabel.

Ela olhou para baixo um instante, e então para ele por uns bons segundos.

— Ah. Foi um cara, brincando comigo na cama.

— É mesmo?

— Ele gostava de facas.

Lucas procurou seus olhos.

— Isso foi aqui ou no Canadá?

— Só fiquei lá dois anos, a cicatriz é mais velha. Está dura.

Num gesto ela pegou o dedo de Lucas e deslizou pela marca. Ele recolheu o dedo e o olhar, preferindo o horizonte por um tempo. Quando procurou de novo, Izabel estava de pernas cruzadas sobre a outra espreguiçadeira, limpando a unha do pé esquerdo com o polegar da mão direita. A cicatriz, de lado, sorria para ele.

O esperma veio salgado, sofrido. Ela continuou. Ele gemeu cada vez mais alto, até não aguentar. Izabel acabou empurrada para o lado. Quase caiu na fogueira.

Ela limpou as lágrimas de crocodilo, afastando a franja com um meneio. Lucas a olhava admirado, mas começou a rir.

— Você me fez queimar a largada.

Beijou sua boca cheia de esperma.

— Daqui a pouco tem mais — e levantou-se, indo pro banheiro.

Izabel tocou a própria cara. Estava cozinhando. Pensou em marshmallow.

Levantou devagar, correu os olhos pela sala e andou até a cozinha. Abriu o pote vedado com silicone e retirou dele uma barra para cobertura de quinhentos gramas. Cortou um tijolinho, apoiou-o sobre um pires e programou o micro-ondas para um minuto. Saiu de perto enquanto ele rodava. Pegou o pratinho e foi até o banheiro fazer companhia a Lucas.

Tlec, estalava a lareira.

Era a primeira vez que estava dando na cama do avô. De latão. Feita sob medida para seu um metro e noventa e oito. Com estrutura lateral de madeira de lei e dois criados-mudos combinando. Apenas um abajur, do lado dele, que era o esquerdo.

Dava no meio da cama e a cama rangia. Tentava se convencer de que não tinha vizinhos de baixo, mas o rangido a distraía. Saiu de baixo do corpo de Lucas e rolou para o lado. Ele encaixou-se e continuou. De tão fetal, Izabel quase dava com a cabeça na quina do criado-mudo; a cama rangia menos, ou ela notava menos. A mão dele correu pelo seu queixo, seu rosto foi puxado para trás. Ela se desvencilhou de novo, deitou de bruços com a cabeça para a direita. Empinou a bunda pra ele e relaxou o corpo. Logo uma pequena poça de baba se formava ao lado da boca aberta de Izabel. Mas foi virada de volta, espraiada no colchão: Lucas por cima, a centímetros do seu rosto. Ela desviou o olhar. Ele a segurou pelo queixo e acertou o olhar dela com o dele — então ela ficou olhando para onde ele queria, fundo verde dos olhos. Ela alcançou a mão dele e a puxou para o próprio rosto. Arrastou-a pela face, uma, duas vezes, muitas, até surgir na testa dele uma ruga preocupada. Era muito claro o que ela estava pedindo, não era? Afastando a mão assim da própria cara e aplicando-a novamente.

Quem desviou os olhos foi ele. E então começou a ser acariciado daquela maneira por ela. Alguém ali ia levar um tapa, a escolha era dele. Antes que ele pudesse decidir, porém, já era fato consumado e estalado em sua bochecha. Viu branco na escuridão; e *não ia fazer o que ela queria*. Segurou as mãos dela para trás e meteu mais do que nunca. Devia ter tirado o pau, pedido tempo. *Estava* fazendo o que ela queria, os olhos dela giravam, sua boceta apertava a base de um jeito enlouquecedor e ele gozou se sentindo proibido de gozar, como nas melhores punhetas da vida.

Elas moravam em Itaipava e Mosela. Uma morava sozinha com o filho, outra era casada, e a outra tinha a casa vazia em horários convenientes.

Nenhuma queria ser namorada dele. Queriam discrição e pegada. Ele era alguém para passar o tempo enquanto não encontravam coisa melhor. Sua virtude era justamente não ser um porto seguro.

Todas eram mais velhas que Sirlene. De vinte e dois a vinte e cinco. Ele finalmente tinha se tocado que namoro com menina nova tendia a uma proporção desvantajosa sexo/brigas. Finalmente tinha largado aquela vida.

Os encontros eram durante a semana, em dias parados na lan house. Sua irmã, toda fiscal, atazanava Décio quando o encontrava substituindo Eduardo. Acabou perguntando direto ao irmão por onde ele andava às quartas e quintas.

— Estou fazendo um curso.

— Curso. — Incrédula, cruzando os braços.

De resto, ninguém parecia interessado. Décio continuava a rotina de lhe mostrar games novos e revisitar os velhos. Passavam o domingo na casa de Eduardo, jogando e praguejando à vontade. Vítor e sua caravana o chamavam para cervejas que, quando não tinha encontro, aceitava. Tentava não mencionar as parceiras de Itaipava para eles, então falava sobre jogos, cervejas, internet. Foi melhorando na sinuca, ou pelo menos na sua versão praticada em mesas pequenas e tortas.

No fim de julho, uma de suas amantes se despediu definitivamente após arrumar vaga num pré-vestibular comunitário; ia morar com uma tia em Caxias e tentar farmácia nas universidades públicas. Eduardo deixou o motel sem arrependimentos, mas se questionando o porquê do vago alívio. A casada andava com a mania de esquecer que tinha marcado encontro, desaparecer das redes e do celular no dia, e procurá-lo mais tarde para alegar que "esquecera completamente".

NOELY_93: ficou chateado?
ME: Não, tudo bem.
NOELY_93: A gente marca outro dia.

Marcavam. Ela até apareceu uma das vezes, usando uma bolsa vermelha de marca que Eduardo não perguntou quem tinha dado. Mas de novo:

ME: tá por aí?
NOELY_93: NOSSA
esqueci que tínhamos combinado
DESCULPA
fiquei batendo papo depois do curso e me esqueci
ME: tudo bem, não ia dar hoje pra mim de qualquer jeito
NOELY_93: ufa! ce ta trabalhando?
ME: nem tô. jantar com amiga.
NOELY_93: hummmmmmmmmmmmmmmmmmmmmm
mmmmmmmmmm
ME: dois

Ela nunca mais o procurou.

A verdade é que o sentimento de realização tinha se esvaído muito rápido, e ele estava começando a não sentir nada ao estar com a menina que sobrou — Jamille. Parecia uma transação. Ela era onde ele desovava o gozo da semana; ele era a outra ponta do consolo dela. Por um tempo, aquilo gerou uma hostilidade mútua que até animou o sexo, com direito a esganamentos e tapas na cara — e aí passou. Mas o trabalho de procurar outra, de fazer a corte, e a consciência do risco do investimento emocional faziam Eduardo continuar com Jamille, que, pelo menos, problema não dava.

O frio de Araras não era como o frio canadense. Não contava com o alívio periódico de estabelecimentos aquecidos a gás. Para contornar isso, o povo de Araras se alimentava diferente do carioca e tendia a procurar lugares com calor humano, como templos e bares. A solução mais prática para Izabel era tomar longos banhos e ver filmes embrulhada num cobertor, comendo.

A menos prática era acender a lareira — e impressionante como o quarto de lenha continuava abarrotado não importava quanta madeira ela tirasse.

E o meio-termo era sair, de moto ou de ônibus (dependendo do tempo que pretendesse passar longe de casa e da probabilidade de chuva), e rumar para o centrinho, para a lan house.

Passava por um borrão de fogueira com bandeirinha e cobiçava a festa junina do sítio alheio. Não tinha muitos doces típicos à venda por ali, então às vezes ela fazia o próprio. Arroz-doce, canjica. Daí tinha que comer tudo sozinha. Daí corria pra não engordar, toda agasalhada.

Estava fazendo duas refeições ao dia. Ou duas ou cinco. Ia deixando o almoço para depois, e acabava comendo pela segunda vez às cinco da tarde, moderadamente em pânico porque já estava escurecendo, e não jantava. A outra opção era beliscar o dia inteiro.

Dormia. Estava frio; não queria acordar, e quando acordava não queria levantar. Batia a marca de nove horas dormidas à noite que tinha virado manhã. Se não tomasse café à tarde, ainda desandava a tirar uma sesta. As calças de ginástica e as de dormir se embolaram numa só categoria. Tinha que correr: volta e meia, subindo uma escada, sua vista dava uma apagada. Também, uma casa com escadas, que ideia. E cigarro, e altitude. Comprou o ácido fólico mais barato na farmácia e ficou tomando.

O sítio continuava em bom estado. Fora a rotina de juntar as folhas e cortar a grama, não era mais necessário um esforço contínuo. Dias inteiros se passavam sem que ela tivesse tarefas em vista. Mas tinha a manutenção de si. A parte de se nutrir, de se limpar, e a de ficar bonita, que estava com o *pause* apertado por tempo indeterminado. Passava um batom para sair. De resto, se via no papel de mãe de criança mimada — O *quê? Raspar a perna de novo?* Tinha uma pilha de livros por ler, e era uma pilha completamente inútil, porque tinha comprado esses livros na cidade, e neles ou nada acontecia ou acontecia sem importar a ninguém. Queria movimento, peripécias, paixões. Baixou uns folhetins de domínio público. Folheava as revistas da casa, inclusive as *Status*.

Passou um mês. Passou um mês e as festas acabaram. Não tinha feito nada. Do Rio, Marta continuava lamentando o emprego largado e pressionando a cria para arrumar um novo, "já que você quer ser tão autossuficiente". E fizera até mesmo o favor de informar o pai de Izabel, que ligou para ela num dia em que ela devia ligar para ele:

— Pai?

— Quanto tempo, minha filha.

— Feliz aniversário, pai.

— Brigado, minha filha.

— Eu ia te ligar, de qualquer forma. Minha mãe já deve ter falado...

— É.

— Tá tudo bem. Fica tranquilo. Eu tô pintando aqui, tô feliz.

— Que bom, minha filha.

— Dona Marta é alarmista, parece que o mundo vai acabar. Não liga, não.

— É, a gente já sabe como é.

Riram um tiquinho, os dois.

Quando desligou o telefone, montou na moto e foi procurar a VideoLan. Tinha que haver uma papelaria on-line que entregasse no seu novo endereço. Senão, ela iria até Petrópolis.

Não havia nada de especial nas bebidas quentes servidas pela padaria do centro. Mas Izabel estava tomando seu café com leite em público, ouvindo as pessoas conversarem. Uma senhora contava suas peripécias para trocar uma geladeira. Mãe e filho discutiam a conveniência de comprar cereal ou chocolate. As conversas dali eram performáticas, as pessoas conferiam se você estava ouvindo e caprichavam no gestual e no enunciado; mas a contrapartida educada era fingir não estar prestando atenção. Os balconistas baixavam os olhos castamente, embora às vezes rissem no final. Izabel fazia o mesmo. E dava para continuar observando enquanto fumava encostada na parede externa.

Tinha um cachorro com cara de raposa com o olhar perdido na estrada. Estava ali há algum tempo, de pé, parece que sem nenhuma necessidade insatisfeita: alimentado, dormido, descansado, aquecido e imperturbado por moscas. Qualquer ser humano que o olhasse pensaria: ele só pode estar pensando.

Izabel andou até conseguir ver o que ele via. Nada especial. Bem, a lua cheia nasceria para aquele lado. Talvez ele estivesse esperando a hora de uivar. Levantou o olhar e a encarou. Ela deu a volta nele e constatou que era macho. Voltou para a frente e observou melhor: cara ruiva e marrom-claro, corpo mais escuro com pernas ligeiramente arqueadas, cauda fininha. Mestiço de duas boas raças que Izabel não saberia dizer quais.

Ela entrou na mercearia, comprou um joelho de presunto e deu um pedaço para o bicho. Ele comeu avidamente. Izabel se agachou e tocou a cabeça dele. Ele abanou o rabo, deixando.

Não a seguiu. Izabel também não convidou. Deu-lhe o resto do salgado e já ia partindo quando falaram com ela.

—Oi. Oi, tudo bem? Como é que você se chama?

— Izabel.

A moça, acompanhada por várias crianças uniformizadas, usava algo parecido com um poncho, mas justo no corpo. Chamava-se Marília Pessoa.

— A gente é cuidadora de animais.

"A gente"? Ah, a outra que veio por trás de Izabel. Gordinha, jeans e jaqueta. Joana Acioly.

Marília explicou em sua voz de locutora que o cachorro, conhecido como Carlinhos, era um dos "animais comunitários" do bairro Malta. E que elas davam ração, o bicho estava alimentado, então, por favor, não dê comida de gente para ele?

— Tá bom, achei que ele estivesse com fome — disse Izabel.

O bicho, tranquilo, abanava a orelha para espantar uma mosca insistente. Joana abaixou e deu um afago.

— Você não tem vontade de adotar, não? — perguntou ela.

— Não.

— Vi que você tá de moto. Se quiser dar uma passada, conhecer nosso trabalho, nossa ecovila fica na estrada principal. Ecovila Esperança. Número mil duzentos e vinte.

— Tá bom. Bom saber.

— Além de abrigar animais, a gente tem uma horta orgânica.

— E uma composteira. Estamos tentando viver da forma menos danosa possível. A gente já emporcalhou muito esse planeta.

— Dá uma passada, sim — reforçou Marília.

— Pode deixar.

— Bom, até mais. Boa noite!

— E pense bem se não quer adotar.

E se afastaram na direção do poente.

Izabel sentiu vontade de sentar, de trocar um olhar significativo *com o cachorro*, mas não fez nada disso. "Eu também tenho uma *horta orgânica*", pensava. Mas lembrou que não tinha mais, o jacu tinha comido.

Joana e Marília passaram escoltando a trilha de crianças para casa. Tinham adotado três da mesma idade, uma de cada cor — uma mulatinha, um branquinho de ar insolente e um negrinho azul. Tinham parado para conversar com Izabel.

Quando Eduardo era pequeno, casa de campo era pra visitar, respirar "ar puro", "comer bem" e ir embora.

Alguns proprietários tinham a casa havia gerações e se lembravam dela de vez em quando — o gramado percorrido na infância. Esses eram os sócios-fundadores. Ricos de dinheiro antigo, militares, banqueiros. Segundo nível: outras pessoas, em visita aos pioneiros, se apaixonavam pelo lugar. Compravam. E terceiro: novos ricos descobriam a vizinhança ilustre e não queriam ficar para trás. Compravam também.

Tanto era verdade que, quanto mais velho o dinheiro do dono, mais simples a casa. Os palacetes country, as aberrações pós-modernistas, era tudo coisa da terceira leva de proprietários. Porque quem vivia no mesmo sítio desde criança, na sombra de falecidos pais, tios e avós, jamais teria coragem de pôr abaixo a casa principal e plantar uma mansão no lugar. No máximo, ampliavam. O patrão do seu pai era um desses.

Mas nos anos 90 a notícia — de que ali era o local de descanso dos cariocas endinheirados — correu, e de repente toda a classe média carioca cobiçava Araras, criando uma demanda nunca estancada por aluguéis de temporada, pousadas e restaurantes. Eles não só vinham para o fim de semana como também para morar, e só por sua presença já alteravam o equilíbrio ecológico do lugar. Queriam mais o padrão de lazer dos vizinhos ilustres do que sua companhia; desejar isso seria cafona. Eram gays, naturistas, vegetarianos. Ateus. Hippies tardios. Misturavam-se pouco com o pessoal local, que por sua vez se requebrava para fazer a mesma vista grossa. Uma ou outra pessoa esquisita de fora se tornava querida, como o sensei. Mas nunca um lado deixava de ser tratado pelo outro como uma espécie à parte, exótica, com quem uma pessoa sensata não deveria se misturar.

Depois disso tudo, os imóveis valorizaram absurdamente. As igrejas evangélicas, que já eram muitas, se multiplicaram. E tiveram que instalar o quiosque de polícia perto da ponte, porque a criminalidade subiu. Para Eduardo, o caso emblemático dessa época foi o rapaz pego andando de moto com um capacete de Fórmula 1 autografado pelo Senna, roubado dias antes do sítio de um famoso apresentador de TV. Mas nem a qualidade mambembe dessa onda de crimes impediu muitos moradores da segunda leva de se desencantar com Araras e vender seus sítios, ressentidos, por preços bastante altos.

A mais nova moradora da região ficou um tempo dando voltas pela lan house. Os meninos e a menina nos computadores a olhavam por cima dos ombros, cabreiros. Ela examinou os consoles e os jogos para aluguel. Observou de longe Eduardo mostrar o esboço do logo de uma empresa de turismo de aventura a um rapaz baixo e forte. Quando terminou, ele a viu debruçada no balcão e perguntou o que ela queria.

— Me diz uma coisa. Todo mundo fala que a internet daqui é horrível. E é. Como é que a conexão da lan é tão boa?

— Suborno.

Izabel ficou sem ação um momento.

— Sério?

— Eles fazem miserinha de banda. Colocam todo mundo no mesmo armário, a velocidade fica lenta. Pra chegar numa velocidade decente, só dando um dinheiro pros técnicos. Você liga pra operadora reclamando de um defeito qualquer, aí os técnicos aproveitam o chamado pra te colocar num armário vazio. Mas só por uns meses.

— E depois?

— Depois você tem que dar dinheiro de novo.

— Mas... e internet sem fio?

— Também é uma porcaria, mas já é um assunto mais místico. Depende de antena, interferência.

— Então você fica à mercê dessas operadoras filhas da puta?

— Basicamente.

— Que merda.

Izabel ficou pensando também que, para um dono de lan house e videolocadora, a situação era bem conveniente. Ele sabia, olha a cara dele.

Eduardo respondeu com seu silêncio usual. Chamou um menino que passou:

— Bernardo.

Deu-lhe uma revistinha. Ele a colocou debaixo do braço e saiu. Izabel ficou olhando.

— Esse menino é o que seu?

— Sobrinho.

— Aquela menina dos fins de semana é sua irmã?

— Sim.

Hum. É, os três faziam um tipo índio. Índio boliviano.

— E meu avô, como você conheceu?

— Ah, ele vinha aqui resolver uns lances de aposentadoria. Preenchi uns formulários pra ele. Daí reconheci o sobrenome.

— Carvalhal. Coletivo de carvalho.

— Haha. Eu sei.

Chegando em casa ela reduziu o plano do celular a um cotoco pré-pago. Não ia pagar caro por uma internet inferior. Quando precisasse, usaria a dos outros. Sentiria saudade da triagem de informações desgovernada e amorosa de pessoas que só conhecia pelo nome (falso). De ver fotos de pessoas e lugares bonitos e dar notas a gatos e peitos. Fotos de ruínas. Dicas de maquiagem. Pornografia ampla, geral e irrestrita ordenada em categorias. Sexo de verdade estava dando muito problema esses dias. Bem, poderia ligar para Lucas se quisesse. Para Vera, não. Talvez todo estado de espírito tivesse seu uso sexual, mas agora, mais do que nunca, ela não se sentia apta a manejar a instabilidade de outra pessoa.

A última mensagem de Vera era assim: NÃO TE PEÇO NADA, SÓ TUA COMPANHIA. FAZ SEM PENSAR, SEM PENSAR É BOM. POR ONDE VOCÊ ANDA?

Bem longe.

Izabel já havia cobrado a mulher do financeiro várias vezes por e-mail, sendo respondida com promessas, evasivas, e, por fim, silêncio. Decidiu ligar.

Ouviu uma musiquinha new age por mais ou menos um minuto até pedirem o ramal. Ela digitou o do Nesser. Ele mesmo atendeu.

— Ah, Izzy. O pagamento está atrasando mesmo.

— Como assim "está atrasando mesmo"?

— A editora está com problemas financeiros — disse ele perto do bocal.

Izabel passou a mão pela cara.

— Você recebeu, Nesser?

— Recebi. Atrasado.

Nesser disse que ela não se preocupasse, porque logo entraria um dinheiro de um projeto do governo, e todo mundo seria pago.

Izabel não queria estender a conversa porque sabia que ia cobrar Nesser como se fosse ele o responsável, e não era. Mas precisava deixar clara a situação.

— Estou morando em Araras, sabia?

— Ah, é? Que legal! Tá plantando aí?

— Que plantando, cara. Tô trabalhando. Só frila.

— Entendi.

— No momento, só o seu frila.

Nesser não disse nada.

— Então eu queria saber. Vou levar calote? É pra ser honesto.

— Izabel, você tá nervosa.

— Claro que estou! Você fala como se fosse um problemi-nha! Estou sem dinheiro, você quer o quê? Que eu corra pra mamãe?

— Espera aí.

Izabel ouviu incrédula a musiquinha da Enya tocar mais uma vez. Sem parar, em loop. *Se você quiser de verdade, você vai achar o caminho*, dizia a letra. Era isso? Ele ia desligar? Ou só deixá-la ouvindo aquele sermão new age?

— Pronto. Vim pra sala de reuniões pra conversar contigo direito. Olha, eu não posso simplesmente ir lá no financeiro e quebrar tudo. Eu trabalho aqui. Também fiquei puto em não re-ceber, você não pensou nisso?

— Pensei. Pensei e fiquei achando que você ia me ajudar.

— Você não sabe pedir as coisas, Izzy. Você quer algo de mim? Algo que eu possa fazer?

Izabel pensou um pouco, odiando toda a situação.

— Eu quero — disse devagar — que você me arrume outros frilas que estejam pagando em dia. Será que dá pra fazer isso por mim?

— Claro, Izzy — a voz dele soava insuportavelmente macia.

— Você também não vai ficar aí muito tempo mais. Já deve estar mexendo seus pauzinhos atrás de outra coisa.

— É, cê me conhece.

— E aposto que acha bem possível eu levar um calote, mas não tá a fim de me dizer.

— Tá, é uma possibilidade.

— Você reconhece. Que bom. — Estava francamente aliviada. — E vê se me faz uma visita aqui no sítio. Aquela pedra continua no mesmo lugar.

— Que pedra? — disse Nesser.

Nesser não veio, nem passou trabalho. Quando pensava no preço daquela liberdade, Izabel pensava em juros de cheque especial. O buraco em seu currículo ficaria cada vez maior, seus contatos iam se deteriorar, e logo ninguém se lembraria dela o suficiente para passar trabalho. Ela também não se via fazendo novos amigos influentes na região. Via pobreza e miséria e dependência da mãe.

Mas agora ela não estava mais presa num escritório. Podia pintar. Tinha que estar feliz.

No entanto, o que mais sentia era confusão. A confusão se dividia em dois estados: um que dava para criar e um que não. Enquanto estava com um toco colorido à mão, traçando pequenas moitas ao longo de uma encosta rochosa, mal se sentia uma pessoa. Assim era bom pra pintar.

Era ruim pra pintar quando se via na frente da tela seguran-do seu crayon — quando pensava, em termos mais ou menos concretos, SOU UMA ARTISTA FAZENDO ARTE, porque o vago comando a respeito do que estava retratando se dissipava na hora. Aí sabia que precisava de uma pausa.

E, além da confusão, boa e ruim, havia os altos e baixos de ruminar tanto o lado prático. O orgulho: podia estar a caminho da falência, mas pelo menos estava fazendo o que gostava. A tris-teza: não estava magicamente melhor em técnica nenhuma, nem ganhando prêmios, nem expondo em galerias. Mas, ao pen-sar nisso, se via em uma, e que vício deixar a mente completar o que faltava na figura. E nem podia sufocar aquilo porque era jus-tamente o material de que precisava para criar.

Pintava, então, uma parte ínfima do tempo: quando não esta-va afogada em depressão nem flutuando em ego feito um pastel no óleo, mas confusa; e na medida certa, sem autoconsciência.

Logo formou uma pequena coleção de desenhos e pastéis. Pegou-se ficando exigente e descartando trabalhos.

Um dia ligou para a mãe e pediu para ela trazer o resto das suas coisas do Rio, inclusive o computador grande. Ela concor-dou. Ficou de sábado até domingo à noite, e só deixou ligar o desktop quando Izabel mostrou no relógio de luz que a instala-ção era trifásica. Não tinha móvel de computador, então ela o apoiou sobre uma das pontas da comprida mesa de jantar, com vista para o jardim. Não era como se desse banquetes.

Primeiro, ela fez o mais simples. Recriou a montanha para o lado do Vale das Videiras. Com direito a canaletas formadas pela chuva e poeirinhas verdes adornando a encosta. Com o cor-te horizontal que parecia uma machadada divina na pedra. Fi-cou bonito. Mas foi tão fácil que ficou frustrada.

Resolveu elaborar. Melhorou as texturas, adicionou outro tipo de planta à encosta. Pedregulhos.

Talvez faltasse animação.

Fez chover. Acrescentou nuvens e névoas que flutuavam proceduralmente.

Comparou os pastéis com o modelo 3D. No computador as coisas ficavam boas rápido, dava raiva. Tinha que se propor um desafio mais consistente.

Um dos exercícios do curso de cenários digitais tinha sido criar uma samambaia baseada na folha de Barnsley. Agora queria saber o que dava para fazer em matéria de pinheiro, que também era autossimilar. Deu uma sapeada pela internet e descobriu como poderia tentar. Levou uma semana até ficar satisfeita com o resultado, inspirado no pinheiro-agulha à direita da sua piscina. O nome tinha vindo com a pesquisa: *Perenifólia*.

Pensou em mostrar os trabalhos a dona Aída, mas parecia demais com caçar elogio. Tinha que descobrir um curso, um mentor, algo com que ocupar o tempo. Tinha que ver gente. Tinha que frequentar Itaipava. Descobrir um bar ou uma boate, mesmo que isso custasse seu dinheiro e amor-próprio. Tinha que ficar calma e lembrar que as coisas não eram assim.

Que dia era hoje? Alguma quarta de julho. Não, já tinha virado agosto. A lan house estava cheia e barulhenta. Vendo todos aqueles adolescentes em polvorosa, sentia-se socialmente incapaz. Uma velha carrancuda e agasalhada. Só queria pegar um filme, tentava se dizer, mas era mentira. Queria um pouco de internet boa. Queria, melhor dizendo, internet boa sem ninguém olhando. Eduardo não estava. Um rapaz gordo de olhos verdes governava a balbúrdia em seu lugar. O sobrinho de Eduardo jogava um game de carro contra outro garoto. Foi atingida num fogo cruzado de bolinhas de papel antes que pudesse chegar ao balconista. Enquanto alguém bradava um *Desculpa, moça!*, ela correu para a porta e se recostou na fachada. Suas mãos foram sozinhas para o bolso e acenderam um cigarro. Ela ficou muito agradecida. Tragou de olhos fechados.

— Moça, dá licença?

Izabel abriu os olhos e viu um dos garotos mais velhos:

— Essa moto é sua?

Ele se referia à Yamaha amarela cento e cinquenta cilindradas estacionada no fim da fileira de veículos de duas rodas.

— Sim, é sim.

Ele sacudiu a cabeça, aprovando:

— Muito legal.

— Ele quer dar uma volta — interferiu alguém. — Dadinho adora pegar moto dos outros.

— Deixa não, moça. Ele é maluco — disse uma menina.

— Vai dar cavalo de pau.

Izabel estudou a cara dele. A cara de todos.

— Se você fosse de maior, eu até deixava — disse Izabel.

— Mas o Klay você deixa, né?

E essa agora. Estava sendo observada e julgada. Há tempos, pelo visto. Refugiou-se em uma baforada.

— Você me pegou — reconheceu, para satisfação geral. — Mas o Klay é diferente.

Eles estavam tímidos de demonstrar mais interesse e parecer caipiras. Cabia a ela continuar a conversa.

— É que o Klay trabalhava pro meu avô, Belmiro. O que morava lá no Malta. Conhecem?

Duas crianças conheciam. Izabel percebeu que elas não sabiam que ele tinha morrido. E que a fama dele era de velho ranzinza furador de bola.

— Aquele senhor que quase não saía do sítio — explicava uma garota aos outros. — Lá do Malta, do lado do Geraldo.

— Isso mesmo. Bom, sou neta dele.

E finalmente alguém se animou:

— Como é que é seu nome?

— Izabel.

— Suane.

— Júlia.

— Cassiano.

— João — disse o mais velho, apontando-lhe um sorriso sedutor —, mas todo mundo me chama de Dadinho.

— Que ele é uma pessoa muito dada — debochou Suane, levando um cutucão nos rins.

Izabel esperou o fim do tumulto para continuar:

— E diz uma coisa, o que tá acontecendo aí na lan house?

— É festa.

— Festa do Kayk.

— Ah. — Izabel não tinha notado antes a faixa de FELIZ ANIVERSÁRIO, KAYK. Se não tivesse ouvido antes, jamais saberia ler aquilo como "Caíque".

Izabel terminou o cigarro pisando nele com a bota. Júlia, a mais nova, olhava para ela com profunda admiração.

— Você tá morando aqui, Izabel? — perguntou.

— É, tô morando.

— E o que você tá achando?

— Meio parado, pra falar a verdade. Vocês não têm lugar pra sair por aqui, não? — disse Izabel. A menina fez cara de dúvida. — Tipo boate. Até um bar, se tiver música.

— Só em Itaipava — respondeu Suane, e recitou alguns nomes. Pela falta de familiaridade, Izabel sentiu que não era a deles.

— Mas onde é que vocês vão num sábado à noite?

Suane e Júlia se entreolharam, rindo, e disseram:

— Ué. Pra cá mesmo.

— A gente aluga um filme, fica no computador.

— Compra besteira na padaria.

— Araras não é meio parado, não. É completamente parado. Desanimador. Vendo aquelas meninas rindo das suas esperanças, Izabel começou a fazer cálculos sobre a possibilidade de uma boate se manter numa região de polos esparsos. Seria preciso haver na boate mulheres, o grande atrativo, e elas só chegariam por transporte público ou carona, porque radiotáxi não existia. Afinal, se Izabel acabava de adquirir o primeiro veículo dela, as chances de uma jovem solteira dali ter grana para comprar um eram quase nulas. Devia ser realmente muito difícil dar naquela região.

Minutos depois, ela tinha uma cerveja e meia no estômago, e a meia latinha restante deixara no balcão para disputar uma corrida de Mario Kart contra o balconista, que se chamava Décio. Ao cruzar a linha de chegada, Izabel esperneou de felicidade, atribuindo a inspiração ao álcool no meio da tarde. O próximo jogador era Bernardo.

Enquanto ela tentava perder do garoto, mas por pouco, Eduardo entrou na lan house, estendendo um polegar para cima na direção de Décio, que correspondeu. Continuou a varredura ocular pela loja e falou "Senta aí não" a um garoto que escorregou da bancada na hora. Então, ao dar oi para o sobrinho, ele viu Izabel. Uma ruga intrigada compareceu à sua testa.

— Oi — disse ela. — Não consegui usar a internet, acabei aqui.

Eduardo assentiu, passou a mão pelos cabelos — molhados —, entrou em casa. Izabel perdeu, entregou o controle para um cara da idade dela e ficou batendo papo com Décio, encostada no balcão. Sua cerveja tinha sumido, mas ela ficou quieta. O pior da bagunça tinha passado. Agora, no princípio de breu, adolescentes se agrupavam pelos cantos, conspirando e comungando. Uma rodinha se formara ao redor de uma partida de jogo de estratégia; haviam metido um papelão entre as telas dos dois adversários à guisa de cabine, e o aniversariante comandava a maior torcida. Porém, Kayk não era habilidoso nem paciente, e o menino de óculos dizimou seu exército de insetos com a maior facilidade. Foi xingado de todos os nomes, mas não se moveu um milímetro do teclado, pedindo novos desafiantes. Kayk usou a derrota para se aproximar de um grupo de garotas. Apanhou de uma, mas levou outra para beijar lá fora.

Bernardo não comemorava as vitórias. Ele não exultava; dava um sorrisinho que quase poderia ser superior. Izabel teve vontade de ver como ele se comportava ao ser derrotado. Sentou novamente ao lado dele com essa má intenção, mas na mesma hora ele levantou para assistir à guerra no outro canto da sala. Quem o substituiu foi o sujeito da idade dela.

— Vítor — disse ele. — Você é Izabel, né? Você é do Rio?

— Sou.

— Cê é prima do Eduardo, né?

— Não — riu ela. E jogou-lhe uma casca de banana. O kart dele passou em cima e perdeu duas posições.

— Ah, filha da...

— Olha que a festa é de criança.

— Pois é, só a gente de adulto...

Ao terminar a corrida ele já sabia onde ela morava e de quem ela era neta, e que não era mãe nem irmã de ninguém ali. Izabel começou a se achar cansada de interação humana — muito de uma vez só. Vítor fazia questão de uma cerveja com ela. Meninas assistiam divertidas à situação — ela montando na moto, e Vítor de pé ao lado, terminando de rabiscar seu telefone num guardanapo e enfiando por entre seus dedos.

— Perde não, hein? — gritou ele de longe. Izabel ainda viu uma das meninas se dobrar de tanto rir, e outra cobrir a cara com a mão. Foi então que se deu conta de que não estava usando o capacete.

* * *

No dia seguinte, ela voltou à lan house e encontrou Eduardo.

— Oi, tudo bom?

— Fica tranquila que a gente guardou seu capacete.

— Ai. Graças a Deus. Não, devolve agora não que eu vou usar a internet.

— Pode ir ali.

Izabel sentou à máquina junto à porta, como sempre. Nem parecia o mesmo lugar do dia anterior. Os papelões tinham sumido. As manchas de refrigerante e bolo sobre a bancada também.

— Vocês têm uma boa faxineira aqui, hein.

— A faxineira sou eu — disse Eduardo.

Que clima ruim. Por que ele falava assim? Mas ele fez uma espécie de esforço para consertar:

— Aliás, desculpe qualquer coisa.

— Pelo quê?

— Por ontem. Normalmente essas festas são de noite. Mas o Kayk fez questão de ser de tarde, e a família dele é conhecida por aqui, daí…

— Entendi.

— Eu nem fico perto. Perco a paciência.

— Mas você gosta de criança — disse Izabel, olhando de relance para Bernardo na outra ponta da bancada.

— Eu gosto, mas junta muita no mesmo ambiente…

Caiu o silêncio. Nem Izabel o notou, ocupada em fazer o circuito por todas as redes de que era membro. Bernardo perguntou:

— Tio, que que é *pregnant*?

— Haha. Cê vai ser pai. Parabéns — disse Eduardo.

O menino fez "ah, tá" e voltou a olhar para a tela.

— Isso é algum jogo? — perguntou Izabel.

— *Harvest Moon.* Conhece?

— É um em que você lê o diário de todo mundo?

— Esse.

Izabel era uma devota ferrenha de aprendizados alternativos. Bernardo parecia totalmente alheio. Ela continuou falando com Eduardo:

— Ele curte ler?

— Pfff. Já decorou a biblioteca.

— Posso arrumar uns livros em inglês. Se ele quiser.

— Quer, Bê? Olha pra cá, responde.

— Quero! — gritou ele e virou a cara rápido, muito ocupado agora.

— Bê...

— Não, deixa ele — disse Izabel. — Ele tá concentrado.

Chovia lá fora. Bom para ela se concentrar também. E descobrir que não havia quaisquer atividades artísticas ou festivas interessantes em Petrópolis, pelo menos não listadas na internet. Ali, o negócio era perguntar. Extrair informação dos computadores humanos. Talita atravessou a loja, parando para dar um beijo em Bernardo e fiscalizar um pouco o que ele estava fazendo.

— Ah, o joguinho da fazenda...

— Eu tive um filho.

— Filho? Ah, não. Não sou vó de jogo. — E saiu, avisando:

— Vou fazer o almoço! Vê se vem quando eu chamar!

— Tá booom — disse Bernardo. E jogou seu olhar cúmplice na direção de Izabel, que disfarçou, mas derreteu. Pediu os livros dele. Com sorte, chegava até o dia das crianças.

Mais tarde, enquanto todos comiam a sobremesa, Talita quis saber casualmente quem era aquela moça.

— Que moça? — respondeu Eduardo.

— Essa que agora tá sempre na loja.

— Ah. Ela é neta do seu Belmiro. Aquele lá do Malta.

— Bonita ela, não?

Eduardo viu que tinha caído numa armadilha. Enfiou uma colher de sorvete na boca e concordou.

— Sim, bem bonita.

— Tá morando aí, que eu soube. Morando sozinha.

Eduardo continuou olhando para a TV e comendo sorvete, sentindo o olhar de Talita fuzilar sua orelha. Afetou tranquilidade até ela desistir.

Dali a uns dias Izabel estava no ônibus, ouvindo música de um fone só e olhando a noite, quando teve uma ideia. Era uma ideia muito boba, que só podia ser atribuída aos efeitos do ócio prolongado sobre o cérebro.

Seguir os locais.

Era uma ideia perversa. Roubar-lhes a informação. Hackear os computadores humanos. Feio, mas nenhuma lei contra.

Seguiria os locais. Desceria onde descessem.

Começou anotando onde subiam. Como sempre, muita gente pegava o ônibus no Vista Alegre. Era sexta à noite, a maioria das gentes estava discretamente mais arrumada do que o normal. Exceto por suas velhas amigas, as pagãs, de salto alto, vestido decotado e muito brilho. Izabel exultou: *elas* a levariam a um lugar interessante.

Izabel pensou nas próprias condições. Espirrando, mas ainda não entupida; por baixo do casaco, usava uma blusa vermelha de loja de departamento e uma calça justa. Num estabelecimento noturno, não pareceria desleixada, mas também não pareceria competitiva. Sentaria e beberia. Estava ciente de que poderia ser um lugar iluminado demais ou que tocasse forró. Ia encarar.

O ônibus avançava na noite, espanando ramos de árvore em sua passagem. As pessoas iam ficando nos pontos e ela questionava se ia mesmo adiante com aquilo. Pelo jeito, ia, pensou, vendo a ponte branca ficar para trás e o coletivo entrar na BR.

Não tem mais volta agora, percebeu, com um frisson na boca do estômago. Ela e suas amigas estavam a caminho de Itaipava.

Ninguém muito bêbado ainda. Sem pressa.

O fundo sonoro era um rádio baixo e fora de estação. No balcão, um sujeito contava histórias também baixo, ao seu redor outros rindo, huhuhu. Izabel tinha sentado numa mesa, à parte. A cerveja gelada estalando a mina do dente. Suas "amigas" logo se levantaram e foram embora com três caras num carro parado do outro lado da rua. Iriam para alguma boate; aquele bar não era para elas. Sobraram umas tias com barriga de chope e duas ou três mocinhas que ainda não haviam desenvolvido a sua.

Izabel não resistiu e quebrou uma promessa que tinha se feito. Puxou o celular do bolso. Comprou um pacote de vinte e quatro horas de internet. Naquele bar pegava, e bem. Estava todo mundo usando. Por que não ela também? Estava ali para se misturar, afinal.

Passou pela cabeça atualizar sua cidade de residência no site de encontros e conferir quem aparecia. Aquilo lhe pareceu desvio demais, e ela não deu atenção à ideia. A melhor opção parecia ser beber até ficar agradavelmente entorpecida. Beber no frio, como no Canadá, para esquentar. O importante era não beber sozinha.

Estava acompanhada. Por um monte de carecas de boné, tias de braço gordo e rastaqueras com caminhonete própria. Havia também a juventude anêmica se nutrindo com cerveja.

Numa mesa próxima, três caras davam atenção a uma menina morena. Tudo cara de criança. Instrumentos musicais em estojos sentados com eles. Uma banda. Izabel achou que a menina olhava na sua direção enquanto sua boca se mexia num comentário maldoso atrás do outro. Os caras riam, huhuhu. Izabel não tinha paciência para intriguinhas colegiais então foi ao banheiro e na volta sentou em outra cadeira. Continuou bebendo.

Por que virava uma pessimista paranoica quando bebia? Ou: por que bebia se virava uma pessimista paranoica? De repente era melhor beber sozinha, longe do olhar dos outros. Mas tinha medo. O alcoolismo é um mal que atinge a mulher. Mulher artista sozinha, então...

"Artista".

— Você tá sozinha?

Izabel ficou olhando para o rosto do rapaz de boné que a interpelava com aquela pergunta.

— Eu... tô, tô sim.

— Cê quer companhia? — dessa vez o bafo de pinga dele chegou junto.

— Não, tô bem assim.

— Tem certeza?

— Sim. Tenho.

Ele a olhou como quem diz "você é quem perde", e descolou a mão do tampo da mesa, cambaleando para longe. Voltou para o balcão onde dois caras o esperavam para saber como tinha sido. Já tinham a aventura da noite. Iam deixar quieto.

Passou uma nuvem de cabelo negro perto de Izabel.

— Sirlene não sabe beber! — gritou um rapaz.

Ela ouviu a menina da banda vomitar no banheiro, de porta aberta, e sair pouco depois, verde como o pulôver de lã acrílica que vestia. A garota deu-lhe mais uma olhada torta enquanto ouvia a bronca dos amigos na porta do banheiro. Foi embora com eles. Estava ficando tarde.

Um senhor muito bêbado começou a elogiar todas as mulheres do estabelecimento em altos brados. Vendo-se ignorado, meteu-se a cantar hits regionais no mesmo tom, dançando entre as mesas. Muitos fizeram cara de enfado, mas ninguém o mandou calar a boca. Demandaria muita energia.

Foi a deixa para Izabel ir embora. Fez a conta sozinha e acenou a cédula para o garçom, tentando uma saída rápida e discreta. Ele fez questão de ir verificar antes de deixá-la sair. Ela saiu, achou o abrigo de ônibus, deserto àquela hora. Sentou-se. Acendeu um cigarro.

Não deu um minuto e um carro com dois ocupantes parou ao seu lado. Dois caras. Um deles o de boné.

— Boa noite.

— Boa noite. Senhorita tá indo pra algum lugar?

— Não, tô esperando o ônibus.

— O ônibus? — riu ele. — A essa hora já passou o último.

— Acaba uma da manhã — confirmou o outro.

— Pra que lado você mora?

Izabel pensou. Sacou o celular.

— Vou ligar pro meu marido me pegar então.

Saíram praticamente cantando pneu.

Que roubada. Tinha subestimado o frio em estrada aberta. O casaco parecia ter mil frestas e poros. Fumar não estava adiantando muito. Cutucou a internet, tiritando. Descobriu dois números de radiotáxi, mas um não atendeu e o outro não ligava de volta. Sim. Estava fodida: agora era pegar uma carona ou morrer de frio e sono no ponto até as cinco da manhã. E pegar carona seria esgrima mental da caronista com o motorista bêbado: não significa que quero/tenho que te dar, ou significa? Talvez ela quisesse. Sabia mudar de ideia. Mas jamais saberia se havia mudado porque queria ou porque precisava.

Percebeu ter cometido um erro ao avaliar a vida sexual da região: dar não era problema. O problema era escolher o cara.

Começou a andar de um lado para o outro para se esquentar, mãos enterradas no bolso. Se voltasse para o bar o nível etílico deles já destoaria do dela. Brigas de garrafa e dedos acusadores. Não queria.

— Boa noite.

Uma caminhonete estava parada ao seu lado. Dentro, um homem só.

— Boa noite — respondeu ela.

Aquele era mais velho. Queixo quadrado. Bonito. Aliança no dedo.

— Vai uma carona, menina? Vou lá pro Vale das Videiras.

Ela entrou no carro.

Voaram pela BR. Passaram pela ponte branca. Pela guarita de polícia. Ele corria muito, e quando passavam por algum lugar minimamente iluminado, acelerava ainda mais, olhando para os lados. Às vezes saltavam nos quebra-molas.

Izabel indicou que estavam chegando. *Foram dez minutos*, pensou, surpresa. Ele parou o carro e encarou Izabel. Ela tocou em seu ombro.

— Muito obrigada.

Ele ficou segurando sua mão e beijou os ossinhos de modo um tanto desajeitado.

— Tchau.

A última expressão que ela viu em seu rosto emoldurado pela janela da caminhonete foi o queixo travado, indeciso entre dar um sorriso por educação ou ser mal-educado mesmo. De repente, ele acelerou e partiu.

Ficou uma sensação de embaraço, e pena. Izabel subiu a trilha quase correndo, e tomou um banho escaldante que resolveu pelo menos parte do problema. Recebeu a ligação do radiotáxi e disse que não precisava mais.

Uma semana depois, encontrou o muro de baixo pichado. A pichação dizia JEZEBEL, em letras maiúsculas e negras.

Arriou os ombros, pouco surpresa. Já tinha visto esse filme. Já sabia até o que fazer. Pegou um pincel e passou uma demão de tinta por cima. Depois, chamou Klay para plantar ao pé do muro uma trepadeira que crescesse rápido.

Havia dois hipermercados em Itaipava, e Izabel começava a preferi-los nem tanto por economia, mas pela diversão. As patinadoras falando em seus rádios, deslizando de costas pra se mostrar. Toda aquela promessa de variedade e fartura. Biscoitos e refrigerantes em tamanho jumbo. Os departamentos de roupas e ferramentas. Quando viesse o apocalipse zumbi, era lá que queria ficar presa.

Na fila do caixa, cutucava o celular. Nada de interessante nele: era um álibi. Assim via e ouvia despercebida.

Bem na sua frente, a mãe com compras do mês perguntava à mocinha se ela não precisava de biscoito para a escola.

— Não.

— Club Social? Não?

— Não!

Izabel tinha tido a mesma conversa com sua mãe, naquela idade. Gasta-se muito com lanche de cantina, Izabel entendia aquela mãe (e a sua) agora. Mas se lembrava do seu lado também. Adolescentes amam comida quente e gordurosa. E amam o status de sacar notas e gastá-las na cantina. Esfregar-se nos corpos uns dos outros afetando pressa extrema em receber o lanche. Levar o lanche frio de casa seria insatisfatório em muitos sentidos.

Quando criança, ela tinha fama de cavala. Pisava e beliscava se fosse contrariada. E ai de quem furasse fila na sua frente. Poderia sofrer puxões de cabelo, chutes traiçoeiros, até um calculado esfolamento de calcanhar caso fosse um infeliz usuário de Keds. Cangaço infantil. A fome a justificava.

Depois, adolescente, tinha parado com isso.

— Izabel?

Virou a cabeça. Era Renato Moffati — mais velho.

— Renato?

Deram-se oi, dois beijos, um abraço. Mediram-se. "Você está ótima", disse ele.

— E aí? Está fazendo o que por aqui? O Maremoto te pegou?

Izabel riu. O Maremoto, haha.

— Um pouco. Não sei.

— Não. Eu mesmo não aguentei. Peguei minha esposa e... — meneou a mão no alto, a aliança atestava o estado — ... vim para cá. Qualidade de vida, né.

Quando falava em Maremoto ele se referia à escalada dos preços dos imóveis no Rio. A que tinha começado com a notícia das Olimpíadas e da Copa. Todos tinham acusado uma bolha, mas a verdade é que os preços nunca mais voltaram ao normal. O que quer que fosse normal. Os cariocas foram expulsos em direção ao interior, dois bairros a menos na escala de preferência. Os filhos da classe média alta começaram a adquirir imóveis em antigos destinos de fim de semana, como Petrópolis e Itaipava, só que para morar. Morar melhor por menos. Um pouco antes, quando Izabel era criança, a mãe vivia dizendo, meio de brincadeira (e assustadoramente meio a sério), que deveriam guardar o sítio e não vendê-lo, pois não diziam que o Rio um dia seria engolido pelo mar? *Quando vier o maremoto, já temos onde ficar.* Era um refrão simpático. Agora era o refrão de todo mundo: o maremoto imobiliário, a alta nos preços de imóvel, havia expulsado todos do Paraíso. Mas haveria outros — Paraísos. Era nisso que se fiavam.

— ... e o prédio já estava lá pronto, ficou lá aquele elefante branco... — (Izabel tentava descobrir do que ele estaria falando agora, amaldiçoando sua mania de assentir sorrindo enquanto deixava a mente viajar.) — Juntei então com o Fernando e o Roberto, a gente rabiscou uma proposta, e mandamos na última hora. E você não imagina! — (Não, ela não imaginava.) — Saiu!

Ela copiou o sorriso exultante dele, acrescentando alguma surpresa nas sobrancelhas.

— Então tem já mais de quatro anos que nós começamos: o POGI, Polo Gráfico de Itaipava. Mesmo assim, a gente preservou uma mentalidade de startup. De eficiência, de entregar resultados. A gente quer ser uma referência. Mas passo a passo. A gente chega lá. Como eu falei, é aplicativos, efeitos, animação e games. Temos vários investidores bacanas, um ou outro apoio do governo. Por enquanto, o grosso da renda vem de comerciais. Agora estamos produzindo um filme. Em breve, um video game pra PC e console. Está indo de vento em popa. Estamos atrás de mão de obra qualificada que more na região. Izabel, você podia, hein? Nos mandar um currículo, o portfólio.

— Acabei de concluir uma especialização em modelagem 3D. Em Toronto. Puxava forte para games e animação.

— Tá vendo? Tem vaga para designer. E programador. Se conhecer algum, pelo amor de Deus, nos indique. Já cooptamos gente muito boa. Mas queremos mais. Se conhecer gente interessada, sem medo de trabalhar, indica pra gente.

— Pode deixar.

Izabel se declarou "muito feliz" com a oportunidade. Estava mesmo. Além de um pouco aturdida com a perspectiva de morar no campo + ser assalariada, que tentava fazer combinar em sua cabeça e só se encaixava numa categoria: boia-fria.

A mãe da adolescente, nervosa, não conseguia que o cartão de crédito passasse.

— Você sabe que se essa máquina estiver me constrangendo eu vou abrir um processo — disse ela à caixa, em tom de enxaqueca.

— Pode abrir — respondeu a moça, em tom neutro. Bem treinada, pensou Izabel.

Assim que ouviu isso, a mulher ofereceu outro cartão à caixa. Esse passou de primeira e o incidente se dissolveu, dando lugar a Izabel, com sua nota de cinquenta reais e menos de quinze volumes. Na saída, Renato elogiou sua moto.

Izabel aplicou maquiagem a sério pela primeira vez em dois meses. Pôs botas, luvas, a jaqueta e um lenço lilás no pescoço. Prendeu o cabelo numa trança e fixou-a por trás da cabeça com um grampo. Caiu na estrada. Passou na frente da autointitulada MAIOR FEIRINHA DO BRASIL. Se tudo desse certo, ia ver aquela placa todo dia.

Foram vinte minutos de pouco trânsito até alcançar o prédio branco e terracota com a placa metálica no gramado em fonte sem serifa: POGI — POLO GRÁFICO DE ITAIPAVA. Estacionou ao lado das outras motos. Ganhou um crachá provisório e subiu para o terceiro andar.

Cabeças na maior parte morenas fitavam amplos monitores. Uma delas se virou e saudou Izabel.

Ela se sentou numa salinha e começou a ouvir. O POGI tinha uma parceria com a Moira Filmes, "já ouviu falar?". Eles queriam ressuscitar a Atlântida. O estúdio de cinema. O que fizera história nos anos 40 com chanchadas, sambas e astros populares. Para replicar esse sucesso nas atuais condições, precisavam de séries nacionais de livros fantásticos que pudessem transformar em séries de filmes com efeitos e cenários digitais recicláveis. E já tinham contratado atores bonitos para a primeira delas, com um policial do futuro num Rio de Janeiro apocalíptico (nada de *pós*, o apocalipse estaria acontecendo naquele momento).

Parte da equipe trabalhava nos cenários do filme. O resto estava trabalhando em publicidade — o que, naquele momento, sustentava a POGI. Algumas pessoas também estavam envolvidas com um projeto de video game "de que depois a gente fala mais". A primeira incumbência de Izabel era simples: diagramar folhetos de divulgação. Agora ela precisava mostrar a que veio; ela mesma deveria cavar o que fazer, buscar o que fosse mais interessante e desafiador para ela, e dar o seu melhor.

No primeiro cafezinho, Izabel descobriu que as pessoas moravam por Nogueira, Itaipava, centro de Petrópolis; uma, em Paty; em Araras, só ela. No primeiro almoço, respondeu que sim, morava lá sozinha, num sítio; e, percebendo a curiosidade, descreveu em detalhes como seu avô materno tinha comprado a terra das filhas de um militar por uma pechincha, pouco antes do preço local disparar, vendendo para isso o mausoléu de quatro quartos em Copacabana que lembrava demais a falecida esposa. Tinha sobrado dinheiro — que o velho filho de portugueses investiu noutro imóvel e não em poupança, escapando do confisco de 1990; deixou esse alugado e mais tarde vendeu para ajudar num novo apartamento para a filha e a netinha.

— Sorte da netinha.

— Sorte mesmo. Não sou rica.

— Não, hoje em dia você *é* rica. Hoje em dia sítio em Araras vale uma fortuna.

— Você tem que levar a gente lá.

— A Deborah Colker tem casa lá.

— O Huck.

— Mas eles ficam em casa, gente. Não se vê ninguém.

— Mas a gente quer conhecer sua casa, menina!

— Tá bom! Fazemos um churrasco. A gente rateia uma carne.

— *Rateia!* Rica desse jeito e fica regulando.

— Tem que ser boca livre, bebida liberada.

— Hahaha. Claro. Eu vou fazer alguma coisa. Nem que seja um chá.

Izabel se sentiu bem com essas atenções. Mas de repente também na serra as pessoas alegam querer te ver sem a menor pretensão de fazê-lo. Ainda era, afinal, o Grande Rio.

O primeiro mês passou rápido. Ironicamente, dois dias depois do primeiro salário, apareceu em sua conta o pagamento da editora de Nesser. Então Izabel tirou um dia para visitar a rua Teresa. Os brechós do Canadá tinham sanado a parte mais chique do seu armário, mas suas roupas de frio diárias estavam em frangalhos. Depois de bater perna um pouco, comprou sete blusas de manga comprida na mesma loja. E uma echarpe. Numa galeria, descobriu uma loja só de meias. Queria uma meia-calça fio oitenta, mas se comoveu com a variedade de meias soquete espetadas na parede: decidiu que era hora de ter algumas que não viessem em três por pacote. Não levou nada que tivesse corações ou flores. Aplicou o mesmo método a calcinhas numa loja de lingerie pretensiosa na rua do Imperador. Calçou vinte botas mas não conseguiu encontrar nenhuma que ficasse bem na panturrilha e na canela ao mesmo tempo. Tudo bem: provavelmente não ia precisar tanto delas. A primavera estava chegando.

Quando estava cruzando a rua para pegar a moto, notou uns camelôs. Aproximou-se. Um deles vendia algo inimaginável. Um de seus brinquedos preferidos. Era espiroqueta o nome? Soava adequado, mas não era uma espécie de parasita intestinal? Era.

Espirógrafo. *Espirógrafo.* Estava escrito na plaqueta, junto ao preço de cinco reais a unidade. Nesse momento o camelô falou "Pode chegar, freguesa", embora ela já estivesse próxima. Os objetos espalhados sobre o compensado não eram tão populares quanto a barraca dos elásticos de cabelo (à esquerda) ou o box de games piratas (à direita), mas Izabel estava encantada e pairou as mãos sobre eles com verdadeira reverência. Tomou o primeiro da pilha, virando-o devagar, observou a etiqueta com seus caracteres mandarins e grafismos de mandala e disse:

— Vou levar.

O homem, em vez de tentar convencê-la a gastar mais dinheiro, talvez com medo de que ela mudasse de ideia, largou a caneta colorida com que demonstrava o produto, sacou rapidamente um saco plástico preto, inflou-o de uma sacudidela e destacou delicadamente o espirógrafo de sua mão. Não dera nem tempo de Izabel pegar o dinheiro.

Instada pela falta de cobiça dele, hesitou um segundo (que bastou para o sujeito ficar nervoso) e perguntou:

— Faz dois por oito?

— Trouxe um presente.

O garoto o recebeu com as duas mãos, o olhar todo no produto, todo no rasgar do papel que Izabel escolhera e colara criteriosamente, e no ímpeto as rodelas caíram no chão. Ele as catou numa mão só e ficou olhando para Izabel com cara de pergunta.

— É um espirógrafo. Você põe a rodelinha no papel e ele faz desenhos. Aqui, deixa eu te mostrar.

Lembrara, de última hora, que possivelmente Bernardo não teria canetas coloridas em casa. Nem papel. Comprou um estojo e um Chamequinho para ele.

Estavam entretidos em fazer girar as rodelas pelo papel quando Eduardo interviu. As crianças ali não eram ensinadas a sorrir e cumprimentar as visitas; ficavam ensimesmadas, tímidas ou desconfiadas. O garoto ganhou um cutucão violento, como se tivessem ensinado direitinho as maneiras e o cabeça-dura é que não tivesse se lembrado de ser educado:

— Bernardo, agradece à moça.

O garoto levantou os olhos e piscou, cônscio:

— Brigado, moça.

— Não precisava — disse Eduardo.

— Eu comprei um pra mim também. É bom para ter ideias de padrões.

— Você trabalha com moda?

— Não, sou designer.

— De moda?

— Haha. Não, gráfica. Faço de folheto a, sei lá, video game.

— Você faz video game? — perguntou Bernardo, levantando os olhos da folha. — Meu tio também.

— Ah, é? — indagou Izabel, virando-se para Eduardo, que fez que não era com ele.

— Uns joguinhos de browser aí. Ele adora. Depois eu te mando.

— Me manda. Na verdade eu ainda nem comecei a trabalhar com isso. É um projeto do meu escritório — E explicou o POGI. — É um emprego muito louco, você nunca sabe o que vai fazer na semana que vem. Já tive que virar noite. Mas, pelo menos, paga em dia.

— E nunca é chato.

— Chato, tudo é — e Izabel ficou vermelha, que tinha pousado a mão no braço dele, confidente. — Mas bem melhor que meu antigo emprego. — E mordeu a língua para não falar da mãe, nem da Vale, nem de nada. — Se aparecer alguma vaga por lá, eu te falo.

Ela catou seu capacete e deu tchau com a outra mão. Eduardo a olhava um pouco divertido.

— Quem disse que eu quero trabalhar lá?

Estava escrito na cara dele, mas Izabel disse apenas:

— É legal.

Indo para casa, sentiu-se um pouco baqueada com a facilidade com que tinha feito aquela afirmação. Mas era verdade. Tivera muita sorte em encontrar aquele emprego. Se tivesse ido ao supermercado noutro dia (ou a outro supermercado), ou estudado em outra escola, não teria conseguido. E tinha mesmo vontade de ver se tinham vaga para ele também. Mal não ia fazer.

Em certas reuniões, nada se resolvia: subchefes faziam piadas, gente flertava e tomava cafezinho. Outras eram surpreendentemente produtivas, com pessoas ouvindo e dando ideias e fazendo apartes e ticando listas e pensando em alternativas viáveis. As pessoas realmente trabalhavam por ali. A coisa andava. Andava, às vezes, de forma meio mecânica e padronizada, com resultados passáveis; mas, noutras, geralmente quando tinham pouco tempo para improvisar algo de tirar o chão, de algum modo se coordenavam quase sem atrito, clicando cada um nos pontos de luz certos em suas respectivas baias e fazendo o POGI se sair com ações mirabolantes e bem executadas que traziam glória para todos.

Na reunião com os roteiristas do Boss-Nova, Izabel foi uma das três mulheres a se oferecerem para contribuir para o visual da personagem feminina. As três deveriam apresentar seus esboços na próxima reunião e então a equipe votaria nas melhores ideias.

— Só uma coisa — disse Ione. — "Melhores ideias"... Você quer dizer que vão pegar meu personagem e mesclar com o de outra pessoa?

— A gente vai criar um personagem baseado nas melhores ideias que cada uma trouxer.

— Mas isso descaracteriza totalmente o trabalho.

— Mas é um trabalho de grupo. O game inteiro é.

— Mas por que a arte do jogo tem que ser feita assim? Pra mim, essa mentalidade de criar em grupo acaba em arte sem identidade. Entendo fazer assim em comercial, que é "linha de produção", mas numa coisa mais autoral, como um video game… não concordo.

— Ah, Ione.

— Eu não vou querer desenhar a personagem nessas condições.

— Tá. Tudo bem.

Ione saiu da reunião. Izabel e Tatiana ouviram atentamente a exposição básica sobre a personagem, que se chamava Nova. Ela era negra, usaria armadura e carregaria uma arma gigante capaz de vasta destruição e de abrir portais pela cidade. Puxá-la para o realista ou mais para o caricatural ficava à escolha delas. O responsável pelos conceitos dos cenários entregou uma mídia a cada uma e as despachou. A reunião ainda ia longe.

Saindo, Izabel encontrou Renato segurando um cafezinho e zanzando por entre as baias. Gastou um instante duvidando dos próprios olhos e depois se acercou.

— Oi, Renato.

— Tudo bom, Izabel? Fala.

— Seguinte. Tem alguma vaga aberta? Um amigo meu tá querendo entrar.

— Então, Izabel. Aí vai depender do currículo do seu amigo. A gente sempre tem vaga pra gente boa. Vaga mesmo a gente só tem uma, aliás, deixa te contar essa… A gente tinha colocado um sujeito de academia, um professor, que sacava tudo de programação, mas totalmente despreparado pra lidar com… com o mercado mesmo, sabe? Com uma equipe. Acostumado a ser chefe de departamento, receber cafezinho na sala. Não ligava pra prazo, fazia o que queria. A gente bateu um papo sério com ele. Não só não adiantou como foi pior: ele não aceitava, abre aspas, guri mais novo mandando nele. Dava em cima das meninas todas... Mandamos o cara embora. Foi pouco antes de você chegar. Ele deu um piti no meio do escritório. Saiu gritando que ia processar a gente por assédio moral. Que ele tinha se mudado pra esse fim de mundo por causa desse emprego de merda... E, enfim, a vaga mesmo que a gente tem é essa, de gerente de projeto. Eu que estou acumulando essa função.

— Não é o perfil do meu amigo. Ele é programador. Não tem nada a ver com o meio acadêmico.

— Mas... com experiência em jogos?

— Jogos pra web.

— Legal. Fala pra ele mandar o currículo. Izabel?

— Sim?

— Chegou a mandar alguma coisa pro nosso vernissage?

— Mandei sim.

— Excelente. Eu já vou dar uma olhada, estava aqui tirando cinco minutos de pausa. Senão perco o pé. O pé, a cabeça.

O currículo de Eduardo mencionava uma série de linguagens de programação. Uma faculdade abandonada no terceiro período em Petrópolis. Nas características pessoais: autodidata. Vinte e sete anos. Solteiro. Ensino fundamental completo na Escola Anglicana de Araras. Ensino médio em Petrópolis, com bolsa integral. Seguia a lista de programas e jogos que tinha criado.

Izabel mandou um e-mail para ele perguntando por um portfólio com seus trabalhos organizados. Causava boa impressão. Eduardo respondeu que estava para fazer isso há muito tempo, e que ia começar naquela noite. *Começar?*, exasperou-se Izabel. Só esperava que o chefe ainda se lembrasse da indicação quando Eduardo finalmente tivesse acabado.

Não demorou dois dias e chegou o e-mail com o portfólio dele. Anexa, uma página minimalista contendo as sinopses e links de três jogos que ele fizera, indicando um quarto em produção.

Os dois primeiros eram jogos de fuga nitidamente inspirados nos japoneses. Fugas de uma casa-trailer e de uma mansão. Eduardo tinha dito que adorava "como os japoneses não pedem desculpa", referindo-se às histórias de fundo dos jogos deles, quase sempre disparatadas ou inexistentes. De fato, mal se explicava como o personagem ia parar na casa-trailer e na mansão — o fato era que ele tinha de sair dali.

O terceiro jogo se chamava *No Mirrors*. Era um jogo em primeira pessoa centrado em Alex Park, ser de sexo e cor indefinidos — na verdade, aleatoriamente gerados a cada partida —, de volta ao trabalho após um mês de férias. O objetivo era descobrir, o mais rápido possível, qual era a sua cor e o seu sexo através do que os outros falavam para você. Até porque, como o nome do jogo dizia, o local não possuía espelhos. Depois de falar com a recepcionista, Izabel/Alex logo procurou o banheiro — só para descobrir que ele era unissex (e sem espelho).

Ela tentou usar o reservado. O personagem sentava na privada. E, se tentasse usar de novo, vinha o aviso:

"Você não está com vontade agora".

O jogo era em inglês. Você não tinha opções de diálogo predeterminadas, só podia escolher o modo de fala: *flirtatious, authoritative, submissive* etc. O jogo terminava depois que você tentava adivinhar sua identidade (errasse ou acertasse), ou quando antagonizava alguém. Por exemplo, se você fosse homem, branco ou negro, e flertasse com a recepcionista, ela te denunciava por assédio. Se você fosse mulher, porém, ela topava "tomar uma cerveja mais tarde" — com uma frase que deixava claro que você era mulher, possibilitando que adivinhasse certo. Agora, se você era negra ou branca... isso era preciso investigar em outra parte. Ou chutar.

No Mirrors tinha alguns problemas. A modelagem 3D era tosca, deixando as interações sem sutileza, sem expressão facial. E, depois de algumas partidas, perdia a graça. Mas Izabel adorou o conceito e o texto. E não encontrou bugs.

O quarto jogo se declarava "uma aula de lógica para crianças na tradição de *The Game of Logic*, de Lewis Carroll". Ainda não estava pronto, mas consistiria de um macaco, numa biblioteca, interagindo com um casal de gêmeos — lançando-lhes proposições lógicas que eles precisariam catar ou rebater. Izabel não entendeu direito, mas imediatamente imaginou que tipo de macaco, de biblioteca e de gêmeos.

— Não entendo por que uma "galeria de artistas da casa". Design não é arte.

Renato Moffati sorriu de boca fechada e assentiu.

— Você quer dizer: design preza a utilidade. Arte não é útil.

— Exato!

— Mas esses trabalhos são *completamente inúteis*. Não servem pra nada. São pura perda de tempo! Não sei nem como é que eu deixo.

O sr. Finni deu uma gargalhada.

— Vem comigo — guiou Renato. — Faço questão de lhe apresentar os trabalhos, você vai ver.

Andaram pela sala e Renato disse:

— Este trabalho foi todo feito a partir de lixo eletrônico. Tem peças de uma impressora, de uma caixa registradora e de uma pá de outras coisas. Foi feito pelo Tiago Lopes, o nosso boy.

— *Found art* — casquinou o homem.

— Sim. Genuína! E aqui você tem a demonstração do talento do André Rodrigues, nosso designer.

— Ahn. Caricatura, né?

— Ele é um grande chargista.

— E isso aqui?

Era o vídeo de uma encosta de montanha enfumaçada. O vídeo subia e descia devagar por ela, hesitante, furando a neblina de computação gráfica, quase chegando à terra, subindo de novo; de repente, sem qualquer transição, o vídeo não era mais uma animação realista e sim um desenho em pastel da mesma montanha, filmado no mesmo esquema de vaivém.

— Esse é da lavra da Izabel Jansen, nossa mais recente contratada — disse Renato, com as mãos nos bolsos. — Também do design.

— "Ponto de vista de uma nuvem" — leu o sr. Finni. — Interessante.

— Olha ela aqui. Izabel! Este é o Alberto Finni.

— Izabel Jansen, prazer.

— Jansen. Você é do Maranhão?

— Tenho família lá.

— Olha, essa sua obra aqui é muito interessante, viu?

— Obrigada.

— Você é uma verdadeira artista. É 2D e 3D, né? Muito bom.

Um casal jovem e lindo se aproximou e a parte masculina cumprimentou energicamente Renato Moffati. Enquanto isso, a mulher se apresentou aos demais com beijos na bochecha:

— Prazer. Cecília Marins.

Izabel se viu intrigada pelo rosto da mulher. E o nome…

— Cissa?

— Izzy!

Cecília emitiu um agudo quase supersônico e enlaçou Izabel com os braços.

— A gente foi da mesma escola — explicou Izabel.

— A gente foi colega de *maternal*! — disse Cecília, radiante.

— Izabel, meu namorado. Ulisses, minha amiga do maternal.

— Tudo bem?

— Tudo bem.

— Você é… ator, não é?

Todos riram do comentário cauteloso de Izabel. Ulisses era um ator bem famoso.

— Isso — disse Ulisses. — Ator, investidor do POGI e muito empolgado com o game que cês tão fazendo. Até me ofereci pra fazer captura de movimento pro cara do jogo, o… como é o nome dele?

— Boss — disse Renato. — Mas vai demorar até chegar nesse estágio. Ainda estamos no conceito.

Izabel tinha mudado de escola por volta dos dez anos de idade. Talvez tivessem se visto em alguma boate depois disso, mas o fato era que Cecília e ela tinham muito para pôr em dia. Cecília tinha entrado de sócia numa loja de joias com a prima, e vinha todo fim de semana cuidar da filial serrana. Conhecera Ulisses numa festa no castelo de Itaipava. Hospedava-se no sítio dele, num condomínio fechado. Com vista pro vale, piscina natural, seis quartos. Izabel tinha que ir conhecer. Ela estava livre naquele domingo?

Izabel se sentia empapuçada do cordeiro dividido por três, mas nem pensou em abdicar do biquíni. Tinham ido a um restaurante de pé-direito altíssimo em Itaipava, uniformemente aquecido por algum sistema de ponta, e preços de que fora poupada por generosidade de Ulisses. Agora, em volta da piscina, o sol de primavera, o vinho chileno. *Gostamos mais dos chilenos*, dizia Cecília. Ulisses ia e voltava lá de dentro, trazendo mimos. Frios. Madeleines diet. Castanhas de caju. *Amor, não pode! Isso acaba com a nossa pele.* Cecília não comia nada. Ulisses podia comer de tudo. Os músculos trabalhados agradeciam a vitamina, expostos ao sol, procurando algum bronzeado natural que inclusive poderia ser útil em frente às câmeras. Izabel ficou procurando sinais de depilação em ambos. Ulisses tirava os pelos do peito, que renasciam eriçados. Ele se desculpou por não poderem entrar na piscina, ainda muito gelada para a suposta primavera.

— Mas quando era pequena a gente entrava nessa época, com água gelada e tudo. Lembra, Izzy? — Cecília a olhava buscando confirmação, e riu. — A gente até aproveitava pra brincar de Titanic! Não lembra?

Izabel lembrou. Repetiu mecanicamente com voz de dublagem:

— *Jack, Jack. Fale comigo, Jack.*

— E aí eu escorregava do colchão e borbulhava até tocar no fundo.

— Mas às vezes eu era o Jack.

— Mas sua Rose sempre foi melhor.

— O problema é que você era muito boa em se fingir de morta. Chegava no fundo paradinha.

Havia algo no olhar dela. Naquele momento Izabel entendeu o que ia acontecer. Viu o futuro bem claro na sua frente. E se obrigou a gostar dele rapidinho, antes que pudesse lamentá-lo.

O momento preciso e oportuno foi criado quando, detonada a segunda garrafa de vinho chileno, Cecília sentou-se sobre um joelho ao lado de Izabel no sofá, devagar. Se ela nunca tinha feito aquilo antes (é claro que tinha), era uma sedutora nata: segurava a taça pelo bojo parada, sobre o seio esquerdo com a mão direita, logo após tomar um gole estalado do líquido, mantendo um pouco nos lábios. O vinho balançava na taça. Vinho e lésbicas, andam juntos. Era este o momento que, depois, Izabel assinalaria como o já-era.

Depois disso, os músculos dele roçaram nela por trás. Ela nunca nem era *tocada*. Ulisses era isto, e aquilo, e aquilo outro. Izabel não gostava de atores. Ele se aproximara por trás dela e parara, como se ainda esperasse ela resolver o momento com Cecília, que foi de fato quem tomou a iniciativa, ficando a um palmo do rosto de Izabel e afastando seu cabelo com cuidado e praticamente devorando sua boca.

Cecília descansava, as mãos trançadas nos cabelos cor de mel, os peitos morenos gloriosamente de fora. No umbigo perfeito, a faísca de um piercing. Izabel olhou para os próprios peitos e depois para os de Cecília. De novo para os próprios peitos. E para os dela.

Os seus se achatavam na horizontal, os dela, não.

Silicone. Não tinha atentado nisso enquanto pegava neles, mas agora em retrospecto eles lhe pareciam meio — como dizer? Borrachudos.

— Não ficou nem cicatriz. Parabéns.

Cecília já tinha notado que ela tinha notado. E se refreado para não cutucá-los com o indicador.

— Ah. Daqui a pouco tenho que trocar. Vai fazer sete anos que coloquei.

— Foi com dezoito, Cissa?

— Dezessete. Meus peitos eram de tamanho diferente. Sem condição.

— Quanto você pôs?

— Cento e vinte no esquerdo e cem no direito.

— Hum.

Na segunda-feira seguinte, no trabalho, os pequenos acontecimentos da festa foram explorados e esmiuçados.

— Aquele Ulisses, hein?

— Ô, lá em casa.

Ninguém da arraia-miúda havia notado que ela e Cecília eram amigas, e Izabel preferiu deixar assim.

Fala, eu sou sua amiga! Izabel se sentia mal com esse tipo de intimação, *deposite sua intimidade aqui.* Tudo o que falasse poderia ser, e seria, usado contra ela. Izabel tinha passado na VideoLan para dar o presente a Bernardo, com Tatiana na garupa. Agora Tatiana queria saber por que ela não investia no carinha da lan house, ficando só naquele rame-rame de dar livro importado pro sobrinho. E insistia. Sem saber bem por quê, daquela vez Izabel não se furtou.

— Estou saindo com outras pessoas.

Era um teste. Mas Tatiana passou com louvor:

— Ah, tá. Aí você não quer…

— … não quero misturar as estações. Pois é.

Outra coisa que Izabel não queria era ser uma fofoca quente. Mas, de repente, aos borbotões, estava se confessando:

— É um casal. Um homem e uma mulher.

— Ah. Você é bi.

Ela não tinha perguntado quem eram. Izabel quis chorar um pouquinho. Virou as costas, foi esquentar água para mais chá.

— É uma amiga de infância, e o namorado dela. Acho que facilitou.

— Hum. Mas que esse Eduardo é gato, isso é.

— Haha.

Tatiana fez uma piadinha sobre começar a frequentar a lan house, e parou por aí. Izabel percebeu que a amiga percebeu que ela não gostaria. Tatiana também fazia seus testes. Pouco depois, confessou ter tido um caso com Renato Moffati e estar, no momento, solitária pra caralho.

— Petrópolis é conservadora — reclamou. — Os caras parecem querer que você dê algum tipo de vantagem pra te namorar. Tipo um dote. E de boceta eu não gosto. Sem ofensa.

— Não é ofensa. Ou você gosta, ou não gosta.

— Igual a pinto.

— Também gosto.

— Cê tem mais opção, né.

Izabel sacudiu a cabeça. Tentou explicar que opção demais às vezes atrapalha. E ilude. E que certas pessoas acham que vão te domar uma vez que você as prove. E que às vezes dava pra quem não merecia, e que era difícil distinguir o tipo errado do tipo certo. E que transformar um parceiro em namorado era tão opcional que muitas vezes virava uma miragem longínqua.

— Estou falando demais, sabe? — disse.

— Relaxa — disse Tatiana. — E vê se me chama de Tati?

— Haha. Tá bom. Tati.

— E você? Bel?

Izabel sorriu.

— Izzy.

Nova carregava uma espécie de bazuca em tons claros que contrastavam com sua pele morena. Debaixo das placas de sua armadura, eram visíveis as franjas esfiapadas de seu minúsculo short azul. Seu cabelo estava dividido em trinta e dois coquinhos que se projetavam de quadrados meticulosamente divididos. Mas isso só era nítido quando ela tirava o capacete.

— Eu queria dar uma sugestão pras mecânicas dela — disse Izabel. — Que de vez em quando ela trocasse a arma de posição, como se estivesse cansada. Na hora de "esperar" pelo jogador, ela podia apoiar a arma no chão de pé.

Os roteiristas se entreolharam.

— É uma ideia. Se o Jorginho não encrencar...

— Apoiar a arma no chão é mole de implementar — disse Jorge. — O lance de ficar trocando a arma de mão, não sei, não. Mas vamos ver.

Tatiana foi a próxima a mostrar seu projeto. Sua Nova era mais desabusada que a de Izabel, com olhos grandes, tatuagens e cara de má. Tatiana a apresentou como uma guerreira. O penteado era outro afro, e ela usava lindas sandálias plataforma brancas em que Izabel lamentou não ter pensado.

Nenhuma das duas conseguiu se concentrar em nada enquanto esperava os roteiristas deliberarem. Eles pareciam meio reticentes com a presença delas, mas ao mesmo tempo não queriam mandá-las embora. Por fim, Tatiana virou para Izabel e falou:

— Sabe de uma coisa? Adorei os seus coquinhos.

— E eu amei sua sandália.

Tatiana chamou os outros com um "Ei!".

— A gente quer propor uma Nova que tenha os coquinhos da Izabel e a minha sandália. Que tal?

Os roteiristas mexeram as sobrancelhas e murmuraram que sim, parecia bom.

— E a pele — continuou Tatiana — o que vocês acham? Mais pra clara, mais escura...?

— Eu... não queria as tatuagens — arriscou um. — Não gostei.

— Não gostou? Como assim não gostou?

Tatiana, mulata e tatuada, cruzou os braços e fez cara feia para o rapaz. Todo mundo riu.

— Não é pelo contraste — disse ele. — É que ela tá muito guerreira, como você mesma falou.

— Mas isso é quebrado pela sandália plataforma e, agora, pelos coquinhos.

— Ainda é muito Mike Tyson... E é uma mulher, né.

— Isso é verdade — disse Tatiana alto. E para Izabel: — Eu dava um murro nele agora.

— Por que a gente não faz duas skins? — sugeriu Jorge. — Uma com tatuagem, outra sem.

— E uma clara e outra escura?

— Isso. E depois a gente vê.

— Na pior das hipóteses, fica de conteúdo bônus.

— Bem. E... shortinho azul ou legging laranja?

Izabel bateu na sala escrito COMUNICAÇÃO E RECRUTA-MENTO. Havia três semanas que Eduardo tinha mandado o currículo, e nenhuma resposta. Era necessário demonstrar um pouco de interesse.

Ao abrir a porta, Izabel descobriu que o departamento todo era uma mulher. Outra Aline. A outra Aline parecia já saber o que Izabel queria. Sua postura passava duas mensagens conflitantes: "sinto muito" e "sou uma pessoa prática".

— É que a gente já tem dois programadores com o perfil dele, mas com mais qualificação, experiência em empresa. A gente poderia colocá-lo como estagiário, mas pra fechar o convênio ele teria que ter vínculo com alguma faculdade. E ele... não tem, certo?

— Não.

— Ele está precisando do emprego? A gente pode colocar ele como suporte.

— Você diz assistência técnica?

— É.

Izabel deixou a sala para não responder atravessado. Para ir trabalhar com suporte, mais jogo ele continuar tocando o próprio negócio. Coisa que dizia no currículo. Mas provavelmente ela nem tinha lido direito. Izabel fumou quicando pelo pátio e teve que continuar andando algum tempo até se sentir capaz de sentar quieta de novo.

Passou na lan house na saída do trabalho. Pegou Eduardo baixando a porta de ferro.

— Posso conversar com você? — Izabel perguntou.

— Tá, vamos ali.

Passaram pela lateral do prédio e subiram pelos fundos. A casa era limpa, iluminada, e mobiliada com peças de uma loja popular. Sentaram na sala, no sofá cor de coral encardido. Izabel deu a notícia de uma vez.

— O emprego lá onde eu trabalho. Não rolou.

Ela olhou para a cara de Eduardo, medindo a reação. Ele ficou calado por uns instantes.

— Eles deram motivo?

— Queriam alguém mais especializado. Com diploma, ou cursando faculdade.

— Não deve ser por isso.

Izabel engoliu em seco, falou nada.

— É porque o jogo deles é de ação — disse Eduardo. — E não tenho isso no currículo, mas sei fazer. Programar em Unity, tal. Ou posso aprender.

Izabel não sabia se verbalizava o pensamento. Eduardo prosseguia:

— Meu jogo novo é de ação. Tem rotinas de ação. Mas não está pronto, né. Não está nem totalmente planejado ainda.

Aquele jeito dele de falar aguilhoava Izabel. Ruminando o projeto em vez de se defender. Ou atacar. Ele era superior demais para simplesmente chamá-los de filhos da puta. Os olhos dela começaram a se inflamar, e ela teve que falar.

— As pessoas sempre falam que é por outra coisa.

— Como assim?

— Elas nunca assumem nada. E se a pessoa não fala o que pensa, só age, você fica sem ter como provar que ela é escrota. Você sabe, mas não dá para provar. Isso é tão comum que não sei como não tem nome.

— Mas tem nome.

— Tem?

— Blindagem moral. Mas por que isso agora?

Izabel ainda se surpreendia com a inteligência dele. E daí se sentia mal por subestimá-lo.

— Tá vendo? Porra, como alguém pode dizer que você não serve pro trabalho? Não é porque você não é bom. É porque é um bando de moleque riquinho. Elitista. Escroto. Mimado.

Ele não falou do princípio de lágrimas que ela tentava dissimular. Fez que ia tocá-la, mas se conteve. Izabel puxou o cabelo para a cara e se debruçou na janela com um cigarro. Eduardo fitou discretamente sua bunda.

— Não existe só esse emprego no mundo. Tenho uns contatos lá no Rio — disse ela, fumando.

— Depois a gente vê.

De noite ela ficou pensando. *Nunca deveria tê-lo apresentado na empresa como local, e sim como namorado. Isso teria feito a diferença. Ele é bom o bastante pra minha boceta, tem que ser bom o bastante pra vocês.*

As duas tinham acordado às sete horas, dado uma corrida na garoa, e às oito e meia chegavam na loja de Cecília. Desde as sete, as vendedoras, Cláudia e Noely, preparavam o brunch de aniversário da Mamgu Acessórios. As muitas peças novas estavam expostas em miniararas ao redor da mesa de comes. Um garçom havia sido contratado para servir o espumante. Cecília abriu a primeira garrafa e serviu um flute gelado a cada uma, "pra dar sorte".

Izabel examinou as joias. Queria prestigiar o trabalho da amiga, mas penava para encontrar algo que fosse do seu gosto. Eram ou muito finas, ou muito orgânicas. Faltava uma linha gótico-chique. Disse isso a Cecília.

— Ah, gótico tá out. Se você estiver interessada, tenho umas sobras de coleção lá atrás.

Lá atrás, Izabel se ajoelhou junto a um armário de boticário chinês para examinar gavetinha por gavetinha. Todas continham alguma coisa, nem sempre joias. O sol refletido na parede cor de terra transformava o pequeno pátio num forno. Cecília tinha trazido a garrafa e se servia de mais bebida gelada. Izabel recusou.

— De manhã, me enjoa.

— Eu adoro. E não devia.

Izabel não perguntou, mas Cecília continuou mesmo assim.

— Minha mãe é ex-alcoólatra.

Izabel não sabia. Tinha perdido essa fase.

— Não pode ter álcool lá em casa — disse Cecília. — Nem pra cozinhar. Minha mãe e meu padrasto pararam de beber quando eu tinha uns doze anos. Quando eu tinha uns dez, minha mãe já estava naquelas de "estou com enxaqueca". Eterna enxaqueca. Passava o dia todo no quarto, no escuro. Eu só via a empregada. Falava com a minha mãe pela primeira vez no dia depois de voltar do balé, de tarde, acredita?

— Acredito.

Izabel falou da avó. Mesma coisa, com ansiolíticos. Acordava meio-dia, mas ficava na cama até as duas — com "enxaqueca" —, quando não estava passando uma temporada no "sanatório". Quem acordava a pequena Marta todo dia, quem a arrumava pra ir à escola e lhe dava comida e roupa limpa era a Bá, empregada que chegou a ninar Izabel antes de voltar para sua terra. Era de tanto ouvir essa história que Izabel só se permitia camomila e passiflora pra dormir.

— Maldita enxaqueca — disse Izabel.

Ergueu uma gargantilha platinada cheia de pontas sobre o colo e contou com o auxílio de Cecília para posicioná-la. Ela prendeu o fecho e ajeitou seu cabelo.

— Tá linda.

— Brigada.

— Gostou? É sua.

E Izabel ficou o brunch inteiro com a joia no pescoço, maquiada com os produtos de Cecília, sentindo um orgulho de esposa de como ela tocava o evento e recebia as clientes de forma simpática e natural. Eram senhoras endinheiradas com as filhas, grupos de pós-adolescentes, uma ou outra moça com o marido. Lembrou-se de perguntar por Ulisses:

— Ele está filmando no Rio. Não deve vir esse fim de semana.

Quando a clientela começou a rarear, lá pelas duas da tarde, elas entraram no carro e dirigiram-se ao sítio de Izabel. Ela mostrou o pequeno baú desenterrado e alguns quadros, mas Cecília não se mostrou muito nostálgica.

— Vamos pro meu sítio. A piscina está limpa. E lá é mais alto, bate sol até o fim da tarde.

Cecília também mencionou que o jantar não ia dar trabalho e que a despensa estava cheia. Tinha sorvete. Duzentos e cinquenta e seis canais de TV a cabo. E Izabel já sabia que os lençóis eram de primeira. Concordou, mas fez Cecília prometer que voltavam outro dia.

— Quem sabe você posa pra mim.

— Tipo, pelada? Uau!

— Você é que sabe.

— *"Jack, me pinte como uma de suas garotas francesas"* — disse Cecília em voz melíflua, provocando um ataque de riso em Izabel. — E depois você me dá o quadro?

— Só se ficar bom.

Uma hora depois. Izabel estava de costas para o sol lendo uma revista científica americana de Ulisses. Ergueu uma sobrancelha indagativa quando Cecília chegou com uma maleta prateada.

— Que é isso?

Cecília espremeu os lábios, misteriosa.

— Minha maleta de viagem.

Ela depositou a mala sobre a mesinha de piscina e abriu a tranca.

No interior forrado de preto, havia uma porção de vibradores de grife, além de coisas como algemas e géis. As texturas eram delicadas; as cores, variadas e exóticas. Havia um brinquedo de ligar na tomada que Izabel sempre fora louca para testar, mas nenhuma tomada por perto. Ligou um a pilha e avaliou a potência na palma da mão.

— Não sei nem por onde começo.

— Gosto desse aqui — disse Cecília. — Você vai gostar mais ainda.

Deitou Izabel pesando a mão em seu peito. Deitada, Izabel a viu embalar o vibrador num preservativo e afastar o seu biquíni. Ela já ia entrando de primeira, mas lembrou de erguer o brinquedo e molhá-lo com um fio de saliva antes.

Era um bastão rosa com uma bola na ponta, desses que prometem orgasmos rápidos e eficientes pela estimulação do ponto G. Cecília a massageava e olhava com uma carinha ansiosa. Não ia sossegar enquanto ela não gozasse. E, evidentemente, com mulher não dava pra fingir.

— E aí? Bom? — perguntou ela.

— Bom.

Izabel gozou com cara normal, surpresa com a falta de aviso daquele orgasmo. De zero a cem em um segundo. Gemeu. Abanou as mãos, aflita, para Cecília tirar aquilo da sua vagina.

— Mas você é muito sensível! — riu Cecília, encantada.

— Isso é muito trapaceiro! Apelona.

— Tá revoltada? — debochou Cecília.

— Minha vez.

Sentia uma sanha. Ia mostrar como é que era. Montou em Cecília e encaixou entre as duas um vibrador em forma de cunha. Aplicou lubrificante e fez pressão vertical para o brinquedo escorregar contra o clitóris da amiga. Pegou o menor dos plugues azuis e o enfiou no próprio rabo. Os mamilos de Cecília trepidaram em contato com as luvinhas gelatinosas que vestiu nos dedos; pirotecnia demais. Logo desprezou os dedais e beliscou direto na pele.

Depois que ela já estava aquecida, Izabel chupou sua boceta enquanto cinzelava os arredores com um vibrador pontudo. Cecília jogava a cabeça para trás e cerrava os punhos pra cobrir os olhos.

— Grrn.

— Quem é sensível agora? — provocou Izabel.

Logo estavam estiradas e ofegantes, os biquínis à distância, manchados de lubrificante. Um monte de brinquedo espalhado pelo deque. Izabel se pegou pensando no vibrador que ligava na tomada. Espreguiçou-se na direção da maleta. Mas viu alguma coisa lá dentro. Um vulto. Um vulto dentro de casa. A paisagem refletida na vidraça não deixava identificar quem.

— Quem tá andando ali dentro...?

— Ah — fez Cecília. — É a caseira.

— Não dá para ela ver a gente aqui?

— E daí se der?

— Não quero ninguém assistindo.

— Relaxa. Ela é de confiança.

— Tem certeza? O povo daqui é tudo crente.

— Que é que tem?

— Nada — disse Izabel, encolhendo os ombros. Agachou-se e recolheu vibradores e plugues melados do chão, segurando pelas camisinhas. — Quer que eu ferva isso? — ofereceu.

— Não, tudo bem.

Izabel lavou os brinquedos com detergente na pia da churrasqueira e enxugou-os com papel-toalha, devolvendo cada um a seu compartimento. Cecília era bem capaz de fazer a caseira lavar seus brinquedos sexuais, e a ideia a horripilava. A amiga não entendia certas distinções. Izabel não era exibicionista, só gostava de sexo ao ar livre. E Cecília amava o risco de ser pega. De alguém ver. Não que ela fosse admitir. Tudo bem, Izabel seria a última a julgar; mas que ela não tentasse perverter sua perversão.

A caseira sumiu de vista assim que serviu o jantar; Cecília proibiu Izabel de encostar na louça, e ela largou o prato ensaboado dentro da pia. Aninharam-se com um pote de sorvete na frente da TV a cabo e viram filmes, filmes, filmes, até caírem no sono.

Izabel abriu a Wikipédia e alguns sites de fofocas e repassou a carreira de Ulisses Gama. A estreia na novelinha adolescente, a incursão na peça capa-e-espada em que nenhum diálogo era ouvido sob os gritos da plateia, o noivado com a modelo de catorze anos que terminou em briga e devolução de presentes na justiça, todas as novelas das sete que ele estrelara sem camisa, a volta aos palcos com uma comédia de Shakespeare, a chegada ao horário nobre em que ele só vestia camisas polo, o sumiço da função de protagonista para investir na carreira de produtor e diretor de cinema de ação — fracasso não evidenciado em nenhuma matéria —, e seu mais ou menos recente retorno à TV que possibilitava a atual posição de investidor do POGI.

Ele tinha trinta e oito anos, dezoito de carreira. Não parecia.

As mais recentes manchetes falavam sobre seu novo amor, Cecília Marins, designer de joias, vinte e cinco. Seus avistamentos em points e praias do Rio apareciam em sites mais especializados, com fotos em que eles não estavam olhando diretamente para a câmera, mas para algum ponto mais além. Na maioria delas, usavam óculos escuros. Sempre os mesmos: Cecília, um aviador bem escuro. Ulisses, um de surfista, em arco.

Era nisso que ela estava se metendo. Não queria começar a se preocupar com jornalista, mas já se imaginou tendo que explicar: não, eu estou *unindo* o casal, não separando, e a imaginação lhe deu arrepios. Fechou tudo.

Foi ver o e-mail e encontrou um de Eduardo. *Fiz uma coisa, pensei em te mostrar* era o assunto, e todo o texto. Tinha um anexo.

Desempacotou-o. Era um arquivo de animação procedural. Intitulado *Perenifólia 2*.

Não pode ser.

Abriu.

Era ele mesmo. Seu pinheiro-agulha.

Izabel afastou o rosto da tela até a lombar aderir ao encosto. Como ele havia conseguido…? Ah. Pelo seu site… que ficava na assinatura de todo e-mail que ela mandava…

Então não se qualificava como stalking. Então ele não havia invadido seu computador e roubado suas senhas e visto suas fotos pelada. Ele tinha aceito seu convite, só isso.

Abriu o próprio site-currículo e deu uma navegada: havia até liberado direitos para obras derivadas sem fins lucrativos. Mas jamais pensou que alguém fosse mesmo fazer alguma coisa com as coisas dela.

Depois ela pensava nisso.

Trocou de janela. Apertou play.

No início não entendeu o que estava vendo. Movimento, havia. Mas muito discreto.

Então entendeu. Seu pinheiro-agulha fractal tinha ganhado um script que simulava a passagem do tempo. Ao lado da simulação, aparecia o nome da estação do ano em Arial: Inverno-Primavera-Verão-Outono-Inverno... O pinheiro, como todo pinheiro, não desfolhava no Inverno, só ficava ligeiramente mais seco e aberto até voltar o Verão.

Então a folhagem começou a não voltar mais ao normal a cada ano, mas sim a ficar mais volumosa no centro. De agulha, foi virando fuso. E os ramos inferiores caindo, um a um, sem voltar a crescer. Os logo acima começando a esgarçar. A árvore ficou feito uma saia rodada sem anágua. Mas os galhos mais acima também foram se abrindo, a saia virando em sino.

Daí em diante, esporadicamente um ou outro galho ia abandonando a massa, às vezes lançado do meio, às vezes do topo, às vezes de baixo. Sua impaciência a fez empurrar o controle deslizante para acelerar ao máximo a simulação, mas, mesmo assim, a calvície progressiva do pinheiro não ultrapassava a velocidade de um striptease. Teria de esperar muito para saber o que Eduardo tinha programado para depois de só sobrar um tronco seco. Ele fez isso de propósito — Izabel achou. Tinha agido dentro da lei — tanto quanto um advogado. Maldoso.

Mas querido, pensou ela, estranhando a combinação. Continuou assistindo. O toco ressecado rachou depois de uma hora de simulação, e continuou lá, de pé, apenas meio inclinado. Ela saiu e foi olhar o pinheiro-agulha real em sua piscina. Não tinha notado, mas, além de ressecado, fazia algum tempo que ele vinha se escorando na aroeira.

A lan house estava fechada. Na lateral da casa, a porta branca que dava para a escada. Dessa vez, ao longo da subida, Izabel notou uma série de quadros de rostos humanos bordados em ponto-cruz. A escada acabava na cozinha, onde uma senhora, provavelmente a mãe de Eduardo, enrolava brigadeiros.

— Oi, dá licença.

— Toda — disse ela, sem parar de enrolar.

— Minha mãe, Antônia — disse Talita.

— Prazer...

Izabel pensou em dizer seu nome. Pensou em dizer que o neto dela era muito inteligente. Porém já tinha sido conduzida por Talita casa adentro, até o quarto. Armários claros embutidos, tom pastel. Música gospel alta, uma cantora entoando o mesmo verso sobre o plano de Deus. Os dois livros estavam sobre a quina da cabeceira numa pilha certinha. Intocados.

— O Bernardo já leu? — perguntou Izabel.

Talita pegou os livros juntos e lhe estendeu. A versão original de *Convenção das bruxas* e o primeiro *Harry Potter*.

— Não. Ele não vai ler esses livros.

Izabel releu as capas e entendeu. Livros de bruxaria.

— Mas isso é fantasia, né? — tentou, semissorrindo.

— É — disse Talita. Ela girou devagar sobre os chinelos e abaixou um pouco o volume da música. — Mas tem material por aí menos... menos problemático.

Depois de descolar do botão do volume, as mãos de Talita tinham ido parar na cintura e ela fitava o chão.

— O Eduardo tá por aí? — perguntou Izabel.

Talita levantou o rosto e fungou.

— Ah, ele? Tá no Rio. *Trabalhando.*

Com o sobrolho fino erguido, Talita agora encarava Izabel. Ela sustentou e respondeu com uma sobrancelha ainda mais tesa.

— Todo mundo sabe que você dorme com mulher? — disse Talita. — Mulher casada ainda por cima.

— O que você tem com…

— Ah, não é da minha conta, né? Tá, mas não vem mexer com meu irmão. Se mexer com ele…

— Eu não tô mexendo com ele.

— Claro. Não é disso que você gosta, né? Então deixa meu irmão em paz. Deixa o Edu em paz e vai cuidar da tua vida.

Izabel estava injuriada.

— Você tá mesmo…

— Eu tô dizendo pra você ficar longe do meu irmão. Só isso. Não vem aqui dar livrinho pro meu filho. "Ãin, porque ensina inglês."

— Você é doente.

— Você é que é podre.

— Você é maluca. Coitado do seu filho.

— Não precisa ter pena não. Você não vai ver mais ele. Nem ele nem o meu irmão. Sai da minha casa.

— Calma! Não precisa falar mais.

— Vamos. Fora.

Talita escoltando Izabel pelo corredor, nenhuma Antônia na cozinha, ela descendo a escada praticamente de costas, e a porta da rua batida em sua cara seguida do tilintar furioso de um molho pesado girando até ter trancafiado muito bem. Chinela se afastando decidida. Depois, silêncio.

Izabel ainda olhava para a porta branca, trêmula. Ventava e o suor do confronto gelava em sua nuca. Ela não foi capaz nem de subir a própria gola: ficou parada, catatônica, até se deixar animar pelo ódio e enfiar os livros na mochila. Só não estava bem pra dirigir. Andou de um lado para o outro sob o toldo da loja, fumando e repassando o ataque. A caseira de Cissa não era tão confiável assim. Se não falava com jornalistas, pros locais contava tudo. O que era irrelevante para Cissa, mas a Izabel preocupava. Talita ia buzinar nos ouvidos de Eduardo, se é que já não tinha feito isso. E o menino, coitado. Mas e o fato zonzo que só brotava agora das *profundezas da percepção*? A mente parecia se recusar a admitir, mas era real. Um dos rostos de celebridades em ponto-cruz pendurados no corredor da escada era de um jovem Ulisses Gama.

Antes de ir dormir, Eduardo teve uma briga com a irmã. A briga passou por Izabel, Bernardo e o futuro da lan house, e terminou quando ele disse:

— Fica tranquila, Talita. Vou mandar dinheiro de lá.

E ele não sentiu que tinha ganhado nada com isso, muito menos a briga. Não conseguiu dormir; sua irmã falava demais. Ligou para o Décio. Ele estaria acordado mesmo.

— Eu não tinha nada que ter falado pra ela da entrevista. Mas ela enche o saco. Aí...

— Tá bom, cara. Tua irmã é terrível, mesmo. Eu sei. Mas qual foi o problema?

— Foi isso.

— Não. Não foi só isso, não, que você já falou três vezes a mesma coisa. Que o Bernardo vai ficar mal se você for. Que sua mãe vai ficar mal, que seu dinheiro vai todo pra igreja. Mas dona Antônia é... ela só se faz de sonsa, né? Ela sabe a filha que tem. Tem que deixar o dinheiro com ela, que nem você já faz, né?

Estavam no novo bar arrumadinho onde as pessoas bebiam com a família. Não podiam falar MUITO alto.

— Elabora — continuou Décio. — O que ela falou?

— O Bernardo ganhou uns livros da Izabel. Livro infantil, em inglês. Eu disse que podia dar, e a Talita foi lá e tirou os livros do menino. Por quê? Porque eram livros satânicos. Harry Potter, bruxa.

— Puta que o pariu, hein?

— Essa parada de proteger a criança de tudo. Pra mim tinha que proteger é de ir pra igreja. Ele vai obrigado. Uma hora vai parar de ir sozinho, que nem eu.

— Você também não precisa se preocupar tanto com ele, cara.

— Mas o pior, Décio, é que ela envolveu a Izabel, sabe? Pegou, chamou lá em casa, deu os livros na mão dela, disse que era pra ficar longe da família. Inclusive de mim!

Décio assimilou a informação: não ficou tão surpreso.

— Tua irmã é ciumenta, cara. Sempre te falei isso. Tem ciúme de você.

— Ela é fofoqueira pra caralho, isso sim. Adora ver o circo pegar fogo. Depois fica *óó, sou de Jesus*. Bom, eu fiquei tão puto que falei pra ela que ia embora de Araras.

— Ela deve ter ficado…

— Ficou. Chamou a Izabel disso, daquilo. Eu puto, mandei calar a boca. Aí ela veio com uma história…

— Ah, e você acreditou.

— Não, ela contou uma parada que faz todo o sentido. Ao mesmo tempo não faz nenhum sentido. A Poliana trabalha na casa daquele ator, sabe, o Ulisses Gama?

— Ah, da novela, lá. *Vale ouro.*

O aparte irritou Eduardo. Bar de família. Nada de excessos.

— A Poliana viu a Izabel comendo a namorada dele. Mas assim: com aparelhos. Na piscina.

— Caralho! Aquela mulher é sapatão?

— Não sei. Talvez seja um lance a três. Foda-se. Mas ela fez questão de me contar isso, sabe? Não precisava.

— Você tá muito a fim dessa Izabel.

Eduardo pensou um pouco.

— Não é só isso, não. Sei lá.

— Você tá um pouco a fim dela e ela pega tipo ator da Globo. É isso? Criar expectativa, receita pro desastre.

Era o que Eduardo sempre dizia a Décio depois de suas desilusões amorosas. Ele riu.

Na manhã seguinte, sua mãe lhe contou um sonho.

— Eu via uma raposa correndo na floresta. Daí ela caía na arapuca. E no que eu ia até a arapuca só encontrava o rabo da raposa. Vermelho, peludão, assim. Eu olhava pro lado, e via indo embora um preá. Imagina! Um preá enorme, quase do tamanho de uma cutia? Vê se pode!

Ela lhe pediu para jogar no bicho, quando fosse ao Rio. Raposa era urso. Só no caminho para o treino ele se ligou: não tinha lhe dito nada, e não era como se tivesse costume de ir ao Rio. Talita tinha contado.

E aí chegou no dojô. Comeu mosca como nunca. Apanhou um tanto.

— Tá devagar hoje, hein?

Culpou o horário de verão. Respirou, começou de novo. Devolveu em dobro a porrada recebida. Dali a pouco passaram para o cafezinho.

— Essa história aí — disse o sensei —, de arte marcial como caminho de amor, de harmonia; você sabe, né? É conversa. Conversa fiada pra boi dormir.

— Sei.

O sensei averiguava Eduardo pelo olhar, e Eduardo achava ponto de honra não desviar. Mas, naquele dia, a pausa de efeito dele demorou demais; Eduardo se distraiu.

— A harmonia é assassina — continuou o sensei. — Se você e o outro se encontram na luta, e se entendem, se o estilo de vocês é compatível, vocês podem se matar. O cara chega com um golpe e você vai pegar o golpe dele e jogar ele longe. Entende?

Eduardo saiu sem falar nada. Seguiu o plano. O plano o sustentava.

Desde que deixara de ver Jamille, usava as quartas-feiras quase da mesma forma: indo a Itaipava e tentando relaxar. O Décio tomando conta da loja etc. Dirigia a esmo, até sentir vontade de parar e comer. Às vezes, era um restaurante caro. Às vezes, era um boteco sujo. Almoçava, tomava uma cerveja, e voltava. Mas hoje sentia um mal-estar especial. Vontade de dirigir até o fim do mundo e cair.

Era um lindo dia de sol. Chegava a ser ofensivo. Quarta-feira, então não havia tanta gente flanando. Caminhões entregando coisas, gente no caminho pro dentista. Izabel estaria no trabalho. E ele ali, com a angustiazinha de merda. Não produzindo.

Passou pela churrascaria que tinha virado shopping, mas manteve o nome. Mais à frente, um novo condomínio de luxo era anunciado por uma placa enorme. MORADAS PENNAFORTE. SEU NOVO RECANTO NA SERRA. No engarrafamento perpétuo junto à ponte, uma cabo eleitoral de blusa justa lhe empurrou um folheto informando sobre as melhorias na estrada promovidas pela prefeitura de Petrópolis. Deixou-o escorregar para o piso do carona.

Ele fez um retorno e parou na vaga de rua do shopping.

— Então. A gente estupra ela. A gente chega lá, amarra ela e estupra ela. Na frente do marido dela.

— Mas já tá tudo acertado?

— Dois contos?

O homem de camisa xadrez soltou um suspiro de alívio ao expulsar o primeiro jato de urina da bexiga. E esclareceu:

— Veja bem. Vocês vão pagar *pra mim*. *Eu* é que vou ficar com o dinheiro. E tem que ser antes, na hora não.

— Mas tem certeza? Que não vai dar merda?

— Por que que ia dar merda? Ela que tá querendo. Ela que quer. Tá com medo do quê, cara? Cê tá casado agora, né? Mas, ó, te preocupa não. Tua mulher encrenca se você vem em Itaipava? Pois é, ela mora aqui. Dou o endereço... cês vêm. Um sábado à tarde.

Ninguém respondeu nada. Mais dois jatos repicaram na louça. Até terminarem, todos ao mesmo tempo.

— O dono dela é um escroto — disse o homem de camisa xadrez. — Não gosto do dono dela, não.

O homem foi o último do trio a deixar o banheiro.

Então, numa das cabines, alguém puxou a descarga e abriu a porta.

Eduardo se aproximou da pia e fez os gestos necessários para as mãos ficarem limpas. Enxugou-as. Olhou-se no espelho. Passou as mãos na cara, apoiou-se nos lados da pia. E saiu também.

Não havia nenhum grupo de homens à vista.

Ele estava de pé, de cabeça baixa. Fingindo escolher qual o melhor mix de vegetais congelados para sua salada no freezer horizontal. Não poucas vezes, seus olhos se deslocaram para a moça do caixa. Ela estava de jeans claro e blusa rosa de mangas compridas. Por que mangas compridas? Estava calor.

— Está tudo bem? — ele perguntou, ao passar as compras.

— Tudo.

Ela havia dito *tudo* mecanicamente, sem arregalar os olhos. Como quem faz esforço para parecer natural. Se tivesse ficado surpreendida pelo tom da pergunta, Eduardo saberia que ela estava realmente bem. Mas também não havia prova de que estivesse mal.

Deixa ver então. Pela conversa do banheiro, havia um agenciador, dois clientes, um marido e o dono — e estes dois podiam ou não ser a mesma pessoa. Uma mulher, quatro ou cinco caras.

Eduardo não conseguia parar de imaginá-la. A escrava do "dono escroto". Que expressão ela usaria pra passear durante seu tempo livre? Enigmática. Calma. A de quem sabe um segredo. A de quem *é* um segredo. Poderia ser a expressão daquela menina com o laptop no café. Ou a daquela quarentona de braço engessado saindo do banheiro. Mais velha, mais pobre, mais gorda, mais baixa. Bonita à sua maneira. Tudo era possível.

Se ao menos soubesse quem ela era.

Na loja de eletrodomésticos, trabalhava alguém que ele conhecia. Vanessa, mulher de Evanilson. Todo mundo era de alguém ali, não é? Vanessa usava uma camisa de mangas curtas — e decote profundo. Ela gostou de perceber que Eduardo notou, e empinou os seios enquanto conversavam, sem ideia de que ele estava procurando outra coisa.

Deu-se conta de que parecia um pervertido, inspecionando colos de esposas, fazendo perguntas esquisitas e presunções alarmistas em cima das respostas. Que tara mais peculiar, Eduardo... Ficou vermelho. Saiu caminhando pelo acostamento com suas compras desnecessárias. O fusca vermelho ficou lá. Precisava pensar.

O pessoal dali vivia duas vidas, com uma barreira no meio, impedindo a visão do outro lado. De um lado, um mundo em que Deus tocaria seu negócio e ele prosperaria, se você trabalhasse, e não bebesse, e fosse honesto com a sua esposa (você gosta de mulher, é claro?). De outro, um mundo onde a única lei era a de Gérson, e o dinheiro e o sexo eram fáceis. Você não precisava casar. Mas, se casasse, também não tinha problema. Pra tudo se dava um jeito. Ela ia fingir que não via, ou te trair também, ou se canonizar no papel de vítima.

E as combinações seriam imprevisíveis.

Aquele arranjo juntava tudo. Dinheiro. Proteção das aparências. Perversão. A mulher ficava em seu lugar, vindo o predador lhe fazer mal.

Quer dizer, e se tivesse encontrado um hematoma? Uma marca roxa. Uma marca roxa não queria dizer porrada. E se quisesse dizer porrada, não queria dizer abuso. Certo. Não era possível separar as pervertidas conscientes das dominadas maltratadas. Nem se pudesse ler a mente delas.

Bem, e se pudesse? Depois que espancasse todos os opressores e salvasse todas as vítimas, o que ia fazer? Colecioná-las debaixo do seu teto? Obrigá-las a participar de grupo de apoio? *Você não sabe do que precisa?*

Não. Precisava acreditar que elas eram capazes de escolher o melhor para elas. Tinha que partir desse pressuposto.

Mesmo que não fosse nenhuma verdade, não é? Que elas estivessem conscientes e no controle. Ainda mais num lugar onde todo mundo se conhecia. Onde todo mundo sabia da vida do outro. Mas não adiantava. O íntimo ainda estava fora de alcance. A intenção.

Naquele momento, Eduardo entendeu a Inquisição.

Qualquer inundação de possibilidades perturbadoras num sistema que se acreditava fechado convidava à investigação "criativa". À tortura pra acabar com a tortura. Ao menos, com a tortura da dúvida.

Sua cruzada agora seria não virar ele mesmo um inquisidor. Porque sua irmã já estava acendendo o archote.

Parou no posto da entrada de Araras para colocar gasolina. Contemplou o visor do celular, pensando em avisar alguém de alguma coisa. Do quê? E o que ela faria a respeito?

Dirigindo para casa, pensou que muita coisa que andava acontecendo era séria demais para ignorar. E formava uma figura, ainda que difícil de distinguir. Pensou no e-mail que mandara "de brincadeira" e na resposta obtida e na entrevista feita. Não era de brincadeira. Parte da sua mente andava empenhada em planos emergentes sem lhe contar. A máscara estava caindo. Não aguentava mais fingir que era um sujeito sem ambição nem impulsos, o mais responsável da região. Também ia pro inferno.

Melhor preparar a despedida.

De noite, Eduardo foi beber no bar do Malta. Estava quase sozinho; àquela hora se ouvia a pregação da igreja vizinha no bar, não ficava um para freguês. Durante os primeiros minutos ele tentou ser forte, mas teve que admitir: ficar ouvindo o quanto era pecador enquanto pecava era muito deprimente. Naquele silêncio de roça, a voz amplificada chegava límpida — e o sermão daquela noite era sobre ovelhas desgarradas, filhos pródigos. Eduardo alinhou a garrafa ao olhar, como se estivesse bebendo com ela. Não foi a primeira nem a única. Quando o pastor começou a falar de encostos que faziam homens olharem para homens em banheiros, Eduardo começou a sacudir a cabeça em negativa. *A pessoa que sofre com esse desejo anormal pode deixar tudo isso para trás*, dizia amorosamente o pastor. *Basta querer. Basta buscar a libertação.*

— Mas que idiota — esbravejou para a garrafa. Seu olho encontrou o do outro bêbado no recinto. Sentiu que ele o julgaria por isso.

A pregação terminou e entrou uma música decidida. Reconheceu o baixo de Sirlene. Não se importava mais.

Depois foi esfriar a cabeça dando uma volta a pé. Foi parar embaixo do muro de Izabel, com a mancha de tinta verde e a trepadeira crescendo por cima. Se aliviou bem em cima da mancha. Quer dizer que ela tinha outra pessoa... Se era fêmea ou macho, pouco lhe importava. Importava era ela não querer ficar com ele. Ele era um amiguinho, da lan house, mais nada. E era até bom, sabe. Assim não tinha motivos para ficar.

— E aí, viado? Tudo em cima?

O outro sujeito do bar vinha chegando e o saudou assim, com um sorriso que parecia de escárnio. Eduardo guardou rapidamente o pau na calça e acompanhou a mão do cara vir tocar em seu ombro, nem devagar nem rápida. Era pra brigar? A ruga na testa de Eduardo não tinha decidido. O sujeito parou na sua frente, ainda rindo.

— Por você não tem problema?

Ele não estava rindo de escárnio. Tentou puxar Eduardo pra perto pela nuca; ele o empurrou e o outro veio pra cima tentando derrubar. Era pra brigar. Eduardo brigou.

Talita o informou no dia seguinte que corria uma conversa de que ele estava indo embora de Araras porque era gay. Eduardo riu, virou a cara.

— Seu braço tá todo arranhado — observou Talita.

A mãe, engraçado, parecia mais conformada com a partida que a irmã. Décio prometeu segui-lo caso desse certo.

Naquela noite Eduardo ficou em casa tomando providências e decidindo o que ia levar. Na sexta, distribuiu charutos e virou o cara mais popular de Araras. Uma loirinha chamada Haline colocou à prova os rumores sentando em seu pau no banco de trás do fusca estacionado no acostamento. Ele estava tão bêbado que não pôs camisinha e não conseguia gozar por nada. Pediu para ela abrir a boca e apontar aqueles olhos verdes para cima. Gozou, abriu os olhos e viu Otoniel e Adão do lado de fora, aplaudindo.

Sábado de tarde, abastecendo no posto na saída de Araras, ele pensou que se ligasse para Izabel agora ia estar avisando, não rastejando. Mas ela não atendeu. No fim mandou só uma mensagem de texto. Terminava com ME VISITA.

Sábado, 31 de outubro
Um frio temporão assolava Araras no último fim de semana de outubro. Até os dias ensolarados eram frios à sombra.

— Não tô sentindo minha mão — disse Cecília.

— Quem mandou não trazer luva? — disse Izabel. — Falei.

As duas sobre a moto de Izabel, tendo que gritar. Cecília tentou esconder a mão na jaqueta de Izabel, achou-a fechada; começou a descer o zíper e Izabel ralhou:

— Para com isso!

Cecília obedeceu. Dali a pouco, vencido um quebra-molas, Izabel sentiu mãos na bunda.

— Ah, agora sim!

Izabel riu alto e incitou:

— Isso. Segura firme!

Izabel manteve baixa velocidade pelo bem do momento, e Cecília ministrou uns apertões dos fortes. Ultrapassaram um bar; homens assobiaram e gritaram. Cecília mandou beijinhos e acenos enquanto Izabel acelerava, Cecília agarrando sua cintura de novo.

— Cê adora causar, né? — disse Izabel.

— Adoro.

— Onde vou comprar meu cigarro agora?

— Ai, Izzy. — Izabel quase a ouviu revirar os olhos.

Ulisses estava filmando de novo aquele sábado. Mas com Cecília não tinha tempo ruim.

— Hoje é a festa do Messina. As festas dele são ótimas.

Izabel tinha perguntado quem era Messina. Cecília o descrevera como herdeiro de uma rede de concessionárias e dono de uma maravilhosa casa em Araras. E Izabel teve que perguntar:

— Festa de quê?

— Teoricamente de Halloween. Mas não se preocupe, ninguém vai fantasiado.

Realmente, ninguém estava fantasiado. Algumas meninas estavam de biquíni, correndo da piscina para a sauna e da sauna para a piscina, mesmo sendo já noite; a água era aquecida, soltava fumacinha. Os resquícios de um churrasco em progresso desde cedo alimentavam os convidados, concorrendo com a comida de coquetel servida por garçons sérios de uniforme alaranjado. Algumas pessoas descansavam do almoço estendido deitadas em redes e espreguiçadeiras pelo sítio, e, quando começou a música, a maioria delas despertou pronta para continuar.

Messina surgiu das profundezas da casa ao som de um *dub*. Ele era muito branco, com sardas. Tinha os olhos azulíssimos. Izabel teve certeza de que aquele cabelo castanho se denunciaria como ruivo-escuro sob o sol. Ele lhes mostrou a casa. Apresentou a DJ como uma das melhores do Brasil. Apontou a bartender incrivelmente gostosa e disse que pedissem o drinque que quisessem. Na entourage dele havia Ricardo, um rapaz muito malhado, bebedor de água, que perguntou se queriam algo da confeitaria. Cecília quis, e Izabel dividiu com ela: um ácido roxinho.

Izabel usou o banheiro e se sentou junto a um grupo que parecia estar se divertindo. Depois de escutar a conversa deles por alguns minutos, levantou e pegou uma caipivodca. Não durou nada. Pegou outra. Depois dessa, foi apanhada por uma sequência de *synthpop* que lotou a pista de dança. E logo a guinada soturna na música a esvaziou. Izabel dançava quase abraçada ao martíni de cereja — estava começando a ficar criativa, tinha de tudo naquele bar. Saiu para um cigarro; avistou Cecília conversando com um grupo de pessoas ainda de roupa de banho, mas não quis participar. Quando voltou a entrar, a música tinha se metamorfoseado num lamentável pancadão de academia.

Andou pela casa. Mansão, na verdade. Construída recentemente. Você via pela parte elétrica. Era cheia de dimmers e tomadas e saídas de telefone. Havia uma sala para o home theater. Encontrou a biblioteca, e já ia entrando quando flagrou dois caras no escuro se pegando. Ela deu meia-volta e só depois registrou que um deles estava todo de branco. Alguém da cozinha.

De fato, a cozinha era logo ali, e não permitia a entrada de civis. Pelo que pôde ver, era uma cozinha de catálogo, com exaustores camuflados e utensílios pendurados. Obteve um fricassé de frango quentinho como cala-boca.

Queria ver a outra varanda, atrás da casa, e o único meio sem ser passando pela cozinha era dando a volta por fora. Ela ficou com preguiça. Voltou para a sala.

A música tinha mudado do modo animação-surfistinha para a polinização descarada. Izabel ficou impressionada com a justeza da seleção. A sequência incluía coisas velhas e boas como *Oba-La-La*, embrenhava pelo *discothèque* eu-sinto-amor e pela sensualidade de sintetizador, e chegava incólume à sugestão pós-irônica milenial. A foda sugerida pela música era alegre e emoliente. Havia de fato casais se formando pelos cantos. Izabel bebia e fumava sem se importar mais em ir à varanda e sentia-se escorregar para o fundo de si.

A DJ e a bartender são profissionais. Estão trabalhando. Não vão me querer. Tem homens me olhando. Divertido que me olhem querendo que eu entre no tal clima, e praticamente implorando com a luz baixa e a lista de fuck music e a vodca toda e as drogas. As drogas. Enfim, aceito tudo, e continuo na minha. Enfim, manter o controle... quando querem desesperadamente que você o perca. E continuo me intoxicando, e não me decidindo por sexo nenhum. Está bom. Está bom assim.

Ela fechou os olhos um momento mais longo que o necessário para piscar. Na adolescência, esse ponto da festa seria o mo-

mento em que alguém viria conversar com Izabel para tentar tra-
zê-la para perto ou, no mínimo, saber qual era a dela. Nas festas
de adulto ninguém fazia isso. Só ofereciam mais drogas.

Se eu tivesse juízo, saía desse sofá agora.

Cecília girava pela pista de dança, em transe. Dois caras jo-
gavam uma espécie de pingue-pongue com o corpo dela. Mas
ela estava ciente. Izabel sugava seu drinque e observava.

— Aí.

Izabel ergueu o olhar do canudinho para a voz, e viu Ricardo. Não tinha camisa no torso dele.

— Você tomou mesmo aquele doce? Tem certeza?

— Por que a pergunta?

— Não, cê tá tão normalzinha que nem parece que tomou.

— Tem gente em que ácido não pega, sabe.

— Mas você tomou?

Izabel deu de ombros, abocanhou o canudinho e olhou
para a frente.

— Se não tomou, me fala, tem outras coisas. *Capisce?*

Enquanto falava isso, ele tocou no seu cabelo: pegou uma
ponta e deixou deslizar aos poucos pela mão.

— Não, tô bem.

— Valeu, gata. Tá bom então.

Ele saiu rindo:

— Porra, que jogo duro.

Izabel não estava mais vendo Cecília. Levantou e percorreu
o térreo. Quando viu que ela não estava em nenhuma das salas
nem na varanda, tomou coragem e enfrentou as escadas para o
andar de cima, segurando-se no corrimão.

Naquela ala, havia quatro quartos e um banheiro. Três portas estavam trancadas. Uma era a do banheiro, então Izabel tentou a maçaneta de um dos quartos primeiro. Trancada. Encos-
tou o ouvido na porta com a mão em concha. De início não

ouviu nada. Daí ouviu um estalo — um tapa. Na bunda, estimou. E um gemido baixo e contínuo que não era o de Cecília.

Alguém saiu do banheiro, deixando a porta aberta. Não era Cecília. Izabel avançou para a porta número três e bateu nela três vezes. Ninguém respondeu.

— Meu sutiã tá aí? — falou Izabel.

A porta abriu imediatamente. Um dos praticantes do pingue-pongue humano olhou Izabel de cima a baixo. Izabel olhou por cima da camisa polo laranja dele e viu a amiga, estirada na cama.

— Deixa eu entrar.

Ele deixou. Liberou a folha da porta com um passo atrás. Izabel viu também o outro garoto da pista de dança, e ainda o Messina.

— Ela tá passando mal — disse o garoto de polo laranja.

E por isso vocês trouxeram ela pra cima, deitaram e trancaram a porta.

— Eu sei.

Izabel se aproximou de Cecília e a beijou, alisando sua testa porejada, ouvindo um murmúrio de aprovação percorrer o quarto. Quando descolou, Izabel viu que Cecília sorria, ainda de olhos fechados.

— E aí? Acordou?

Ela não respondeu. Izabel experimentou sussurrar no ouvido, mal obteve palavras em resposta. Então se afastou.

— Alguém pega água pra ela — disse Izabel.

— Pega lá uma água pra ela — disse o terceiro garoto, de pé, com os polegares no bolso.

— Relaxa, eu pego. Quer bongar? — ofereceu Messina, levantando a cara do aparato e ficando de pé. — Toma aqui.

Izabel aceitou o brinquedo estendido e deu várias bongadas curtas. Fechou os olhos e deslizou pela parede, boquiaberta.

— Cracolinda — falou alguém, provocando risos.

— Inutilizar a testemunha. Já tava quase caindo — disse Messina. — Apaga essa luz.

Apagaram, deixando apenas uma luz de pedestal acesa. Messina largou o bong, alisou o rosto de Cecília e fez lugar para sua língua afastando os dentes com os dedos. O garoto de polo laranja tirou o pau da bermuda e encaixou-o na mão de Cecília. O terceiro estava à parte se masturbando; logo se aproximou também.

Acorda. Acorda e vem comigo. Não. Deixa. Eu não consigo te carregar. Me deixa. Se eu te deixar aqui esses caras vão te comer. Deixa. Deixa. Você sabe o que tá falando? Sei. Me deixa, Izzy. Izabel se saturou da palavra deixa, e deixou. Agora repetia o diálogo em sua cabeça, o pacto de que o resto do quarto não tinha notícia: tinha que se convencer de que era isso que Cecília queria.

O que aconteceu após as bongadas foi Izabel fingir ficar muito mais mole do que efetivamente ficou. Não tragou mais que a primeira. Flutuou para o lugar especial da chapação confortável: poderia exercer controle sobre a perda de controle, e ouvir tudo o que se passava, e assistir a tudo por uma fresta, e pensar sobre o que bem lhe apetecesse. Escolheu monitorar o momento da penetração em Cecília. Enquanto isso não ocorria, pensava em qual a probabilidade daquela ligação de infância haver se desdobrado de forma tão específica até irem parar naquele ponto; era tanta coisa que tinha concorrido para aquilo, para elas estarem ali naquela situação, sabendo o que fazer, sabendo e confiando na amiga, a amiga sabendo e confiando nela, que a vontade dela era gritar eu acredito em destino, delegando a responsabilidade. Subjugada pelos depressores consumidos, Izabel reconhecia a sensação de estar ultrapassando um limite indevido, para além do qual haveria consequências, castigos, estragos.

A música lá embaixo chegava muito baixa e era house, e com certeza alguém estaria encenando um striptease. Não, tinha que se lembrar de se preocupar. Cecília estava prestes a ser comida. Izabel, para perigo das ereções que a cercavam, interveio.

Quando Izabel acordou pela segunda vez naquele domingo, eram quatro da tarde. Estava numa cama de solteiro. Seus pés quentes contataram a tábua corrida; perambularam até encontrar o banheiro. Sentou as coxas na privada e o frio a baqueou; interpôs as mãos. Terminou e se limpou. Hesitou ao ver a pia, mas encontrou uma torneira de Quente. Ligou-a. Ouviu o aquecedor disparar na área de serviço e ficou esperando a água quente chegar se conferindo no espelho: roupa e maquiagem ainda de ontem. Lavou as mãos, tirou a maior parte do lápis de olho e foi curar o estômago vazio.

Preparou um sanduíche com a mortadela bologna que encontrou na geladeira. Frios daquele calibre eram mais fáceis de encontrar na subida da serra, o que indicava Ulisses já em casa. Foi bater na porta dele e de Cecília.

— Oi.

Não havia ninguém, mas a cama estava toda misturada. Pela janela, o vale inundado de sol. A casa é que era fria.

Voltou pelo corredor, e viu a figura forte vindo da varanda. Seu rosto foi entrando em foco. Ulisses. Como estava sério.

— Fiquei sabendo da festa de ontem — disse ele.

Izabel olhou adiante e encontrou Cecília, sentada na varanda de frente para a piscina, costas rígidas, mãos nos joelhos. Ulisses ocupava o corredor com seu torso, mas Izabel deu um jeito de passar. Ele continuou falando e veio atrás.

— É isso que você anda fazendo com a Ceci? Levando pra suruba?

— Foi uma festa. A gente passou da conta.

As narinas de Ulisses sinalizaram seu desdém.

— Deixa eu te mostrar uma coisa.

Ele segurou o celular perto da cara de Izabel. Era um vídeo. Pouco nítido, feito no escuro. Não havia áudio nem muita cor. A princípio, via-se só uma clareira de luz leitosa com bordas cinza. No meio, uma moça deitada — ela não está sozinha e não está vestida. Não totalmente. Sua saia estava levantada e os circunstantes encostavam partes de sua anatomia em várias partes da dela. A saia da moça era a mesma com que Cissa dormira e acordara hoje; Izabel estava sem jaqueta, usando a mesma blusa de três bolsos que ainda vestia. Em dado momento, mais precisamente quando um dos homens separou as pernas de Cecília, Izabel estendeu a mão com um pequeno pacote quadrado, já aberto. O garoto nem titubeou, desenrolou a camisinha com destreza, encaixou-se em Cissa e começou a mexer os quadris. Cecília também se mexia — pouco, mas claramente, em resposta. A tarja acima do conteúdo informava a fonte: *caiunanet.net*.

— Quem te mandou isso?

— Não interessa.

— Cara, só pode ser alguém que tava lá.

— Você. *Você* tava lá. Tava acordada e não fez nada. Por quê?

Entre uma acusação e outra, ele emitia uns ganidos, como se estivesse sem ar. Izabel procurou o olhar de Cecília, atrás dele, e encontrou puro medo. Não podia entregá-la.

— Eu não tava bem — disse Izabel. — Não entendi o que tava acontecendo.

— Para de merda! Cê tava de combinação com eles.

— Não. Não estava.

— Calma, amor — disse Cecília, segurando os ombros de Ulisses.

— Você tava lúcida. Ou você deixou eles currarem ela, ou então...

E Ulisses se voltou para Cecília.

— Ou então foi suruba mesmo.

Ele olhava ora para uma, ora para outra, farejando cada reação. Cecília aterrada.

— Que isso! Como você pode... — fez ela, um pouco tarde. Até Izabel achou fraca a reação.

— Eu tenho cara de burro, Ceci? — interpelou Ulisses. — Só me conta. Hein? Me fala.

Cecília nem conseguiu negar, atônita. Ulisses a sacudiu pela raiz do cabelo e a trouxe para o chão. Ela caiu sobre as lajotas são-tomé com um gemido.

Ulisses se voltou para Izabel e reteve os ombros dela, de leve.

— Izabel. De você eu não tenho ciúme.

Sua voz era mansa e benevolente. Atrás dele, Cecília levantava trêmula, apoiando-se nos braços e nos joelhos.

— Você é minha amiga, frequenta a minha casa. Mas eu não vou levar chifre da minha mulher.

Ele segurou Cecília pelo ombro direito e a brandiu como se ela fosse a prova A.

— Se essa mulher me traiu, eu tenho o direito de saber. Você tem que me dizer.

Izabel sentiu nojo de já ter trepado com aquele cara. Chorosa, Cecília repetia *não, não, amor* acarinhando as costas dele. Ele não tirava os olhos de Izabel.

— Eu não vou te dizer porra nenhuma.

— Vai sim! Vai falar, vai abrir a boca e vai falar, porque eu tenho direito de saber.

— Você tá ouvindo isso, Cissa? — Izabel tentou tocá-la, ela se desvencilhou e continuou fazendo que não.

— Olha pra mim, caralho! — gritou Ulisses, agarrando o rosto de Izabel e obrigando-a a encará-lo. Em seguida, ele se dobrava no chão, chutado no saco. Quando deu por si, Izabel estava atrás da bancada da churrasqueira, encontrando uma faca.

— Eu vou embora — disse Izabel, mantendo distância com a faca abaixada, mas à vista. — Cissa. Cê não quer apanhar mais desse louco. Vem comigo.

Cecília a olhava de olhos arregalados, alternando-os para Ulisses, que bradava algo sobre Izabel ser uma sapatona violenta.

— Vem, Cecília — tentou Izabel, percebendo afinal que ela não viria.

— Tá querendo meter essa faca? — dizia Ulisses. — Tenta. Sou faixa preta em jiu-jítsu.

— Covarde — disse Izabel. — Eu vou embora.

Ela pegou bolsa e capacete na mesa da sala e se mandou, descalça, a faca no cinto.

O pé de Izabel roçou na pedra áspera e quente. Devagar, ela apoiou também o outro. Mal acreditava estar em casa. Apeou completamente e andou até a grama, tateando o metal — ainda estava lá. Deixou-se olhar a piscina por algum tempo; da faca, a mão escorreu para o bolso e pescou dele um retângulo de papel rasgado do qual constava, estagnado, um pinguinho roxo. Ela o levantou, colocou sob a língua, e esperou.

Eduardo sempre fora um burro teimoso. O único lado bom era ele não desistir nunca. Então por que estava desistindo deles?

Talita estava sentada na cama, mãos sobre os joelhos, TV ligada a seus pés. Polia as unhas e tentava entender. Não era um problema de levar para pastor, então tinha se trancado no quarto com o plano de pedir orientação a Deus.

Edu atraía público. Gente afluía para a lan house procurando seus logotipos, sua ajuda com os formulários da Previdência, seus macetes de combate virtual. Sem seu irmão por perto, as crianças iriam todas para a lan house suja do Vista Alegre. Não era despeito, era verdade: a lan house de Preguinho era imunda. Grudenta, paredes manchadas, teclados infectos. E abria até tarde.

Eduardo sabia disso. Sabia perfeitamente. Estava abandonando eles mesmo assim.

Pior que ela não conseguia fechar a história. Primeiro, uma prostituta daquelas cismar com seu irmão. Que de tão cabeça no lugar chegava a ser chato. Só podia ser o diabo soprando no ouvidinho dela.

Quando Eduardo falou que ia morar no Rio, ela tinha reagido com "Por causa daquela Izabel? Já não te falei que ela é uma...?", e aquele homem desinteressado, que não fazia nada, nunca, contra alguém que não estivesse diretamente em seu caminho, disse que "Não. É por sua causa". E disse aquilo apenas para machucá-la.

Talita jogou longe a lixa. Acertou no televisor. Foi buscar.

Se Deus mandava ela falar, ela falava. Só tinha dado o recado. Lógico que o diabo ia espernear de ódio. Lógico que ele ia retaliar. Mas filho de Deus não pode baixar a cabeça na primeira tribulação.

Tinha dado um chega-pra-lá na Jezebel, e aí, de vingança, ela tinha feito a cabeça de Eduardo. Ele estava de cabeça virada. Só podia ser.

Tinham surgido uns boatos. Que ele saía com homem. Que tinha comido uma menina na frente de todo mundo pra posar de macho. Que tinha currado outra numa festa de rico e depois vazado o vídeo — Talita assistiu, não era ele. Há tempos que não contava com salvar a alma do irmão. Mas ir morar no Rio de repente, e aquelas histórias? Agora não sabia mais nem quem ele era.

De repente aquilo tudo podia ser só um cutucão divino. Ela andava fraca espiritualmente. Negligenciando a igreja por qualquer coisinha. E, quando ia, não sentia vontade de estar lá. Precisava reavivar o prazer de estar com Deus. Não ir por ir. Estar mesmo lá, de corpo, alma e espírito. E aí teria toda a segurança de fazer o que precisava: entregar a situação nas mãos de Deus. E orar pela família, muito.

Talita virou a lixa para o lado áspero e, com movimentos violinísticos, começou a imprimir à unha do indicador um aspecto quadrado; aquela unha sempre crescia errado, sempre.

De repente era hora de investir naquele velho projeto. Acabar com aquela locadora moribunda. Desenhar as próprias roupas, abrir sua própria loja. Mas começar devagar. Comprar uma arara, umas blusinhas daquela fornecedora de Friburgo; deixá-las como quem não quer nada no canto da locadora. Depois fazer um curso de moda no Senac — falando com as pessoas certas, até arrumava bolsa. E, depois, sem Eduardo por perto, quem sabe o Russo não se animava a casar?

Segunda
Marta olhou em volta. Gente idosa caminhando com dificuldade por entre os túmulos, escalando os degraus em terraço, desafiando o coração e a coluna. Todos segurando flores. Fora difícil achar flores. Difícil e caro. Mas ela e Izabel já seguravam um ramalhete, não sem antes terem se digladiado a respeito da conveniência de levar vaso ou buquê.

Discerniu, impressionada, um grupo de quatro viúvas de preto que formara uma espécie de excursão ao cemitério. Levavam terços e rosas, e pararam junto à campa do marido de uma delas. Duas já não tinham flores nas mãos. Será que rezavam um terço em cada túmulo? Provavelmente.

Ela tinha ido junto do pai visitar Nádia, nos primeiros anos. Rezava com ele o terço que ela lhe ensinara. Mas dr. Belmiro não era muito religioso, e logo se mudara para o sítio, e não fora mais. Agora, quem ia visitar os dois era ela. Com a filha. Tentou com força não pensar em trinta anos para a frente.

— Bom, é aqui.

— É aqui? — perguntou Izabel.

— Claro. Não tá vendo a placa?

De fato, Izabel constatava a existência da placa dourada com o nome do avô e da avó. Sorriu por dentro. Tinha sido levada ao túmulo errado, antes, e nunca ia contar isso para a mãe.

Marta pensava em como convencer a filha a rezar um pai-nosso. Simplesmente o puxou. Recitou sozinha, segurando forte as mãos de Izabel. Limpou as lágrimas que haviam surgido e achou ver a filha também enxugando alguma coisa. Mas sabia que ela ia dizer que eram mosquitos.

— Mãe, a gente não sabe ganhar dinheiro.

— Como é que é?

Estavam num galeto na outra ponta de Botafogo, imersas em ar refrigerado. Aguardavam o cafezinho e a conta.

— Tô falando de Araras, mãe.

— Ah, é? Pensei que a gente não podia nem falar sobre isso! — animou-se Marta. — Você fala vender?

— Não, *calma*. A gente pode alugar. Em Araras se aluga no verão e no inverno. A dona Aída aluga o ano todo. Posso confirmar com uma corretora.

Marta se pôs pensativa, desconfiada.

— E você moraria onde?

— Então. A gente faz um chalezinho...

— Uma casa de caseiro, você quer dizer. Você quer virar *caseira*, minha filha? — Marta cobriu o rosto com as mãos.

— Não, mãe! Olha pra mim. Oi. Não. Eu vou continuar trabalhando no POGI. É mais como se eu fosse morar num quitinete com quintal grande. E bem mais barato que no Rio.

— Ah, Izabel. — Marta sacudiu a cabeça, pegou nas mãos dela. — Pra mim o maior problema é você longe.

Izabel suspirou.

— Eu não sei se dá pra ter tudo.

— Acho que você devia voltar para a minha casa. Você é muito bem-vinda lá. Você sabe, não?

— Eu sei. Mas... não.

— Você é que sabe.

— Mas a ideia de alugar Araras é boa.

— Sim, é. Mas você tem que fazer um inventário do que tem lá, Izabel, pra ninguém sair levando nada.

— Pode deixar.

— E vamos ver quanto fica essa brincadeira de chalé. Com dois quartos, para eu também poder dormir lá.

— Eu vou ajudar a pagar.

A conta chegou. Marta sacou da carteira um cartão platina e quitou a parte de ambas. Quando se aproximaram do carro, Izabel se esticou para dar dois beijinhos:

— Você *não* vai passar o dia comigo? — protestou Marta.

— Sem drama, mãe. Sábado que vem eu tô aqui.

Sábado que vem Izabel ia fazer vinte e cinco anos. Não podia nem mentir que ia resolver burocracias no meio do feriadão, então ficou feliz de Marta não fazer perguntas. Assim que a mãe partiu, fez uma ligação:

— Ei. Estou em Botafogo. Pode vir me pegar?

— Qual o nome da empresa, mesmo?

— Não sei ainda. Tem várias vagas abertas. É uma holding. Mas era evidente que ele estava feliz.

— Dizem que o dono da holding surfava aí quando era novo — continuou Eduardo.

— Aqui no Arpoador?

— É. Eu li numa matéria. Parece que isso ajudou ele a "saber gerenciar riscos".

Os dois riram. Ficaram um bom tempo olhando os malabares de espuma. O sol já tinha ido embora, e quem o aplaudira também. Adolescentes maquiados como zumbis debandavam, interrompendo a vista.

— Vivo sonhando com isso aqui — disse Izabel.

— Sonhando-sonhando? De noite?

— É. Quase toda noite. Mesmo em Araras. Sonho muito com esse mar.

Ela pensou em falar da parte em que a ressaca ficava de repente forte e feia, e ela percebia que a próxima onda seria gigante de quebrar além do calçadão. Havia dois finais possíveis a partir daí: num, ela pegava essa onda com sucesso, avançando altiva sobre um turbilhão de guarda-sóis tragados até saltar como que de um ônibus sobre as pedras portuguesas, incólume, sobre dois pés; no outro, ela morria engolfada.

— Você está com fome? — perguntou Izabel.

— Começando.

— Acho que eu preciso comer alguma coisa. Ou pelo menos sair desse banco.

Izabel sentia-se melada, braços colando no corpo. Fazia muito tempo que não baixava no Rio. Muito tempo mesmo. Estava despressurizada, zonza dos cigarros e caipirinhas à beira-mar. Embora preferisse uma cadeira com espaldar reto, aceitou se sentar na do quiosque e despejar um sachê de sal na língua.

Mastigou o sal devagar. Uma brisa morna bateu e ela fechou os olhos, deliciada.

— Levanta a cabeça — Eduardo tocou em seu ombro e queixo.

E Izabel olhou para onde a mão dele estivera há um momento, e para ele, surpresa. Pensou em explicar: *Não estou mal de desmaiar, não fechei os olhos por isso.* Mas o que disse foi:

— Eu vou voltar para cá.

Eduardo não disse nada.

— Tá decidido. Vou acabar ficando louca em Araras.

— É. Eu te entendo — disse Eduardo.

— Eu sei — assentiu Izabel. — Onde você tá morando?

— Por quê?

— Porque fica mais barato dividir.

Eduardo primeiro a fitou, incrédulo. Depois começou a rir. Por fim, respondeu:

— Eu estou morando na Gamboa. Num hotel para cavalheiros.

— Eu posso pôr um bigode — disse Izabel.

— Mas estou quase fechando um apartamento na Tijuca.

— Que parte da Tijuca?

— Vinte e Oito de Setembro.

Foi a vez de Izabel rir. Vinte e Oito de Setembro não era Tijuca. Era Vila Isabel. Mas guardou essa informação.

— É um ótimo ponto. Perto da Teodoro Silva.

— Ah, é? O que tem lá?

— O melhor trocadilho do Rio de Janeiro. O Teadoro Motel.

Ainda que sorrisse, Eduardo teve que desviar o olhar e fitar a calçada. Meu Deus. Tá bom. Pelo menos não podia acusá-la de ser desonesta. Ela era bem honesta.

— Você sabe que sua irmã mandou eu me afastar de você? — perguntou ela.

— Eu soube. É a cara dela.

— E você sabia que eu obedeci?

Eduardo não respondeu. Izabel continuou:

— Estou com muita vergonha de mim agora. Mas eu obedeci, sim. Porque eu ia continuar lá um tempo. E estava ficando com uma pessoa que eu queria preservar. Agora sei que não nasci pra baixar a cabeça pra certas coisas.

Eduardo também não. Ele pinçou a mão dela e a segurou. Olhou-a nos olhos, e engraçado como ela fugia, não conseguia aguentar. Dali a pouco a puxou pela mão. Foram para baixo das amendoeiras escuras e se agarraram feito dois adolescentes. Izabel estava esquecida do momento que um pouco de suor podia proporcionar — vontade de descolar, vontade de fugir do calor, mas vontade de voltar pra perto? Uma patrulha de polícia passou devagar, giroflex ligado, transformando o idílio em boate. Usaram isso como desculpa para se enfiar no fusca e ir direto para o Teadoro.

Oito meses depois

O maior túnel do Brasil tinha finalmente ficado pronto. Todo dia ela o percorria, de moto. E, de noite, voltava. Eram dois pedágios por dia. E a gasolina.

A casa de Araras tinha sido alugada e o chalé ainda estava em construção. O casal inquilino ia com as crianças e o labrador apenas nos fins de semana; mesmo assim, ela não queria ser clandestina na própria casa. Dormia no Rio.

Naquela quarta, Izabel estava subindo de carro. Carro emprestado de Eduardo, que ela dirigia com as mãos travadas no volante e em velocidade estritamente média pela pista direita. Não ia pegar estrada três dias seguidos, suas juntas não iam aguentar. Dormiria aquelas noites na casa de Aída e voltaria sexta, quando sua moto estivesse pronta.

Tinha sido fechada por um ônibus na São Clemente e caído, arranhando todo o lado direito. Do corpo também. Marta, aterrorizada, havia pedido a Eduardo para lhe pedir que vendesse a moto. Ele dissera que o problema era Izabel ser a única motorista educada do Rio e esperar que os outros também fossem.

— Você é educado.

— Eu não sou daqui.

Subiam juntos uma vez por mês, ela e Eduardo. Ele não falava, mas seu maior objetivo era ver o sobrinho. Bernardo estava começando a mentir muito bem para Talita. Lera escondido vários dos livros de Izabel, que já estava traçando metas. Ano que vem, *Planolândia*. Dali a uns dois anos, *O Senhor dos Anéis*. E então, *O guia do mochileiro das galáxias* e *Admirável mundo novo*. Conversavam pela internet. Só não conseguia ver o garoto pessoalmente: quanto a isso, Talita era feroz.

Saiu do túnel e o rádio voltou, cheio de estática. Quando era Eduardo dirigindo, ela mantinha estrito controle sobre a trilha sonora. Não deixava passar uma música ruim. Tudo bem que ele já tivesse marcadas suas seis rádios preferidas (inclusive a sucessora da Antena 1) e para o próprio bem Izabel tivesse aprendido a se ater mais a essas. Mas às vezes sentia vontade de explorar. E quando se aproximava da entrada de Araras e as rádios do Rio começavam a falhar — como agora, bem no meio de um hit da Tina Turner —, ela precisava correr esse risco.

Apertou e apertou até obter uma estação agradável. Era rock que tocava. Metal? Metalcore — olha uma melodia ali. Quem cantava a maioria dos versos era uma mulher. Bem boa. Resolveu deixar nessa e prestar atenção à letra. Só conseguiu decifrar o refrão, que voltava.

You fast-talkin' whore
I'll hide from you no more!
Carve your soul
Deep into hell
Jezebel!
O Jezebel!

— Vocês acabaram de ouvir o hit *Jezebel*, do Watchmaker! É a explosão do Rock Cristão Brasileiro! — disse a locutora.

— Então o BRock agora é CRock... — disse o locutor homem, fazendo a mulher rir a galope e de repente parar.

— Deixa eu falar um pou*quinho* mais do Watchmaker pra vocês — continuou ela. — O grupo foi formado há um ano por quatro jovens da região serra*na* do Rio: Selene, Jonas, Ricky e Dennyson. Em setembro passado, eles levaram o som deles pro festival de bandas cristãs Nova Alvorada, em Ribeirão Preto, e arrebataram o público gospel com suas composições! *Sim*, como o Brasil tá descobrindo, Jesus *também* gosta de rock! O Watchmaker e os Aleluia Brothers são as maiores revelações do ano! Juntas, as duas bandas já venderam mais de *quinhentas mil* cópias...

Buzinas. Izabel se atrapalhando a ponto de deixar o fusca morrer. Os dados de pelúcia laranja que havia comprado na Alfândega balançavam pendurados no retrovisor. Carros lhe contornavam xingando-a de "madame" e "roda presa". Toda vermelha, Izabel esperou, mãos no volante, recobrou-se e deu a seta. Levou o carro para o acostamento. Pôs-se a futucar o celular freneticamente, tremendo de adrenalina. Imagens. Sirlene com o cabelo negro ondeado em frente a um cenário tempestuoso e cheio de finas cruzes pálidas sobre as quais revoavam corvos. Atrás dela, três caras de preto com camisas alusivas a anjos, sangue e mais cruzes. Agora o rosto moreno de Sirlene em primeiro plano, todo liso de Photoshop. O nome da banda superposto, em letras azuis e brancas imitando ponteiros de relógio antigo. Numa das fotos Sirlene sozinha, de vestido branco, com uma grande torre de relógio ao fundo, olhando para o alto com cara de reflexão. O link levava a uma entrevista. Não era isso que ela queria. Ela queria a letra. O resto dela.

Your freedom is debauchery
Your happiness slavery
Doublethink doubledo
Many lies tied into one
One day you'll find him gone
You fast-talkin' whore
I'll hide from you no more!
Carve your soul
Deep into hell
Jezebel!
O Jezebel!
So you sleep around
With woman and man
God shall strike you
With hail and rain

Carve your soul
Deep into hell
Jezebel!
O Jezebel!

E na outra janela

Nós cantamos em inglês porque é com isso que a gente se identifica. A gente foi abençoado com talento musical e uma visão de mundo cristã, bíblica. É isso que a gente quer passar não só pros jovens, mas pra todo mundo. A gente pede aos pais que não encarem rock como coisa do inimigo. A palavra de Deus tem que ser levada até os confins do mundo, e do Brasil também.

Meus maiores agradecimentos

À minha avó Albertina.

A quem leu o livro no rascunho: André Conti, Rodrigo Deodoro, Victoria Saramago, Camila Dias da Cruz, Jussara Oliveira, Helloara Ravani.

A quem deu o maior apoio: Ismar Tirelli Neto, Priscilla Menezes, Stephaine Fernandes, Nina Boscato, Laís Alcântara, Mônica Surrage, Cecília Cavalieri, João Camilo Penna, João Cezar Castro, Daniel Galera, Daniel Pellizari, Emilio Fraia, Bruna Beber, Sandra Campos, José Henrique Campos.

A quem ajudou com detalhes da pesquisa: Bento Guimarães, Guilherme Bezerra, Hannah Reardon, Joanna Noronha, Maria Isabel Lamim, Júlia Cabo, Giuseppe Zani, Emanuel, Adair, Daiana, Adriano e Kaiane.

ESTA OBRA FOI COMPOSTA POR OSMANE GARCIA FILHO EM ELECTRA E
IMPRESSA PELA GRÁFICA BARTIRA EM OFSETE SOBRE PAPEL
PÓLEN SOFT DA SUZANO PAPEL E CELULOSE PARA A EDITORA SCHWARCZ
EM JUNHO DE 2014